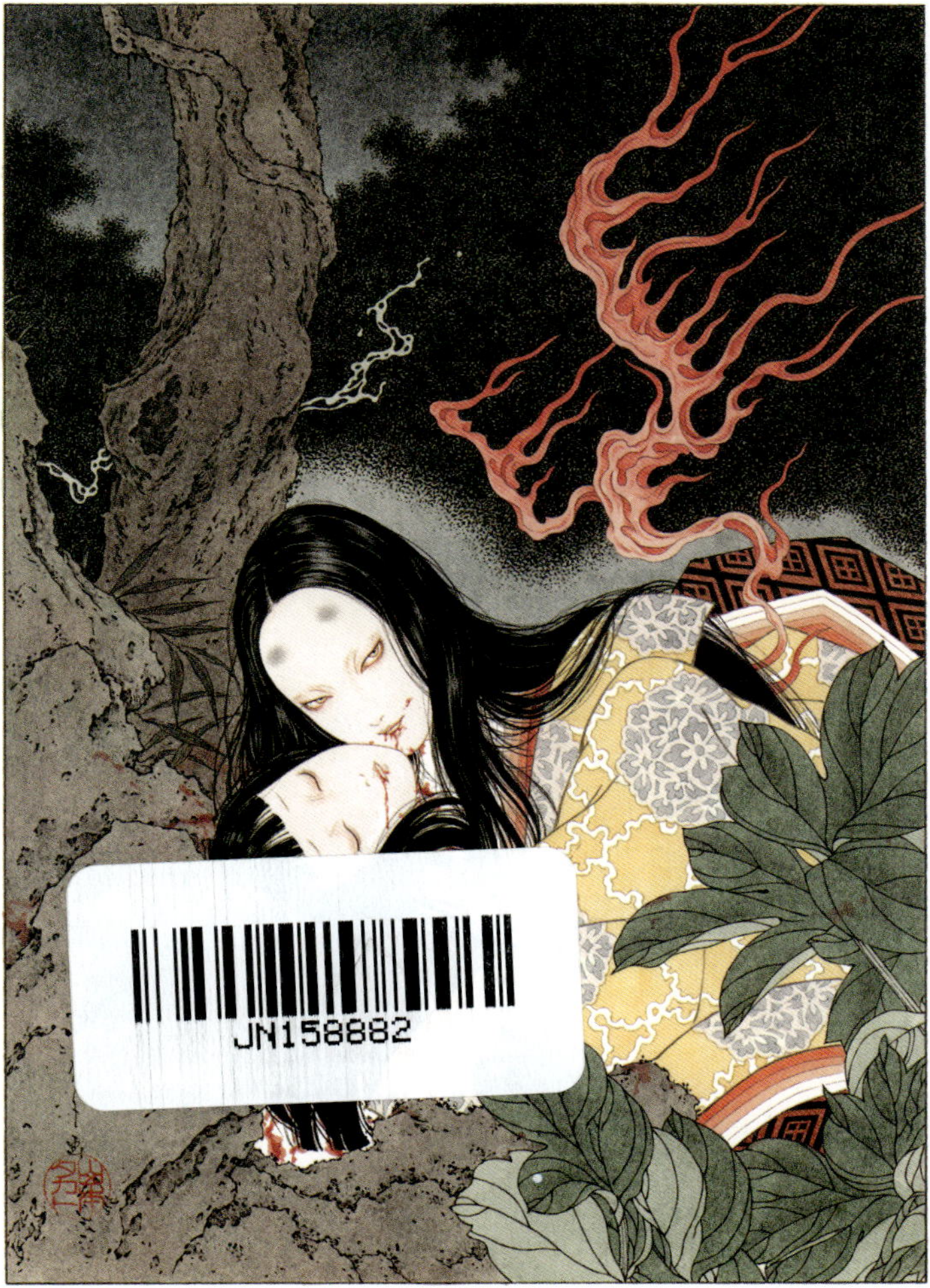

口絵❖山本タカト「女の童の血を啜る玉藻」
デザイン❖ミルキィ・イソベ

中公文庫

玉藻の前

岡本綺堂

中央公論新社

目次

玉藻の前 9
清水詣 31
独寝の別れ 54
塚の祟 77
花の宴 99
法性寺 122
采女 145
雨乞ひ 166
犬の群 189
烏帽子折 211
三浦の娘 233
殺生石

玉藻《たまも》の前《まえ》

口絵　山本タカト

玉藻の前

挿画　井川洗厓

清水詣《きよみずもうで》

一

「ほう、よい月ぢや。まるで白銀《しろかね》の鏡《かがみ》を磨《と》ぎすましたやうな」

あらん限りの感嘆の詞《ことば》を、昔から云ひ古《ふる》したこの一句に云ひ尽したと云ふやうに、男は晴れやかな眉をあげて、あしたは十三夜《や》といふ九月中旬《なかば》のあざやかな月を仰いだ。男は今夜の月の齢《よわい》よりも三つばかりも余計に指を折つたらしい年頃で、まだ一人前の男の数には入らない少年であつた。彼は無論烏帽子《えぼし》を被《き》てゐなかつた。黒い髪をむすんで背後《うしろ》に垂れて、浅黄無地《あさぎむじ》に大小の巴《ともえ》を染め出した麻の筒袖《つつそで》に、土器色《かわらけいろ》の短い切袴《きりばかま》をはいてゐた。夜目《よめ》にはその着てゐる物の色目もはつきりとは知れなかつたが、筒袖も袴も洗ひ晒《ざら》しのやうに色が褪《さ》めて、袴の裾は皺だらけに巻くれ上つてゐた。

その侘《わび》しい服装《みなり》に引きかへて、この少年は今夜の月に照らされても恥かしくないほどの立派な男らしい顔を有《も》つてゐた。かれに玉子色の小袖を着せて、薄紅梅《うすこうばい》の児水干《ちごすいかん》をきせて、漢竹《かんちく》の楊条《ようじよう》を腰にさゝせたらば、あはれ何若丸とか名乗る山門の児《ちご》として悪僧ばらが渇仰随喜《かつごうずいき》の的《まと》にもなりさうな、美しく勇ましい児振《ちごぶ》りであつた。しかし今の彼のさびしい腰のまはりには楊条もなかつた。小《ちい》さ刀《がたな》も見えなかつた。彼は素足に薄い穢《きたな》い藁草履《わらぞうり》をはいてゐた。

「ほんによい月ぢや」

彼に口をあはせるやうに答へたのは、彼と同年《おないどし》か一歳《ひとつ》ぐらゐも年下かと思はれる少女で、この物語の進行をいそぐ必要上、今詳しくその顔容《かおかたち》などを説明してゐる余裕がない。こゝでは唯《ただ》、彼女が道連《みちづれ》の少年よりも更《さら》に美しく輝いた気高《けだか》い顔を有《も》つてゐて、陸奥《みちのく》の信夫摺《しのぶず》りのやうな模様を白く染め出した薄萌黄地《うすもえきじ》の小振袖を着て、やはり素足に藁草履を穿《は》いてゐたと云ふだけを記《しる》すにとゞめて置きたい。

少年と少女とは、清水《きよみず》の坂に立つて、今夜の月を仰いでゐるのであつた。京の夜露《よつゆ》はもういゝ、しつとりと降《お》りて来て、肌の薄い二人は寒さうに小さい肩を擦《こす》り合つてあるき出した。今から七百六七十年も前の都《みやこ》は、たとひ王城の地と云つても、今の人達の想像以上に寂しいものであつたらしい。ことにこの戊辰《つちのえたつ》の久安《きゆうあん》四年には、禁裏《きんり》に火の災《わざわい》があつた。談山《だん》の鎌足公《かまたりこう》の木像が自然に裂《さ》けて毀《こわ》れた。夏の間にはおそろしい疫病《えやみ》が流行《はや》つた。冬に近づくに連れて盗賊が多くなつた。さしもに栄えた平安朝時代も、今では末《すえ》の末《すえ》の代《よ》になつて、何とはなしに世の乱れといふ恐怖《おそれ》が諸人《しよにん》の胸に芽を吹いて来た。前に挙げたもろ〳〵の災は、何かのおそろしい前兆であるらしく都の人々を脅《おびや》かした。

そのなかでも盗賊の多いと云ふのが覿面《てきめん》におそろしいので、この頃は都大路にも宵《よい》から往来が絶えてしまつた。まして片隅《かたすみ》に寄つたこの清水堂のあたりは、昼間は兎《と》もあれ、秋の薄い日があわたゞしく暮れて、京の町々の灯《ひ》が疎《まば》らに薄黄《うすきいろ》く瞰下《みおろ》される頃になると、笠の影も草履の音も吹き消されたやうに消えてしまつて、よく〳〵の信心者でもこゝまで夜詣《よまい》りの足を遠く運んで来る者はなかつた。

その寂しい夜の坂路《さかみち》を、二人はたよりなげに辿《たど》つて来るのであつた。月のひかりは高い樹梢《こずえ》に支へられて、二人の小さい姿はとき〴〵に薄暗い蔭に隠された。両側の高藪《たかやぶ》は人を嚇《おど》すやうに不意にざわ〴〵と鳴つて、どこかで狐の呼ぶ声もきこえた。

「喃《のう》、藻《みくず》」

「おゝ、千枝《ちえ》まよ」

男と女とはたがひにその名を呼びかはした。藻《みくず》は少女の名で、千枝松《ちえまつ》は少年の名であつた。用があつて呼んだのではない、あまりの寂しさに堪え兼ねて、たゞ訳《わけ》も無しに人を呼んだのである。二人《ふたり》は又黙《まただま》つてあるいた。

「観音様の御利益《ごりやく》があらうかなう」と、藻はおぼつかなげに嘆息《ためいき》をついた。

「無《の》うでか、御利益が無うでか」と、千枝松はすぐに答へた。「御仏《みほとけ》を疑うてはならぬと、叔母御《おばご》が明暮れに云うて居らるゝ。わしも観音様を信仰すればこそ、かうしてお前と毎夜連れ立つて来るのぢや」

「それでも父様《ととさま》はこの春、この清水詣に来たときに、三年坂で苔《こけ》に滑《すべ》つて転んだのが原因《もと》で、それからどつと床《とこ》に就《つ》くやうにならしやれた。三年坂で転んだものは三年生きぬと聞いてゐる」と、藻の声は湿《うる》んでゐた。

邪魔な梢《こずえ》の多いところを出離れたので、月はまた明るい光を二人の上に投げた。玉のやうな藻の頬には糸を引いた涙が白く晃《ひか》つてゐた。千枝松は又すぐに打消した。

「三年坂といふのは嘘ぢや。ありや産寧坂《さんねいざか》といふのぢや。転んだとて、躓《つまず》いたとて、はゝ、何があらうかい」

無雑作に云ひ破られて、藻はまた口を結んでしまつた。二人は山科《やましな》の方をさして夜の野路を急いで行つた。一旦は男らしく強さうに云つたものゝ、少年の胸の奥にも三年坂の不安が微《かす》かに宿《やど》つてゐた。

「お前の父御《ててご》の病気も長いことぢや。今日でもう幾日になるか喃《のう》」と、彼は歩きながら訊いた。

「もうやがて半年ぢや。どうなることやら、心細いでなう」

「医師《くすし》はなんと云はしやれた」

「貧《ひん》に暮す者の悲しさは医師もこの頃は碌々《ろくろく》に見舞うて下さらぬ」と、藻は袖を眼にあてた。「まだそればかりでない。父様が長《なが》の煩《わずら》ひで、家中《うちじゆう》にあるほどの物はもうみんな売尽してしまふた。秋はもう末《すえ》になる。北山時雨《しぐれ》がやがて降《ふ》り出すやうになつたら、わたし等《ら》親子は凍えて死ぬか。飢ゑて死ぬか。それを思ふと、ほんに悲しい。きのふも隣の陶器《すえもの》師《つくり》の婆《ばば》どのが見えられて、いつそ江口《えぐち》とやらの遊女に身を沈めてはどうぢや。煩《わずろ》うてゐる父御ひとりを心安う過させることも出来やうぞと、親切に云うて下されたが……」

「陶器師の婆めがそのやうなことを教へたか」と、千枝松は驚愕《おどろき》と憤怒《いかり》とに声をふるはせた。「して、お前はなんと云ふた」

「何とも云ひはせぬ。たゞ黙つて聴いてゐたばかりぢや」

「重ねてそのやうなことを云ふたら、すぐに私《わし》に知らしてくれ。あの白癩婆《ばば》めが店さきへ石塊《いしくれ》なと打込んで、新しい壺の三つ四つも微塵《みじん》に打砕《うちくだ》いてくるゝわ」

罵《ののし》る権幕があまりに激しいので、藻はなにやら心許《こころもと》なくなつた。彼は宥《なだ》めるやうに男に云つた。

「わたし等の難儀を見かねて、あの婆どのは親切に云うてくれたのぢや」

「なにが親切か」と、千枝松は冷笑《あざわら》つた。「あの白癩の疫病婆《やくびようばば》め。ひとの難儀に附込んで色々の悪巧《わるだく》みをし居るのぢや。世間で云ふに嘘はない。ほんに疫病よりも怖ろしい婆ぢや。あんな奴の云ふこと、善《よ》いにつけ、悪いにつけ、なんでも一切取合うてはならぬぞ」

兄が妹を諭《さと》すやうに老《ま》せた口吻《くちぶり》で云ひ聞かせると、藻はおとなしく聴いてゐた。千枝松はまだ胸が晴れないらしく、自分が知つてゐる限りの軽蔑や呪詛《のろい》の詞《ことば》をならべ立てゝ、自分達の家《うち》へ帰り着くまで、憎い、憎い、陶器師の疫病婆を罵《ののし》りつゞけてゐた。

秋の宵はまだ戌《いぬ》の刻《こく》（午後八時）をすぎて間もないのに、山科の村は明るい月の下に眠つてゐた。どこの家からも灯のかげは洩れてゐなかつた。大きい柿の木の下に藻は立停まつた。

「あすの晩も誘ひに来るぞよ」と、千枝松は優しく云つた。

「きつと誘ひに来てくだされ」

「おゝ、受合ふた」

二足《ふたあし》ばかり行きかけて、千枝松はまた立戻つて来た。

「途々《みちみち》も云ふた通りぢや。白癩婆めが何を云はうとも必ず取合うてはならぬぞよ。よいか、よいか」

小声に力を籠《こ》めて彼は幾たびも念を押すと、藻は無言でうなづいて、柿の木の下から狭い庭口へ消えるやうに姿をかくした。彼女が我家《わがや》へ入るのを見とゞけて、千枝松はぬき足をして隣の陶器師の門《かど》に立つた。老人《としより》夫婦は早く寝付いてしまつたらしく、内には物の音も聞えなかつた。彼は作り声をして呶鳴《どな》つた。

「愛宕《あたご》の天狗《てんぐ》の使《つかい》ぢや。戸をあけい」

表の戸を破《わ》れるばかりに二三度叩いて、千枝松は一目散に逃げ出した。

二

「あれ、鴉《からす》めが又来居りました」

あくる朝は美しく晴れて、大海《おおうみ》のやうに濶《ひろ》く碧《あお》い空の下に、柿の梢《こずえ》が高く突き出してゐた。その紅い実をうかゞつて来る鴉の群を、藻《みくず》は竹縁《ちくえん》に出て追つてゐた。

「はゝ、鴉めがまた来居つたか。憎い奴喃《のう》。が、とても追ひ尽せるものでもあるまい。捨てゝ置け」と、父の行綱《ゆきつな》は皺だらけになつた紙衾《かみぶすま》を少し掻《か》い遣《や》りながら、蘆《あし》の穂綿《ほわた》のうすい蒲団《ふとん》の上に起き直つた。

「千枝《ちえ》まが見えたら鳥威《とりおど》しなと作つて貰ひましよ」

「それもよからうよ」と、父は狭い庭一ぱいのあさ日を眩しさうに仰ぎながら微笑《ほほえ》んだ。

「夜はもう火桶が欲しいほどぢやが、昼はさすがに暖かい。孝行な和女《そなた》が夜ごとの清水詣《きよみずもうで》、止めても止まるまいと思うて、心のまゝにさせて置くが、これからの夜はだん〳〵に寒くなる、露も深くなる。風邪ひかぬやうに気をつけてくれよ。夏から秋、秋から冬の変り目は兎《と》かく病人の身体《からだ》に良うないものぢや。いつそ冬になり切つてしまふたら、おれも起きられるやうにならうも知れぬ。あまり案じてたもるなよ。おれの手足が健《すこや》かになつたら、太刀《たち》の柄巻《つかま》きしても、雀弓《すずめゆみ》の矢を矧《は》いでも、親子ふたりの糊口《くちすぎ》には事欠くまい。はゝ、今少しの辛抱《しんぼう》ぢや」

「あい」

柿の梢には大きい鴉が狡猾さうな眼をひからせて、尖つた口嘴《くちばし》を振立てながら枝から枝へと飛び渡つてゐたが、藻はもう手をあげて追はうともしなかつた。彼女は父の前に手をついて、おとなしく俯向《うつむ》いてゐた。頽《くず》れかゝつた竹縁《ちくえん》の下では昼でも蛼《こおろぎ》が鳴いてゐた。

父の行綱は今こそこんなに窶《やつ》れ果てゝゐるが、七年前は坂部庄司蔵人《さかべのしょうじくらんど》行綱と呼ばれて、院の北面を仕ふまつる武士であつた。ある日のゆふぐれ、清涼殿《せいりょうでん》の階段《きざはし》の下に一匹の狐があらはれたのを関白殿が御覧《ごろう》じて、あれ射止《いと》めよと仰せられたので、そこに居あはせた行綱はすぐに弓矢をとつて追ひかけたが、一の矢は敢《あえ》なくも射損じた。慌てゝ二の矢を射出さうとすると、どうしたのか弓弦《ゆづる》がふつゝりと切れた。狐は無論に逃げてしまつた。当の獲物を射損じたばかりか、事に臨んで弓弦が切れたのは、平生《ひごろ》の不用意も思ひ遣らるゝと、あつて、彼は勅勘《ちょっかん》の身となつた。かれは御忠節を忘れるやうな人間ではなかつた。武士の嗜《たしな》みを怠《おこた》るやうな男でもなかつた。かうなるのも彼が一生の不運で、行綱は妻と娘とを連れて、この頃では京の田舎といふ山科郷《やましなごう》の片はづれに隠れて、侘しい浪人生活を送ることになつた。

彼の不運を慰める筈《はず》の妻は、それから半年あまりの後《のち》に夫と娘とを振捨てゝ彼世《あのよ》へ行つてしまつた。まだ男盛りの行綱は二度の妻を迎へようともしないで、不自由な男鰥《おとこやもめ》の手ひとつで幼い娘の藻を可愛がつて育てた。美しい顔を有《も》つて生まれた藻は心までが美しかつた。自分にもう出世の望みのない父は、どうしても自分の後継《あとつぎ》に取縋《とりすが》るよりほかはないので、行綱は老後の楽《たのし》い夢を胸に描きながら、只管《ひたすら》に娘の生長を待つてゐた。藻はことし十四になつた。

その年の春に、行綱は娘を連れて清水の観音詣《かんのんもうで》に行つた。そのときに所謂《いわゆる》三年坂で蹟《つまず》いたのが原因《もと》で、彼は三月の末から病の床に横《よこた》はる身の上になつた。夏が過ぎ、秋が来ても、彼はやはり枕と薬とに親《したし》んでゐるので、孝行な藻の苦労は絶えなかつた。貧《ひん》と病《やまい》とに苛《さいな》まれてゐる父を救ふがために、彼女は平素《ふだん》から信仰する観音様へ三七日《さんしちにち》の夜まゐりを思ひ立つて、八月の末から夜露を踏んで毎晩清水へ通つた。京も荒れて、盗賊の多いこの頃の秋の夜に、少女ひとりの夜道は心もとないと父も最初はしきりに制《と》めたが、藻はどうしても肯《き》かなかつた。彼女は父の病を癒したい一心に、おそろしい夜道を遠く通ひつゞけた。

しかし一七日《いちしちにち》の後《のち》には、藻に頼もしい道連れが出来た。それは彼《か》の千枝松で、かれは烏《え》帽《ぼ》子《し》折《おり》の子であつた。これも早く両親《ふたおや》にわかれた不運の孤児《みなしご》で、やはり烏帽子折を生業《なりわい》としてゐる叔父叔母のところへ引取られて、今年十五になつた。叔父の大六《だいろく》は店商《みせあきな》ひをしてゐるのでない、京伏見から大津のあたりを毎日めぐり歩いて、呼び込まれた家の烏帽子を折つてゐるのであつた。したがつて家《うち》にゐる日は少いので、千枝松は叔母と二人で毎日さびしく留守番をしてゐた。村こそ違へ、同じ山科郷に住んでゐるので、彼はいつか一歳《ひとつ》違ひの藻と親《したし》くなつて、ほかの子供達には眼を呉《く》れないで、二人はいつも仲好く遊んだ。

「藻と千枝まは女夫《めおと》ぢや」

ほかの子供達が妬《ねた》んで揶揄《からか》ふと、千枝松はいつでも真赤になつて怒《おこ》つた。

「はて、云ふものには云はして置いたがよい。わたしも父様の病《やまい》が癒《なお》つたら、お前の叔母様のところへ烏帽子を折習《おりなら》ひに行きたい」と、藻は云つた。

「おゝ、叔母御でなうても私が教へてやる。横《よこ》さびでも風折《かざおり》でも、わしはみんな知つてゐる。来年になつたら、わしも叔父御と連れ立つて商売に出るのぢや」と、千枝松は誇るやうに云つた。

千枝松は烏帽子折の職人になるのである。藻もその烏帽子を折習ひたいといふ。そこに何《ど》ういふ意味があるのか、確かに理解してゐないまでも、千枝松の若い胸には微《かす》かに触れるものがあつた。彼はいよ〳〵藻と親くなつた。その藻の父が長く煩《わずら》つてゐるので、彼は自分の父を案じるやうに毎日見舞に来た。さうして、藻が清水へ夜詣《よまいり》にゆくことを一七《いちしち》日《にち》の後《のち》に初めて知つて、彼はいつになく怨《うら》んで怒《おこ》つた。

「なぜ私に隠してゐた。幼い女ひとりが夜道して何かのあやまちがあつたら何《ど》うするぞ。わしも今夜から一緒にゆく」

彼は叔母の許可をうけて、それから藻と毎晩一緒に連れ立つて行つた。強さうな顔をしてゐても、千枝松はまだ十五の少年である。盗賊や鬼はおろか、山犬に出逢つても果《はた》して十分に警護の役目を勤め負《おお》せるか何うだか、よそ目には頗《すこぶ》る不安に思はれたが、藻に取つては世にも頼もしい、心丈夫な道連れであつた。彼女は千枝松が毎晩誘ひに来るのを楽《たの》しんで待つてゐた。千枝松もきつと約束の時刻を違《たが》へずに来て、二人は聞覚えの普門品《ふもんぽん》を誦《ず》しながら清水へ通つた。

その藻をそゝのかして、江口の遊女になれと勧《すす》めた陶器師《すえものつくり》の婆は、たとひ善意にもしろ、悪意にもしろ、千枝松の眼から見れば確かに憎い仇《かたき》であつた。彼が口をきはめて白癩の疫病のと罵《ののし》るのも無理はなかつた。戸をたゝいて嚇《おど》した位《くらい》ではなか〳〵腹が癒《い》えなかつた。彼はその晩自分の家《うち》へ逃げて帰つても、まだ苛々《いらいら》してゐて能《よ》く眠られなかつた。よもやとは思ふものゝ、どうも安心が出来ないので、彼はあくる朝、叔父が商売に出るのを見送つて、すぐに隣村《となりむら》の藻の家へたづねて来た。

来ると、かれは先《ま》づ隣の陶器師の店をのぞいた。店の小さい窯《かま》の前には人の善《よ》ささうな陶器師の翁《おきな》が萎《な》えた烏帽子をかぶつて、少し猫脊に身をかゞめて、小さい莚《むしろ》の上で何か壺のやうなものを一心に捏《つく》ねてゐた。日よけに半分垂れた簾《すだれ》の外には、自然に生えたらしい一本の野菊がひよろ〳〵と高く伸びて、白い秋の蝶が疲れたやうにその周囲《まわり》をたよ〳〵と飛びめぐつてゐた。婆は奥のうす暗いところで麻を績《う》んでゐた。

「爺様《じいさま》。よい天気ぢやな」

千枝松はわざと声をかけると、翁は手をやすめて振向いた。さうして、白い長い眉を皺《しわ》めながらにこ〳〵笑つた。

「お、、隣村の千枝まか。ほんによい秋日和《あきびより》ぢやよ。秋も末になると、いつも雨の多いものぢやが、今年は日和《ひより》つゞきで仕合せぢや。わし等《ら》の商売も降《ふ》つてはどうもならぬ」

「さうであらう喃《のう》」と、千枝松は翁《おきな》の手に持つてゐる壺をながめてゐた。婆は憎いが、この翁にむかつては彼も喧嘩を売るわけには行《ゆ》かなかつた。それでも彼は嚇《おど》すやうに声をひそめて訊《き》いた。

「この頃《ごろ》こゝらへ天狗が出るといふ。ほんかな」

「なんの」と、翁はまた笑つた。「こゝらに住んでゐるものは皆《み》な善い人ばかりぢや。悪い者は一人もない。天狗様の御祟《おたたり》を受けやう筈《はず》がないわ。はゝゝゝゝ。鬼の天狗のと云うても、大抵《たいてい》は人間のいたづらぢや。ゆうべもわしの戸をたゝいて、天狗ぢやと嚇《おど》した奴があつた」

「ほんに悪いことをする奴ぢや」と、婆も奥から声をかけた。「今度また悪戯《いたずら》をし居《お》つたら、すぐに追ひ掛けて捉《つか》まへて、あの鎌《かま》で向《むこ》ふ脛《ずね》を薙《な》いでくるゝわ」

「天狗がつかまるかな」と、千枝松は嘲《あざけ》るやうに笑つた。

「はて、天狗ぢやない、人間ぢやと云ふに……………。和郎《わろ》もその悪戯者を見つけたら教へてくりやれ」と、婆は睨《にら》むやうな白い眼をして云つた。

千枝松はすこし薄気味悪くなつて、もしや自分の悪戯といふことを覚《さと》られたのではないかとも思つた。しかし彼は弱味を見せまいとして、また冷笑《あざわら》つた。

「天狗でも人間でも、こちらで悪いことさへ為《せ》にや何の祟《たたり》も悪戯もせまいよ」

「わし等がなんの悪いことをした」と、婆は膝を立て直した。

お、、悪いことをした。隣の娘を遊女に売らうとした——と、千枝松は負けずに云はうとしたが、流石《さすが》に躊躇《ちゆうちよ》した。

「悪いこと為《せ》にや、それでよい。悪いことをすると、今夜にも天狗が摑《つか》みに来ようぞ」

かう云ひ捨て、、彼はこ、の店先をつい
と出ると、出逢頭《であいがしら》に赤とんぼうが彼の鼻の先を掠《かす》めて通つた。かれは忌々《いまいま》しさうに顔を皺めながら、隣の家《うち》の門《かど》に立つと、柿の梢が先《ま》づ眼に這入《はい》つた。

「叱《し》ッ叱ッ」と、彼は足下《あしもと》にある土塊《つちくれ》を拾つて鴉を逐《お》つた。その声を聞きつけて、藻は縁先へ出た。

「千枝まか」

二人はなつかしさうに向き合つた。さつきの白い蝶が千枝松の裾《すそ》に絡《から》んで来たらしく、二人の間《あいだ》にひら〳〵と舞つた。

三

行綱《ゆきつな》の病気を見舞つたあとで、千枝松《ちえまつ》と藻《みくず》とは手をひかれて近所の小川の縁《ふち》に立つた。今夜《こんや》は十三夜《や》で、月に供《そな》へる薄《すすき》を刈りに出たのであつた。

幅《はば》は三間《さんげん》に足らない狭い川であつたが、音も無しに冷々《ひやびや》と流れてゆく水の上には、水と同じやうな空の色が碧《あお》く映《うつ》つて、秋の雲の白い影もとき〴〵に揺《ゆら》めいて流れた。低い堤《つつみ》は去年の出水《でみず》に崩《くず》れてしまつて、その後に手入れをすることも無かつたので、水と陸との間にははつきりした境界《さかい》もなくなつたが、そこには秋になると薄や蘆が高く伸びるので、水と人とはこの草叢《くさむら》を挟《はさ》んで別々に通《とお》つてゐた。それでも蟹《かに》を拾ふ小児《こども》や、小鮒《こぶな》を掬《すく》ふ人達が、水と陸とのあひだの通路を作るために、薄や蘆を押倒して、ところ〴〵に狭い路《みち》を踏み固めてあるので、二人もその路を探つて水の際《きわ》まで行《ゆ》き着いた。そこには根こぎになつて倒れてゐる柳の大木《たいぼく》のあることを二人は知つてゐた。

「水は美くしう澄んでゐるな」

二人はその柳の幹《みき》に腰をかけて、爪先《つまさき》近く流れてゐる秋の水をぢつと眺めた。半分は水に浸《ひた》されてゐる大きい石の面《おもて》が秋の日影にきら〳〵と晃《ひか》つて、石の裾には蓼《たで》の花が紅く濡《ぬ》れて流れかゝつてゐた。川の向ふには黍《きび》の畑《はたけ》が広くつゞいて、その畑と岸とのあひだの広い往来を大津牛《おおつうし》が柴車をひいて遅々《のろのろ》と通《とお》つた。時々に鵙《もず》も啼《な》いて通つた。

「わしは歌を詠《よ》めぬのが口惜《くやし》い」

千枝松が突然に云ひ出したので、藻は美しい眼を丸くした。

「歌が詠めたらどうするのぢや」

「このやうな晴れやかな景色《けしき》を見ても、わしには何とも歌ふことが出来ぬ。藻、お前は歌をよむのぢやな」

「父様《ととさま》に習《なろ》ふたけれど、わたしも不器用な生まれで好《よ》うは詠まれぬ。はて、詠まれいでも大事ない。歌など詠んで面白さうに暮すのは、上臈《じょうろう》や公家《くげ》殿上人《でんじょうびと》のすることぢや」

「それも然《そ》うぢやな」と、千枝松は笑つた。「実はゆうべ家《うち》へ帰つたら、叔父《おじ》御《ご》が京の町から此《こ》のやうなことを聞いて来たと云うて話しやれた。先日関白殿《かんぱくどの》の御歌《おうた》の会に『独寝《ひとりね》の別れ』と云ふむづかしい題が出た。独寝に別れのあらう筈《はず》がない。こりや昔から例《ためし》のない難題ぢやと云うて、さすがの殿上人も頭を悩まされたさうなが、どう思案しても工夫《くふう》が付かないで、一人も満足な歌を詠み出したものがなかつた。この上は広い都《みやこ》に住むほどの者、商人《あきうど》でも職人でも農夫《ひやくしよう》でも身分はかまはぬ。よき歌を作つて奉《たてまつ》るものには莫大の御《ご》褒美《ほうび》を下さるゝと、御歌所《おうたどころ》の大納言の許《もと》から御沙汰があつたさうな。そこで叔父御が云はしやるには、おれも長年烏帽子こそ折れ、腰折《こしおれ》すらも得詠《えよ》まれぬは何《なん》ぼう無念ぢや。かういふ折《おり》に好《よ》い歌作つて差上げたら、一生安楽に過《すご》されやうものをと、笑ひながらも悔《くや》んでゐられた」

「ほう、そんなことは初めて聞いた」と、藻も眉をよせた。「なるほど、独寝の別れ、こりや可笑《おかし》い。どんな名人上手でも、世に例《ためし》のないことは詠まれまい。ほんに晦日《みそか》の月と云ふのと同じことぢや」

「水の底で火を焚《た》くと云ふのと同じことぢや」

「木にのぼつて魚《うお》を捕ると云ふのと同じことぢや」

二人は顔をみあはせて、子供らしく一度に笑ひ出した。その笑ひ声を打消すやうに、どこやらの寺の鐘が秋の空に高くひゞいて唸《うな》り出した。

「お丶、もう午《ひる》ぢや」

藻が先《ま》づおどろいて起《た》つた。千枝松もつゞいて起つた。二人は慌て丶そこらの薄《すすき》を折り取つて、一束《ひとたば》づ丶を手に持つて帰つた。千枝松は藻と門《かど》で別れる時にまた訊いた。

「今朝《けさ》は隣の白癩婆が見えなんだか」

藻は誰も来ないと云つた。それでもまだ何だか不安なので、千枝松は帰るときに陶器《すえもの》師《つくり》の店を又のぞくと、翁《おきな》は先刻《さつき》と同じところに屈《かが》んで、同じやうな姿勢で一心に壺を捏《つく》ねてゐた。婆の姿は見えなかつた。

風のない秋の日は静《しずか》に暮れて、薄い夕霧が山科の村々に低く迷つたかと思ふと、それが又だん〳〵に明るく晴れて、千枝松がゆうべ褒《ほ》めたやうな冴《さ》えた月が、今夜も冷《つめた》い白い影を高く浮べた。藻が門《かど》の柿の葉は霜《しも》が降《ふ》つたやうに白く光つて居た。

「藻よ。今夜はすこし遅うなつた。堪忍《かんにん》しや」

千枝松は呼吸《いき》を切つて駈けて来て、垣《かき》の外から声をかけたが内には何の返事もなかつた。かれは急《せ》いて二三度呼びつゞけると、やう〳〵に行綱の返事がきこえた。藻は小半時《こはんとき》も前に家《うち》を出たと云ふのであつた。

「ほう、後《おく》れた」

千枝松はすぐに又駈け出した。その頃の山科から清水《きよみず》へ通ふ路には田畑《たはた》が多いので、明るい月の下に五町八町は一目《ひとめ》に見渡されたが、そこには藻は愚《おろか》、野良犬一匹のさまよふ影も見えなかつた。千枝松はいよ〳〵急《せ》いて直驀《まつしくら》地に駈けた。駈けて、駈けて、たうとう清水まで一息《ひといき》にゆき着いたが、堂の前にも小さい女の拝《おが》んでゐる後姿《うしろすがた》はみえなかつた。念のために伸上《のびあが》つて覗《のぞ》くと、うす暗い堂の奥には黄いろ《きいろ》い灯《ひ》が微《かす》かにゆらめいて、堂守の老僧が居睡《いねむ》りをしてゐた。千枝松は僧をよび起して、唯《た》つた今こゝへ十四五の娘が参詣《さんけい》に来なかつたかと訊いた。

僧は耳が疎《うと》いらしい、幾度も訊き直した上で笑ひながら云つた。

「日が暮れてから誰が拝《おが》みに来《こ》ようぞ。この頃《ごろ》は世のなかが閙《さわ》がしいでな」

半分聞かないで、千枝松は引返して又駈け出した。云ひ知れない不安が胸一ぱいに湧《わ》いて来て、彼は夢中で坂を駈け降りた。往《ゆ》くも復《かへ》るも一筋道《ひとすぢみち》であるから、途中で行《ゆ》き違《ちが》ひにならう筈《はず》はない。かう思ふと、彼の不安はいよ〳〵募《つの》つて来た。彼はもう堪《たま》らなくなつて、大きい声で女の名を呼びながら駈けた。

「藻よ。藻よ」

彼の足音《あしおと》に驚かされたのか、路傍《みちばた》の梢《こずゑ》から寝鳥《ねとり》が二三羽《ば》ばた〳〵と飛び立つた。人間の声はどこからも響いて来なかつた。夢中で駈けつゞけて、長い田圃路《たんぼみち》のまん中まで来た時には、彼の足も流石《さすが》に疲れて竦《すく》んで、もう倒れさうになつて来たので、かれは路傍の地蔵尊の前にべつたり坐つて、大きい呼吸《いき》をしばらく吐《つ》いてゐた。さうして、見るとも無しに見あげると、澄んだ大空には月のひかりが皎々《こうこう》と冴えて、見渡すかぎりの潤《ひろ》い田畑も薄黒《うすくろ》い森も、そのあひだに疎《まばら》に見える人家の低い家根も、霜の光とでも云ひさうな銀色の靄《もや》の下に包まれてゐた。汗の乾かない襟《えり》のあたりには夜の寒さが水のやうに泌みて来た。

狐の啼《な》く声が遠くきこえた。

「狐にだまされたのかな」と、千枝松はかんがへた。さもなければ盗人《ぬすびと》に攫《さら》はれたのである。藻のやうな美しい少女《おとめ》が日暮れて一人歩きをするといふのは、自分から求めて盗人の網《あみ》に入《い》るやうなものである。千枝松は悚然《ぞつ》とした。

狐か、盗人か、千枝松もその判断に迷つてゐるうちに、ふと彼《か》の陶器師のことが胸に泛《うか》んで来た。あの白癩の疫病婆め、たうとう藻をそゝのかして江口とやらへ誘ひ出したのではあるまいかと、彼は急に躍《おど》り上《あが》つて又一散《いつさん》に駈け出した。藻の門《かど》の柿の木を見た頃には、彼はもう疲れて歩かれなくなつた。

「藻よ。戻つたか」

垣の外から声をかけると、今度はすぐに行綱の返事がきこえた。今夜は娘の帰りが遅いので、自分も案じてゐる。おまへは途中で逢はなかつたかと云つた。千枝松は自分も逢はなかつたと口早《くちばや》に答へて、すぐに隣の陶器師の戸を手あらく叩《たた》いた。

「また天狗のいたづら者が来居《きお》つたさうな」

内では翁《おきな》の笑ふ声がきこえた。千枝松は急いて呶鳴《どな》つた。

「天狗でない。千枝まぢや」

「千枝まが今頃なにしに来た」と、今度は婆が叱るやうに訊いた。

「婆に逢ひたい。あけて呉《く》れ」

「日が暮れてから煩《うる》さい。用があるなら明日《あす》出直して来やれ」

千枝松はいよ〳〵焦《じ》れた。彼は返事の代《かわ》りに表《おもて》の戸を力まかせに続けて叩いた。

「えゝ、さう〴〵しい和郎《わろ》ぢや」

口小言《くちこごと》を云ひながら婆は起きて来て、明るい月のまへに寝惚《ねぼ》けた顔を突き出すと、待ち構《かま》へてゐた千枝松は蝗《いなご》のやうに飛びかゝつて婆の胸倉《むなぐら》を引つ摑《つか》んだ。

「云へ。隣《となり》の藻をどこへ遣《や》つた」

「なんの、阿房《あほう》らしい。藻の詮議なら隣へ行《ゆ》きやれ。こゝへ来るのは門違《かどちが》ひぢや」

「いや、おのれが知つてゐる筈《はず》ぢや。やい、白癩婆め。おのれは藻をそゝのかして江口の遊女に売つたであらうが……。真直《まつすぐ》に云へ」と、千枝松は摑んだ手に力を籠《こ》めて強く小突《こづ》いた。

「えゝ、おのれ途方《とほう》もない云ひ懸《がか》りをし居る。ゆうべの悪戯《いたずら》も大方《おおかた》おのれであらう。爺様《じいさま》、早《はよ》う来て這奴《こやつ》を挫《ひし》いでくだされ」と、婆はよろめきながら哮《たけ》つた。

翁《おきな》も寝床から這ひ出して来た。熱い息をふいて哮り立つてゐる二人を引分けて、だん〳〵に其話《そのはなし》を訊くと、かれも長い眉を仔細《しさい》らしく皺めた。

「こりや可怪《おかし》い。ふだんから孝行者の藻が親を捨てゝ姿を隠さう筈がない。こりや大かたは盗人か狐の業《わざ》ぢや。盗人ではそこらにうか〳〵してゐやうとも思へぬが、狐ならば其巣《そのす》を食つてゐるところも大方《おおかた》は知れてゐる。千枝まよ。わしと一緒に来やれ」

「止《よ》さつしやれ」と、婆は例《れい》の白い眼をして云つた。「小児《こども》ぢやと思うても、藻ももう十四ぢや。どんな狐が附いてゐやうも知れぬ。正直にそこらを探し廻つても骨折損ぢやあるまいか」

千枝松はまた勃然《むつ》とした。併《しか》しこゝで争《あらそ》つてゐるのは無益だと賢《かしこ》くも思ひ直して、かれは無理無体に翁を表へ引張り出した。

「爺様《じいさま》。狐の穴はどこぢや」

「まあ、急《せ》くな。野良狐めが巣を食つてゐるところは此《こ》のあたりに沢山《たくさん》ある。先《ま》づ手近の森から探してみようよ」

翁は内へ引返して小さい鎌《かま》と鉈《なた》とを持ち出して来た。畜生め等《ら》を嚇《おど》すには何か得物《えもの》が無くてはならぬと、彼はその鉈を千枝松にわたして、自分は鎌を腰に挟んだ。さうして、田圃を隔てた向ふの小さい森を指《ゆび》さした。

「お前も知つてゐやう。あの森のあたりで時々に狐火《きつねび》が飛ぶわ」

「ほんにさうぢや」

二人は向ふの森へ急《いそ》いで行つた。落葉や枯草を踏みにじつて、そこらを隈《くま》なく猟《あさ》りあるいたが、藻の姿は見付からなかつた。二人はそこを見捨てゝ、更《さら》にその次の丘へ急いだ。千枝松は喉《のど》の嗄《か》れるほどに藻の名を呼びながら歩いたが、声は遠い森に木谺《こだま》するばかりで、どこからも人の返事はきこえなかつた。それからそれへと一晌《いつとき》ほども猟《あさ》り尽して、二人はがつかりしてしまつた。気がついて振返ると、何処《どこ》をどう歩いたか、二人は山科郷のうちの小野《おの》といふ所に迷つて来てゐた。こゝは小野の小町《こまち》の旧蹟だと伝へられて、小町の水といふ清水が湧《わ》いてゐた。二人はその冷い清水を掬《すく》つて、呼吸《いき》もつかずに続けて飲んだ。

「千枝まよ。夜が更《ふ》けた。もう戻らう。所詮今夜のことには行《ゆ》くまい」と、翁は寒さうに肩を竦《すく》めながら云つた。

「ぢやが、もう少し探してみたい。爺様、こゝらに狐の穴はないか」

「はて執念《しゆうね》い和郎《わろ》ぢや。さうよなう」

少し考へてゐたが、翁《おきな》は口のまはりを拭《ふ》きながら首肯《うなず》いた。

「お丶、ある、ある。何でもこの小町の水から西の方に、大きい杉の木の繁つた森があつて、そこにも狐が棲んでゐるといふ噂ぢや。しかし迂濶《うかつ》にそこへ案内はならぬ。はて、なぜと云うて、その森の奥には、百年千年の遠い昔に、いづこの誰《たれ》を埋《うず》めたとも知れぬ大きい古塚《ふるづか》がある。その塚《つか》の主《ぬし》が祟《たたり》をなすと云ひ伝へて、誰も近寄つたものが無いのぢや」

「そりや塚の主が祟《たた》るので無《の》うて、狐が禍《わざわい》をするのであらう」と、千枝松は云つた。

「どちらにしても、祟《たたり》があると聞いてはおそろしいぞ」と、翁《おきな》は諭《さと》すやうに云つた。

「いや、おそろしうても構《かま》はぬ。わしは念晴《ねんばら》しに、その森の奥を探つてみる」

千枝松は鉈《なた》を把《と》り直して駈け出した。

独寝《ひとりね》の別れ

一

制《と》めても止まりさうもないと見て、陶器師《すえものつくり》の翁《おきな》はおぼつかなげに少年のあとを慕《した》つて行つた。二人は幽怪《ゆうかい》な伝説を包んでゐる杉の森の前に立つた。

杉の古木は枝をかはして、昼でも暗さうに掩《おお》ひ覆《かぶ》さつてゐるが、森の奥は左《さ》のみ深くもないらしく、背後《うしろ》は小高い丘につゞいてゐた。千枝松は鉈《なた》を手にして猶予《ゆうよ》なく木立《こだち》の間をくゞつて行《ゆ》かうとするのを翁はまた引止めた。

「これ、悪いことは云はぬ。昔から魔所《ましょ》のやうに恐れられてゐるところへ、夜ふけに押して行《ゆ》かうとは余りに大胆《だいたん》ぢや。止《や》めい、止めい」

「いや、止《や》められぬ。爺様《じいさま》がおそろしくば、わし一人でゆく」

つかまれた腕を振り放して、かれは藻《みくず》の名を呼びながら森のなかへ狂ふやうに跳《おど》り込んで行《い》つた。翁《おきな》は困つた顔をして少しく躊躇してゐたが、流石《さすが》にこの少年一人を見殺しにもできまいと、彼も一生の勇気を振《ふる》ひ起《おこ》したらしく、腰から光る鎌《かま》をぬき取つて、これも千枝松のあとから続いた。森の中は外から想像するほどに暗くもなかつた。杉の葉を滑《すべ》つて来る十三夜の月の光が薄《うす》く洩《も》れてゐるので、手探りながらも何《ど》うにか斯《こ》うにか見当はついた。多年人間が踏み込んだことがないので、腐つた落葉がうづ高く積《つも》つて、二人の足は湿つた土のなかへ気味の悪いやうにずぶ〳〵と吸ひ込まれるので、二人は立木《たちき》に縋《すが》つて沼を渡るやうに歩いた。

「千枝まよ。ありや何《なん》ぢや」

翁がそつと囁《ささや》くと、千枝松も思はず立竦《たちすく》んだ。これが恐らく彼《か》の古塚といふのであらう、一層《ひときわ》大きい杉の根本に高さ五六尺《しやく》ばかりかと思はれる土饅頭《どまんじゆう》のやうなものが横《よこた》はつてゐて、その塚のあたりに鬼火のやうな青い冷《つめた》い光が微《かすか》に燃えてゐるのであつた。

「なんであらう」と千枝松も囁いた。しかし云ひ知れぬ恐怖《おそれ》のほかに、一種の好奇心も手伝つて、彼はその怪《あや》しい光を頼りに、木の根に沿《そ》うて犬のやうに窃《そつ》と這《は》つて行つた。と思ふと、彼はたちまちに声をあげた。

「おゝ、藻ぢや。こゝにゐた」

「そこにゐたか」と、翁も思はず声をあげて、木の根につまづきながら探り寄つた。

藻は古塚の下《もと》に眠るやうに横《よこた》はつてゐた。鬼火のやうに青く光つてゐるのは、彼女が枕にしてゐる一個の髑髏《されこうべ》であつた。藻はむかしから人間の這入《はい》つたことの無いといふ森の奥に隠れて、髑髏を枕にして古塚の下《した》に眠つてゐるのであつた。この奇怪なありさまに二人はまた悚然《ぞつ》としたが、千枝松はもう怖ろしいよりも嬉しい方が胸一ぱいで、前後も忘れて女の枕もとへ這《は》ひ寄つた。彼は藻の手をつかんで叫んだ。

「藻よ。千枝まぢや。藻よ」

翁も声をそろへて呼んだ。呼ばれて藻はふら〳〵と立《た》ち上《あが》つたが、彼女はまだ夢みる人のやうに恍然《うつとり》として、千枝松の腕に他愛《たわい》なく倚《よ》りかゝつてゐるのを、二人は介抱しながら森の外へ連れ出した。明るい月の下《した》に立つて、藻は甦《よみがえ》つたやうにほつと長い息をついた。

「どうぢや。心持に変ることはないか」

「どうしてこんなところへ迷ひ込んだのぢや」

千枝松と翁とは代《かわ》る〴〵に訊いたが、藻は夢のやうで何《なん》にも知らないと云つた。今夜はいつもよりも千枝まの誘《さそ》ひに来るのが遅いので、彼女は一人で家《うち》を出て清水《きよみず》の方へ足を運んだ。それまではたしかに覚えてゐるが、それから先は夢うつゝで何処《どこ》をどう歩いたのか、どうしてこの森の奥へ迷ひ込んだのか、どうしてこゝに寝てゐたのか、自分にも些《ちつ》とも判《わか》らないとのことであつた。

「やつぱり野良狐《のらぎつね》めの悪戯《いたずら》ぢや」と、翁はうなづいた。「併《しか》しまあ無事で目出たい。父御《ててご》もさぞ案じてゐられう。さあ、早《はよ》う戻らつしやれ」

夜《よ》はもう更《ふ》けてゐた。三人は自分の影を踏みながら黙《だま》つてあるいた。陶器師《すえものつくり》の翁は自分の家《うち》の前で二人に別れた。千枝松は隣の門口《かどぐち》まで藻を送つて行つて又囁《ささや》いた。

「これに懲《こ》りてこの後《ご》は一人で夜歩きをせまいぞ。あすの晩もわしが誘《さそ》ひにゆくまで屹《きつ》と待つてゐやれ。よいか」

念を押して別れようとして、千枝松は女が左の手に抱《かか》へてゐる或物《あるもの》をふと見付けた。それは彼女が枕にしてゐた古い髑髏《されこうべ》で、月の前に蒼白《あおじろ》く光つてゐた。千枝松は愕然《ぎょっ》として叱《しか》るやうに云つた。

「なんぢや、そんなものを……気味が悪いとは思はぬか。抛《ほ》つてしまへ。捨てゝしまへ」

藻は返事もしないで、その髑髏を大事さうに抱へたまゝでつい〳〵と内へ這入つてしまつた。千枝松は呆《あき》れて其《そ》のうしろ影《かげ》を見送つてゐた。さうして、狐がまだ彼女を離れないのではないかとも疑《うたが》つた。

その晩に、千枝松は不思議な夢をみた。

第一の夢の世界は鉄も溶《と》けるやうな熱い国であつた。そこには人の衣《きぬ》を染めるやうな濃緑の草や木が高く生茂《おいしげ》つてゐて、限りもないほどに広い花園には、人間の血よりも紅《あか》い芥子《けし》の花や、鬼の顔よりも大きい百合《ゆり》の花が、うづたかく重なり合つて一面に咲きみだれてゐた。花は紅《あか》ばかりでない、紫も白も黒も黄も燬《や》けるやうな強い日光に爛《ただ》れて、見るから毒々しい色を噴《ふ》き出してゐた。その花の根にはおそろしい毒蛇の群が紅い舌を吐《は》いて遊んでゐた。

「こゝは何処《どこ》であらう」

千枝松は驚異の眼をみはつて唯《ただ》ぼん〳〵やりと眺めてゐると、一種異様の音楽がどこからか響いて来た。京の某分限者《あるぶげんしゃ》が山科の寺で法会《ほうえ》を営《いとな》んだときに、大勢の尊い僧達が本堂にあつまつて経《きよう》を誦《じゆ》した。その時に彼は寺の庭にまぎれ込んで其《その》音楽に聞き惚れて、なんとも云はれない荘厳《そうごん》の感に打たれたことがあつたが、今聞いてゐる音楽のひゞきも幾らかそれに似てゐて、しかも人の魂《たましい》を蕩《とろ》かすやうな妖麗なものであつた。彼は酔つたやうな心持で、その楽《がく》の音《ね》の流れて来る方を窃《そっ》と窺《うかが》ふと、日本の長柄《ながえ》の唐傘《からかさ》に似て、其縁《そのへり》へ青や白の涼《すず》しげな纓珞《ようらく》を長く垂れたものを、四人の痩せた男がめい〳〵に高くさゝげて来た。男はみな跣足《はだし》で、薄い鼠色の衣服《きもの》をきて、胸のあたりを露出《あらわ》に見せてゐた。それにつゞいて、水色の羅衣《うすもの》を着た八人の女が唐団扇《とううちわ》のやうなものを捧げて来た。その次に小山のやうな巨大《おおき》い獣が揺《ゆる》ぎ出して来た。千枝松は寺の懸絵《かけえ》で見たことがあるので、それが象といふ天竺《じく》の獣であることを直《すぐ》に覚《さと》つた。象は雪のやうに白かつた。

象の背中には欄干《てすり》の附いた輿《こし》のやうなものを乗せてゐた。輿の上には男と女が乗つてゐた。象のあとからも大勢の男や女がつゞいて来た。周囲の男も女もみな黒い肌を見せてゐるのに、輿に乗つてゐる女の色だけが象よりも白いので、千枝松も思はず眼をつけると、女はその白い胸や腕を誇るやうに露《あら》はして、肌も透き通るやうな薄紅《うすくれない》の羅衣《うすもの》を着てゐた。千枝松はその顔をのぞいて、忽《たちま》ちあつと叫ばうとして呼吸《いき》を呑み込んだ。象の上の女は確《たしか》に彼《か》の藻であつた。

更《さら》によく視《み》ると、女は藻よりも六七歳《むつななつ》も年上であるらしく思はれた。彼女は藻のやうに無邪気らしい少女《おとめ》でなかつた。併《しか》しその顔容《かおかたち》は藻と些《ちっ》とも違はなかつた。どう見直しても矢はり藻そのまゝであつた。

「藻よ」と、彼は声をかけて見たくなつた。若《も》しその周囲《まわり》に大勢の人の眼がなかつたら、彼は大きい象の背中に飛びあがつて、女の白い腕に縋《すが》り付いたかも知れなかつた。しかし藻に消《に》た女はこちらを見向きもしないで、なにか笑ひながら傍《そば》の男にさゝやくと、男は草の葉で編んだ冠《かんむり》のやうなものを傾けて高く笑つた。

空の色は火のやうに焼けてゐた。その燃えるやうな紅《あか》い空の下で音楽の響きが更に調子を高めると、花のかげから無数の毒蛇が繋《つな》がつて現れて来て、楽の音《ね》につれて一度にぬつと鎌首をあげた。さうして、それがだん〳〵に大きい輪を作つて、さながら踊り出したやうに糾《よ》れたり縺《もつ》れたりして狂つた。千枝松はいよ〳〵呼吸《いき》をつめて眺めてゐると、更に一《ひと》群《むれ》の男や女がこゝへ追ひ立てられて来た。男も女も赤裸《あかはだか》で、ふとい鉄の鎖《くさり》で酷《むご》たらしく繋《つな》がれてゐた。

この囚人《めしうど》はおよそ十人ばかりであらう、そのあとから二三十人の男が片袒《かたはだ》ぬぎで長い鉄の笞《むち》を揮《ふる》つて追ひ立てゝ来た。恐怖に戦慄《おののの》いてゐる囚人はみな一斉《いつせい》に象の前にひざまづくと、女は上から瞰下《みおろ》して冷やかに笑つた。その涼《すず》しい眼には一種の殺気を帯びて凄愴《ものすご》かつた。千枝松も身を固くして窺《うかが》つてゐると、女は低い声で何か指図《さしず》した。鉄の笞を持つてゐた男共はすぐに飛びかゝつて、彼《か》の囚人等を片端から蹴倒すと、男も女も仰《のけ》さまに横さまに転《ころ》げまはつて、無数の毒蛇の輪の中へ――

もう其先を見とゞける勇気はないので、千枝松は思はず眼を塞《ふさ》いで逃げ出した。その背後《うしろ》には藻に消《に》た女の華やかな笑ひ声ばかりが高くきこえた。千枝松は夢のやうに駆けてゆくと、誰《たれ》か知らないが其肩を叩く者があつた。はつと悸《おび》えて眼をあくと、高い棕櫚《しゆろ》の葉の下に一人の老僧が立つてゐた。

「お前はあの象の上に乗つてゐる白い女を識《し》つてゐるのか」

あまりに怖《おそ》ろしいので、千枝松は識らないと答へた。老僧は徐《しずか》に云つた。

「それを識つたらお前も命はないと思へ。こゝは天竺《てんじく》といふ国で、女と一緒に象に騎《の》つてゐる男は斑足太子《はんそくたいし》といふのぢや。女の名は華陽夫人《かようふじん》、よく覚えておけ。あの女は世にたぐひなく美しう見えるが、あれは人間でない、十万年に一度あらはるゝ怖ろしい化生《けしょう》の者ぢや。この天竺の仏法をほろぼして、大千世界《だいせんせかい》を魔界の暗黒《くらやみ》に堕《おと》さうと企《くわだ》つる悪魔の精ぢや。先《ま》づその手始めとして斑足太子をたぶらかし、天地開闢《かいびやく》以来殆《ほとん》どその例《ためし》を聞かぬ悪虐を擅《ほしいまま》にして居《お》る。今お前が見せられたのは其の百分の一にも足らぬ。現にきのふは一日のうちに千人の首を斬つて、大きい首塚を建てた。しかし彼女が神通《じんつう》自在でも、邪《じゃ》は正《せい》に克《か》たぬ。まして天竺は仏《ほとけ》の国ぢや。やがて仏法の威徳《いとく》によつて、悪魔のほろぶる時節は来る。決して恐るゝことはない。併《しか》しいつまでも此処《ここ》に永居《ながい》してはお前の為にならぬ。早く行《ゆ》け、早《はよ》う帰れ」

僧は千枝松の手を取つて門《もん》の外へ押遣《おしや》ると、鉄《くろがね》の大きい扉は音もなしに閉ぢてしまつた。千枝松は魂が抜けたやうに唯《ただ》うつとりと突つ立つてゐた。併し幾らかんがへ直しても、彼《か》の華陽夫人とかいふ美しい女は、自分と仲の好《い》い藻に相違ないらしく思はれた。化生の者でもよい、悪魔の精でも構《かま》はない。もう一度彼《か》の花園へ入込《いりこ》んで、白い象の上に騎《の》つてゐる白い女の顔をよそながら見たいと思つた。

彼は鉄《くろがね》の扉を力まかせに叩いた。拳《こぶし》の骨は砕《くだ》けるやうに痛んで、彼ははつと眼をさました。併《しか》し彼はこのおそろしい夢の記憶を繰返すには余りに頭が疲れてゐた。彼は枕に顔を押付けて又すや〳〵と眠つてしまつた。

二

第二の夢の世界は、前の天竺よりはずつと北へ偏寄《かたよ》つてゐるらしく、大陸の寒い風にまき上げられる一面の砂烟《すなけむり》がうす暗い空を更《さら》に黄《きいろ》く陰《くも》らせてゐた。宏大な宮殿がその渦巻く砂のなかに高く聳《そび》えてゐた。

宮殿は南に向つて建てられてゐるらしく、上《あが》り口には高い階段《きざはし》があつて、階段の上にも下にも白い石甃《いしだたみ》を敷きつめて、上には錦《にしき》の大きい帳《とばり》を垂れてゐた。ところ〴〵に朱く塗つた太い円い柱が立つてゐて、柱には鳳凰《ほうおう》や龍や虎のたぐひが金や銀や朱や碧や紫や色々の濃い彩色を施して、生きたもの丶やうに鮮かに彫られてあつた。折り廻した長い欄干《てすり》は珠《たま》のやうに光つてゐた。千枝松はぬき足をして高い階段の下に怖る〳〵立つた。階段の下には彼のほかに大勢の唐人《とうじん》が控へてゐた。

「叱《し》つ」

人を叱るやうな声が何処からともなく厳粛《おごそか》にきこえて、錦《にしき》の帳《とばり》は左右に開いてする〳〵と巻き上げられた。正面の高いところには、錦の冠を頂いて黄《きいろ》い袍《ほう》を着た男が酒に酔つたやうな顔をして、珠を鏤《ちりば》めた榻《とう》に腰をかけてゐた。これが唐人の王様であらうと千枝松は推量した。王のそばには紅の錦の裳《もすそ》を長く曳《ひ》いて、龍宮の乙姫様かと思はれる美しい女が、女王のやうな驕慢《きようまん》な態度でおなじく珠の榻に倚《よ》りかゝつてゐた。千枝松は伸上つて又おどろいた、その美しい女はやはり彼《か》の藻《みくず》をそのまゝであつた。

「酒はなぜ遅い。肉を持つて来ぬか」と、王は大きい声で叱るやうに呶鳴《どな》つた。

藻に消《に》た女は妖艶な瞳を王の赤い顔にそゝいで高く笑ひこけた。笑ふのも無理はない、王の前には大きい酒の甕《かめ》が幾個《いくつ》も並んでゐて、どの甕にも緑の酒が溢れ出しさうに満々《なみなみ》と盛つてあつた。珠や玳瑁《たいまい》で作られた大きい盤の上には、魚《うお》の鰭《ひれ》や獣《けもの》の股《もも》が山のやうに積まれてあつた。長夜《ちようや》の宴《えん》に酔つてゐる王の眼には、酒の池も肉の林も既《も》うはつきりとは見分けが付かないらしかつた。家来共《けらいども》も侍女《こしもと》等《ら》もたゞ黙つて頭《かしら》を垂れてゐた。

そのうちに藻に消《に》た女が何か囁くと、王は他愛なく笑つて首肯《うなず》いた。家来の唐人はすぐに王の前に召出《めしだ》されて何か命令された。家来はかしこまつて退《しりぞ》いたかと思ふと、やがて大きい油壺を重さうに荷《にな》つて来た。千枝松は今まで気が注《つ》かなかつたが、この時初めて階段《きざはし》の下の一方に太い銅《あかがね》の柱が立つてゐるのを見つけ出した。大勢の家来が寄つて、その柱にどろ〳〵した油をしたゝかに塗り始めると、ほかの家来共は沢山の柴《しば》を運んで来て、柱又その中へ投げ込んだ。二三人が松明《たいまつ》のやうなものを持つて来て、の下の大きい坑《あな》の底へ山のやうに積み込んだ。ある者は油をそゝぎ込んだ。

「寒いので焚火をするのか知らぬ」と千枝松は思つた。しかし彼の想像はすぐに外《はず》れた。柴はやがて燃え上つたらしい。地獄の底から紅蓮《ぐれん》の火焔《ほのお》を噴《ふ》くやうに、真赤な火の塊《かたまり》が坑《あな》一ぱいになつて炎々と颺《あが》ると、その凄《すさま》じい火の光が銅《あかがね》の柱に映《うつ》つて、あたりの人々の眉や鬚《ひげ》を鬼のやうに赤く染めた。遠くから覗《のぞ》いてゐる千枝松の頬までが焦《こ》げるやうに熱くなつて来た。火が十分燃えあがるのを見とゞけて、藻に肖《に》た女は持つてゐる唐団扇《とううちわ》をたかく挙《あ》げると、それを合図に、耳も聾《つぶ》すやうな銅羅《どら》の音が響いた。千枝松はまたびつくりして振向くと、鬚の長い男と色の白い女とが階段《きざはし》の下へ牽《ひ》き出されて来た。彼等も天竺の囚人《めしうど》のやうに、赤裸《あかはだか》の両手を鉄の鎖につながれてゐた。

千枝松は悚然《ぞっ》とした。銅羅の音はまた烈しく鳴りひゞいて、二人の犠牲《いけにえ》は銅《あかがね》の柱のそばへ押遣られた。千枝松は初めて覚《さと》つた。油を塗つた柱に倚《よ》りかゝつた二人は、忽《たちま》ちに身体《からだ》を滑らせて地獄の火坑《かこう》に転げ墜ちるのであらう。彼はもう堪らなくなつて眼を瞑《と》ぢようとすると、階段の下に忙《いそ》がはしい靴の音がきこえた。

今こゝへ駆け込んで来た人は、身の長《たけ》およそ七尺《しゃく》もあらうかと思はれる赭《あか》ら顔の大男で、黄牛《あめうし》の皮鎧《かわよろい》に真黒な鉄の兜《かぶと》をかぶつて、手には大きい鉞《まさかり》を持つてゐた。かれは暴馬《あれうま》のやうに跳《おど》つて柱のそばへ近寄つたかと思ふと、大きい手をひろげて二人の犠牲《いけにえ》を抱き止めた。それを遮《さえぎ》らうとした家来の二三人は、忽ち彼のために火の坑《あな》へ蹴込《けこ》まれてしまつた。彼は裂けるばかりに瞋恚《いかり》の目眦《まなじり》をあげて、霹靂《はたたがみ》の落ちかゝるやうに叫んだ。

「雷震《らいしん》こゝにあり。妖魔亡びよ」

鉞《まさかり》を把直《とりなお》して階段《きざはし》を登らうとすると、女は金鈴《きんれい》を振立てるやうな凜《りん》とした声で叱《しか》つた。大勢の家来どもは剣をぬいて雷震を取囲んだ。坑《あな》の火はます〳〵熾《さかん》に燃えあがつて、広い宮殿を焦《こが》すばかりに紅く照らした。その猛火を背景にして、無数の剣のひかりは秋の薄《すすき》のやうに乱れた。雷震の鉞は大きい月のやうに、その叢薄《むらすすき》のあひだを見えつ隠れつして閃《ひら》めいた。

藻に肖《に》た女は王にさゝやいて徐《しずか》に席を起《た》つた。千枝松は窃《そつ》とあとを尾《つ》けてゆくと、二人は手を把《と》つて高い台《うてな》へ登つて行つた。二人のあとを尾けて来たのは千枝松ばかりでなく、鎧兜を着けた大勢の唐人どもが弓や矛《ほこ》を持つて集まつて来て、台のまはりを忽ち幾重《いくえ》にも取りまいた。そのなかで大将らしいのは、白い鬢鬚《びんひげ》を鶴の毛のやうに長く垂れた老人であつた。千枝松は老人のそばへ行つて怖々《こわごわ》訊いた。

「こゝは何といふ所でござります。お前は何といふお人でござります」

こゝは唐土《もろこし》で、自分は周の武王《ぶおう》の軍師で太公望《たいこうぼう》といふ者であると彼は名乗つた。さうして、更《さら》に斯《こ》ういふことを説明して聞かせた。

「今この国の政治《まつりごと》を執《と》つてゐる殷《いん》の紂王《ちゆうおう》は、妲己《だつき》といふ妖女にたぶらかされて、夜も昼ろしい刑罰を作り出した。まだそれ許りかと、妲己のすゝめに従つて、炮烙《ほうらく》の刑といふ世におそろしい刑罰を作り出した。おまへも先刻《さつき》からこゝにゐたならば、恐らくその刑罰を眼《ま》のあたりに見たであらう。いや、まだ其他にも妲己の残虐は云ひ尽せぬ程ある。生きた男を捕へて釜茹《かまうで》にする、妊婦の腹を割《さ》く。鬼女とも悪魔とも譬《たと》へやうもない極悪非道の罪業《ざいごう》をかさねて、それを日々《にちにち》の快楽《けらく》としてゐる。このまゝに捨置いたら、万民《ばんみん》は野《の》に悲しんで世は暗《くら》黒《やみ》の底に沈むばかりぢや。わが武王これを見るに堪え兼ねて、四百余州の諸侯伯をあつめ、紂王《ちゆうおう》をほろぼし、妲己《だつき》を屠《ほふ》つて、世をむかしの光明《あかるみ》に復《かえ》し、あはせて万民の悩苦《なやみ》を拯《すく》はうとせらるゝのぢや。紂王はいかに悪虐の暴君と云うても、所詮は唯《ただ》の人間ぢや。これを亡《ほろ》ぼすのは左《さ》のみに難しいとは思はぬが、たゞ恐るべきは彼《か》の妲己といふ妖女で、彼女の本性《ほんしよう》は千万年の劫《ごう》を経た金毛白面《きんもうはくめん》の狐ぢや。もし誤《あやま》つてこの妖魔を走らしたら、かさねて世界の禍《わざわい》をなすは知れてある」

その詞《ことば》のいまだ終《おわ》らぬうちに、高い台《うてな》の上から黄い《きいろ》烟《けむり》がうづ巻いて噴き出した。老人は烟を仰《あお》いで舌打ちをした。

「さては火をかけて自滅と見ゆるぞ。暴君の滅亡は自然の命数《めいすう》ぢやが、油断して彼《か》の妖魔を取逃《とりに》がすな。雷震は居《お》らぬか。烟のなかへ駈け入つて早く妖魔を誅戮《ちゆうりく》せよ」

彼《か》の大鉞《おおまさかり》を掻い込んで、雷震がどこからか現れた。彼は動揺《どよ》めいてゐる唐人どもを掻き退《の》けて、兜の上に降《ふ》りかゝる火の粉《こ》の雨をくゞりながら、台《うてな》の上へ直驀地《まつしぐら》に駈けあがつて行つた。老人は気づかはしさうに台をみあげた。千枝松も手に汗を握つて同じく高い空を仰いでゐると、台の上からは幾条《いくすじ》の黄い烟が大きい龍のやうに蜿《のた》打《う》つて流れ出した。その烟のなかから、藻に肖《に》た女の顔が白くかゞやいて見えた。

「射《い》よ」と、老人は鞭をあげて指図した。

無数の征矢《そや》は烟を目がけて飛んだ。女は下界《げかい》をみおろして冷笑《あざわら》ふやうに、高く高く宙を舞つて行つた。千枝松はおそろしかつた。それと同時に、云ひ知れない悲しさが胸に迫つて来て、彼は思はず声をあげて泣いた。

不思議な夢はこれで醒《さ》めた。

あくる朝になつても千枝松は寝床を離れることが出来なかつた。ゆうべ不思議な夢に魘《おそ》はれたせゐか、彼は寒気《さむけ》がして頭《かしら》が痛んだ。叔父や叔母は夜露に当つて冷えたのであらうと云つた。叔母は薬を煎《せん》じてくれた。千枝松はその薬湯《やくとう》を啜《すす》つたばかりで、粥《かゆ》も喉《のど》には通らなかつた。

「藻はどうしたか」

彼は切《しき》りにそれを案じてゐながらも、意地の悪い病におさへ付けられて、いくら藻掻《もが》いても起きることが出来なかつた。叔母も起きてはならないと戒《いまし》めた。それから五日ばかりの間、彼は病の床に封じ込められて、藻の身の上にも、世間の上にも、どんな事件が起《おこ》つてゐるか何《なん》にも知らなかつた。

三

碧い空は静に高く澄んでゐるが、その高い空から急に冬らしい尖つた風が吹きおろして来て、柳の影は昨日《きのう》にくらべると俄《にわか》に痩せたやうに見えた。大納言師道卿《だいなごんもろみちきよう》の屋形の築地《ついじ》の外にも、その柳の葉が白く散つてゐた。

ひとりの美しい少女《おとめ》が屋形の四足門《よつあしもん》の前に立つて案内を乞ふた。

「山科郷に侘《わび》しう暮す藻《みくず》といふ賤《しず》の女《め》でござります。殿に御目見得《おめみえ》をねがひたうて参じました」

取次の青侍は卑《いやし》むやうな眼をして、この貧しげな少女《おとめ》の姿をぢろり〳〵と睨《ね》めた。而《しか》もその睨《ね》めた眼はだん〳〵に蕩《とろ》けて、かれは唖のやうに呼吸《いき》を嚥《の》んで少女《おとめ》の美しい顔を穴のあく程に見つめてゐた。藻はかさねて云つた。

「承《うけたま》はりますれば、関白様の御沙汰として、独寝《ひとりね》の別れといふお歌を召さるゝとやら。不束《ふつつか》ながらわたくしも腰折れ一首詠《よ》み出《い》でましたれば、御覧に入れうと存じまして……」

彼女は耻《はず》かしさうに少しく顔を染めた。青侍は我に返つたやうに首肯《うなず》いた。

「おゝ、さうぢや。関白殿下の御沙汰によつて、当屋形《とうやかた》の大納言殿には独寝のわかれといふ歌を汎《ひろ》く世間から召募《めしつの》らるゝ。そなたも其歌を奉《たてまつ》らうとか。奇特《きどく》のことぢや。しばらく待て」

もう一度美しい少女《おとめ》の顔をのぞいて、彼は奥へ這入つた。柳の葉が少女の上に又はら〳〵と降りかかつて来た。しばらく待たせて青侍は再び出て来て優しく云つた。

「殿が逢はうと仰《おつ》しやる。仔細《しさい》ない、すぐに通れ」

案内されて、藻は奥の書院めいた一間《ひとま》へ通された。どこからか柔《やわら》かい香《こう》の匂ひが流れて来て、在所《ざいしよ》育ちの藻はおのづと行儀を正さなければならなかつた。主人《あるじ》の大納言師道卿は彼女と親《したし》く対《むか》ひ合つて坐つた。敷島《しきしま》の道には上下の隔てもないといふ優しい公家気質《かたぎ》から、大納言はこの賤《しず》の女《め》にむかつても物柔《ものやわら》かに会釈《えしやく》した。

「聞けば独寝の別れの歌を披露せうとて参つたとか。堂上《どうじよう》でも地下《じげ》でも身分は論ぜぬ。たゞ良い歌を奉ればよいのぢや。名は藻とか聞いたが、父母はいづこの何といふ者ぢやな」

「父は……」と、云ひかけて藻はすこし猶予《ためら》つた。

しばらく待つてゐても次の句が容易《ようい》に出て来ないので、師道は催促するやうに訊いた。

「身分は論ぜぬと申しながら、要《い》らぬ詮議をするかとも思はうが、これは関白殿下の御覧に入るゝ歌ぢや。一応は読人《よみひと》の身分を詮議し置かいでは私の役目が立たぬ。父は誰であれ、母は何者であれ、耻《は》づるに及ばぬ。憚《はばか》るにおよばぬ。ただ正直に名乗つて呉《く》るればよいのぢや」

「母はもう此世《このよ》に居りませぬ。父の名をあからさまに申上げませいでは、歌の御披露はかなひませぬか」と、藻は訊き返した。

「かなはぬと申すではないが、先《ま》づおのれの身分を名乗つて、それから改めて披露を頼むといふが一通りの筋道ぢや。父の名は申されぬか」

「はい」

「なぜ云はれぬ。不思議ぢやなう」と、師道は微笑《ほほえ》んだ。「はゝあ、聞《きこ》えた。父の名を先に申立てゝ、若《も》しその歌が無下《むげ》に拙《つたな》いときには、家《いえ》の恥辱《ちじよく》になると思うてか。年端《としは》のゆかぬ女子《おなご》としては無理もない遠慮ぢや。よい、よい。さらばわしも今は詮議すまい。何者の子とも知れぬ藻といふ女子を相手にして、その歌といふのを見て取らさう。料紙《りようし》か短《たん》尺《ざく》にでも認《したた》めてまゐつたか」

「いえ、料紙も短尺も持参いたしませぬ」と、藻は耻《はず》かしさうに答へた。

　師道はすぐに硯《すずり》や料紙のたぐひを運ばせた。この歌を汎《ひろ》く世に募《つの》られてから、大納言の手もとへは毎日幾十枚の色紙や短尺がうづたかく積まれる。さすがは都、これほどの読人が隠れてゐるかと面白く思ふにつけても、心に叶《かな》ふやうな歌は一首も見出されなかつた。人の顔容《かおかたち》を見て、もとより其歌の高下《こうげ》を判ずるわけには行かないが、この少女《おとめ》の世にたぐひなき顔容と、その慧《さか》しげな物の云振りとを併《あわ》せて考へると、師道の胸には一種の興味が湧《わ》いて来た。世にかくれたる才女が突然こゝに現れて来て、自分を驚かすのではないかとも思はれた。彼はぢつと眼を据ゑて、少女の筆の滑《なめら》かに走るのを見つめてゐた。

「お恥かしうござります」

藻は料紙をさゝげて、大納言の前に手をついた。師道は待兼ねたやうに読んだ。

夜《よ》や更《ふ》けぬ閨《ねや》の燈火《ともしび》いつか消えて
わが影《かげ》にさへ別れてしかも

「ほう」と、彼は思はず感嘆の息をついて、料紙の面《おもて》と少女の顔とを等分に見くらべてゐた。想像は事実となつて、隠れたる才女が果《はた》して彼を驚かしに来たのであつた。

「おゝ天晴《あつぱ》れぢや、見事ぢや。ひとり寝の別れといふ難題をこれほどに詠《よ》み出《いだ》す者は、都《みやこ》はおろか、日本中にもあるまい。まことに好《よ》う仕《つかまつ》つた。奇特《きどく》のことぢや。関白殿下《かんぱくでんか》にも定めて御満足であらう。世は末世《まつせ》となつても、敷島《しきしま》の道はまだ衰へぬかと思ふと、われ等も嬉しい」

師道は幾たびか繰返して其歌《そのうた》を読んだ。文字のあとも鮮《あざや》かであつた。かれは感に堪えて少時《しばらく》は涙ぐんでゐた。それに付けても彼はこの才女の身の上を知りたかつた。

「今も聞く通りぢや。これほどの歌は又とあるまい。すぐに関白殿下に御披露申さねばならぬが、さて其時にこの読人《よみひと》は何者ぢやと問はれたら、わしは何と申してよからう。もう此上《このうえ》は隠すにも及ぶまい。いづこの誰《たれ》の子か、正直に明かしてくりやれ」

「どうでも申さねばなりませぬか」と、藻は思ひ煩《わずら》ふやうに云つた。「身分の御詮議がむづかしうござりまするなら、読人知《よみひとし》らずとなされて下さりませ」

「それもさうぢやが、なぜ親の名を云はれぬかなう」

「申上げられませぬ。わたくしはこれでお暇《いとま》申上げまする」

云ひ切つて、藻はしとやかに座を起《た》つた。その凜《りん》とした威《い》に打たれたやうで、大納言は無理に引き留めることも出来なかつた。彼はこの美しい不思議な少女のうしろ姿を夢のやうに見送つてゐたが、急に心づいて青侍《あおざむらい》を呼んだ。

「あの少女のあとを尾《つ》けて、いづこの何者か見とゞけてまゐれ」

青侍を出して遣《や》つて、師道は再び料紙を手に取つて眺めた。容貌《きりよう》といひ、手蹟と云ひ、これほどの少女が地下《じげ》の者の胤《たね》であ

らう筈がない。あるひは然《しか》るべき人の姫ともあらう者が、このやうな悪戯《いたずら》をして興じてゐるのか。但《ただ》しは鬼か狐か狸《たぬき》か。彼もその判断に迷つてゐると、日の暮れる頃になつて青侍が疲れたやうな顔をして戻つて来た。

「殿。あの少女の宿《やど》は知れました」

「お丶、見とゞけて参つたか」

「京の東、山科郷《やましなごう》の者でござりました。あたりの者に問ひましたら、父は其むかし北面《ほくめん》の武士で坂部庄司《さかべのしょうじ》なにがしとか申す者ぢやと教へてくれました」

「北面の武士で坂部何某《なにがし》……」と、大納言は眼を瞑《と》ぢて考へてゐたが、やがて思ひ出したやうに膝を打つた。「お丶、それぢや。坂部庄司蔵人行綱《くらんどゆきつな》……たしかにそれぢや。彼は大《おお》床《ゆか》の階段《きざはし》の下《もと》で狐を射損じた為に勅勘《ちょっかん》の身となつた。その後《のち》いづこに忍んでゐるとも聞かなんだが、さては山科に隠れてゐて、藻《みくず》は彼の娘であつたか。親にも生まれ優《まさ》つた子を持つて、彼はあつぱれの果報者《かほうもの》ぢや」

藻が父の名をつ丶んだ仔細《しさい》もそれで判つた。勅勘の身を憚《はばか》つたのである。父が教へたか、娘が自分に思ひ付いたか、そのつ丶ましやかな心根《こころね》を大納言は床《ゆか》しくも又あはれにも思つた。彼はその夜《よ》すぐに関白忠通卿《かんぱくただみちきょう》の屋形に伺候《しこう》して、世にめづらしい才女の現れたことを報告すると、関白もその歌を読み下して感嘆の声をあげた。

あらためて註《ちゅう》するまでもないが、源《みなもと》の俊顕《としあきら》の歿後《ぼつご》は和歌の道もだん〳〵に衰へて来たのを、再び昔の盛《さかり》にかへさうと努めたのは、この忠通卿である。久安百首《きゆうあんひやくしゆ》はこの時代の産物で、男には俊成《しゆんぜい》がある。清輔《きよすけ》がある。隆季《たかすえ》がある。女には堀川がある。安芸《あき》がある。小大進《こだいしん》がある。国歌は恰《あたか》も再興の全盛時代であつた。その時代の名ある歌人《うたびと》すらも皆《み》な詠《よ》み悩んだ「独寝《ひとりね》のわかれ」の難題を、名も知れぬ賤《しず》の少女が斯《こ》う安々と詠み出《いだ》したのであるから、関白や大納言が驚嘆の舌をまいたのも無理はなかつた。

「父は勅勘の身ともあれ、娘には仔細《しさい》あるまい。予《よ》が逢ひたい。すぐに召《め》せ」と、忠通は云つた。

関白家の侍織部清治《おりべきよはる》はあくる日すぐに山科郷へゆき向《むか》つて、坂部行綱の詫住居《わびずまい》をたづねた。思ひも寄らぬ使者をうけて、行綱もおどろいた。彼は娘が大納言の屋形へ推参したことを些《ちつ》とも知らなかつたのであつた。

その頃の女の嗜《たしな》みとして、行綱は娘にも和歌を教へた。併《しか》しそれが当代の殿上人《でんじようびと》を驚かすほどの名誉の歌人《うたびと》になつてゐやうとは夢にも知らなかつた。かれは驚いてまた喜んだ。彼は父に無断で大納言の屋形に推参した娘の大胆を叱るよりも、それほどの才女を我子に有《も》つたといふ親の誇りに満ちてゐた。

「折角《せつかく》の御召《おめし》、身に余つてかたじけなうはござりますれど……」

云ひかけて彼はすこし猶予《ためら》つた。貧《ひん》と病《やまい》とに呪はれてゐる彼は、関白殿下の御前にわが子を差出すほどの準備がなかつた。いかに磨《みが》かぬ珠《たま》だと云つても、この寒空《さむそら》にむかつて肌《はだ》薄な萌黄地の小振袖一重で差出すのは、自分の恥ばかりでない、貴人に対して礼儀を欠いてゐるといふ懸念もあつた。使者もそれを察してゐた。清治は殿よりの下され物だと云つて、美しい染絹の大振袖一襲《ひとかさ》ねを行綱の前に置いた。

「重々《じゆうじゆう》の御恩《ごおん》、お礼の申上げやうもござりませぬ」

行綱はその賜物《たまもの》を押頂《おしいただ》いて喜んだ。使者に急き立《せ》てられて、藻はすぐに身仕度《みじたく》をした。門《かど》の柿の木の下には清治の供が二人控へてゐた。いたづら者の大鴉《おおがらす》もけふは少し様子が違ふと思つたのか、紅い柿の実を遠く眺めてゐるばかりで迂闊《うかつ》に近寄つて来なかつた。

「御前、よろしう御取《おと》りなしをお願ひ申す」と、行綱は縁端《えんばた》まで躄《いざ》り出て云つた。

「心得申した。いざ参られい」

藻のあと先を囲んで、清治と下人《げにん》等《ら》が門《かど》を出ようとするところへ、千枝松が来た。彼はまだ病揚《やみあが》りの蒼い顔をして、枯枝を杖にして草履《ぞうり》をひき摺《ず》りながら辿つて来た。かれは藻を一目見てあつと驚いたが、そばには立派な侍が物々しい顔をして警固してゐるので、彼はむやみに声をかけることも出来なかつた。隣の陶器師《すえものつくり》の店の前に突つ立つて、彼は見違へるやうに美しくなつた藻の姿を呆《あき》れたやうに眺めてゐると、陶器師の翁《おきな》も婆《ばば》も眼を丸くして簾《すだれ》のあひだから窺《うかが》つてゐた。

藻はそれ等に眼も呉れないやうに、形を正して真直《まつすぐ》にあるいて行つた。千枝松はもう堪《たま》らなくなつて声をかけた。

「藻よ。どこへ行《ゆ》く」

彼女は振向きもしなかつた。一種の不安と不満とが胸に漲《みなぎ》つて来て、千枝松は前後のかんがへも無しに女のそばへ駈け寄つた。

「これ、藻。どこへゆく」と、彼は又訊いた。

「え丶、邪魔するな。退《の》け、退け」

清治は扇《おうぎ》で払ひ退けた。勿論、強く打つほどの気でも無かつたのであらうが、手のはずみでその扇が千枝松の頰《ほお》に礑《はた》と中《あた》つた。かれは赫《かつ》となつて思はず杖を把直《とりなお》したが、清治の怖い眼に睨《にら》まれて竦《すく》んでしまつた。藻は知らぬ顔をして悠々《ゆうゆう》とゆき過ぎた。

塚《つか》の祟《たたり》

一

「おゝ、入道よ。ようぞ見えられた」

関白忠通卿《ただみちきよう》はいつもの優しい笑顔を見せて、今こゝへ這入《はい》つて来た一癖《ひとくせ》ありさうな小作りの瘦法師《やせほうし》をむかへた。法師は少納言通憲入道信西《しようなごんみちのりにゆうどうしんぜい》であつた。当代無双《むそう》の宏才博識《こうさいはくしき》として朝野《ちようや》に尊崇《そんそう》されゐるこの古入道《ふるにゆうどう》に対しては、関白も相当の会釈《えしやく》をしなければならなかつた。ことに学問を好む忠通は平素《ひごろ》から信西を師匠のやうにも敬《うやま》つてゐた。

「けふは藻《みくず》といふ世にめづらしい少女《おとめ》がまゐる筈ぢや。入道もよい折柄《おりから》にまゐられた。一度対面してその鑑定《めきき》をたのみ申したい」と、忠通はまた笑つた。

「藻といふ少女《おとめ》——。それは何者でござるな」と、信西もその険《けわ》しい眉を和《やわら》げて微笑《ほほえ》んだ。

「これ見られい。この歌の読人《よみびと》ぢや」

関白の座敷としては、割合に倹素《けんそ》で、忠通の座右《ざゆう》には料紙硯《りようしすずり》と少しばかりの調度《ちようど》が置かれてあるばかりであつた。忠通は一枚の料紙をとり出して入道の前に置くと、信西はその歌を読みかへして、長い息をついた。

「なにさま好《よ》う仕《つかまつ》つたなう。ひとり寝の別れといふ難題をこれほどに読み出《い》だすものは、世におそらく二人とはござるまい。して、その少女《おとめ》は何者でござるな。身はうき草の根を断《た》えて、水のまに〳〵流れてゆく、藻とは哀れに優しい名ぢや」と、彼は再びその料紙を手にとり上げて、見惚《みと》れるやうに眺めてゐた。

それが曩《さき》に勅勘《ちよつかん》を蒙《こうむ》つた坂部庄司蔵人行綱《さかべのしようじくらんどゆきつな》の娘であると云ひ聞かされて、信西はまた眉を皺《しわ》めた。かれは蔵人行綱の名を記憶してゐなかつた。自分の記憶に残つてゐないくらゐであるから、行綱の人物も大抵《たいてい》知れてあるやうに思はれた。その行綱がこれほどの才女を生み出したといふのは、世にも珍らしいことである。彼もその藻といふ少女《しようじよ》を一目見たいと思つた。

「では、その少女《おとめ》を今日《こんにち》召《め》されましたか」

「大納言《だいなごん》の詞《ことば》によれば、世にたぐひ無いかとも思はるゝほどの美しい少女《おとめ》ぢやさうな。一度逢《お》うて見たいと思うて、今日《こんにち》呼び寄せた。もうやがて参るであらうよ」

幾分《いくぶん》か優柔《ゆうじゆう》といふ批難こそあれ、忠通は当代の殿上人《でんじようびと》のうちでも気品《きひん》の高い、心操《こころばえ》の清《きよ》らかな、まことに天下の宰相《さいしよう》として恥かしからぬ人物であつた。彼は色を好まなかつた。

年もう四十に近い。美しい少女《おとめ》といふ詞《ことば》が彼の口から出ても、それが何の怪《け》しからぬ意味をも含んでゐないことは相手にもよく判つてゐた。客も主人《あるじ》も十六夜《いざよい》の月を待つやうな、風流な悠暢《のびやか》な、さりとて一種の待ち侘しいやうな心持で、その美しい少女《おとめ》のあらはれて来るのを待つてゐた。

「藻が伺候仕《しこうつか》まつりました。すぐに召《め》されまするか」

織部清治《おりべきよはる》は来客の手前を憚《はばか》つて、主人の顔色をうかゞひながら窃《そつ》と訊くと、忠通はすぐに通せと云つた。やがて清治に案内されて、藻は庭先に這入つて来た。

こゝは北の対屋《たいや》の東の庭であつた。午《ひる》すぎの明るい日は建物の大きい影を斜《ななめ》に地に落して、その影のとゞかない築山《つきやま》の裾《すそ》には薄紅《うすあか》い幾株《いくかぶ》かの楓《もみじ》が低く繁つて、暮れゆく秋を春日《かすが》絵《え》のやうに彩《いろど》つてゐた。藻はその背景の前に小さく蹲《うずく》まつて、うや〳〵しく土に手をついた。

「いや、苦しうない。これへ召上《めしのぼ》せて藁蓆《わらふだ》をあたへい」と、忠通は頤《あご》で招《まね》いた。

清治は心得て、藻を縁《えん》に上《あが》らせた。さうして藁《わら》の円座《えんざ》を敷かせようとしたが、藻は辞退して板縁《いたえん》の上に行儀よくかしこまつた。

「予《よ》は忠通ぢや。そちは前の蔵人坂部庄司の娘、藻と申すか」と、忠通は向き直つて声をかけた。

「仰《おお》せの通り、坂部行綱の娘藻、初めて御目見得《おめみえ》つかまつりまする」

彼女は謹《つつし》んで答へると、信西も軽く会釈《えしやく》した。

「わしは少納言信西ぢや」

「遠慮はない。面《おもて》をあげて見せい」

関白に再び声をかけられて、藻はしづかに頭《かしら》をあげた。彼女の顔は白い玉のやうに輝いてゐた。彼女の眉は若い柳の葉よりも細く優しくみえた。彼女の眼《まなこ》は慈悲深い観音《かんのん》のそれよりも柔かく清《きよ》げに見えた。その尊《とうと》げな顔、その優しげな容《かたち》、これが果して人間の胤《たね》であらうかと、色を好まない忠通も思はず驚嘆の呼吸《いき》をのんで、この端麗なる少女の顔容《かおかたち》をのぞき込むやうに眺めてゐた。六十に近い信西入道も我《われ》にもあらで素絹《そけん》の襟《えり》をかき合《あわ》せた。

「年《とし》は幾歳《いくつ》ぢや」と、忠通はまた訊いた。

「十四歳に相成《あいな》りまする」

「ほう、十四になるか。才ある生まれだけに、年より優《ま》して見ゆる。歌は幾歳の頃から誰に習ふた」

この問《とい》に対して、藻はあきらかに答へた。自分は字音仮名《じおんかな》づかひを父に習つたばかりで、これまで定まつた師匠に就《つ》いて学んだことはない。云はゞ我流《がりゆう》でお恥《はず》かしいと云つた。その偽《いつわ》らない、誇気《ほこりげ》のない態度が、いよ〳〵忠通の心を惹いた。かれは更《さら》に打解《うちと》けて云つた。

「何人も詠み悩んだ独寝《ひとりね》の別れの難題を、好《よ》う仕《つかまつ》つた者には相当の褒美を取らさうと、忠通かねて約束してある。そちには何を取らさうぞ。金か絹か、調度《ちようど》のたぐひか、何なりとも望め」

藻の涙は染絹《そめぎぬ》の袖にはら／＼とこぼれた。

「ありがたい仰《おお》せ。拙《つたな》い腰《こし》折《お》れを左《さ》ばかりに御賞美《ごしようび》下されまして、なんなりとも望めとある。そのお情《なさけ》に縋《すが》つて、藻が一生のお願ひを憚《はばか》りなく申上げても宜《よろ》しうございませうか」

「おゝ、よい、よい。包まずに申せ」と、忠通は興《きよう》ありげに首肯《うなず》いた。

「父行綱が御赦免《ごしやめん》を……」

云ひかけて、彼女は恐る／＼縁の上に平伏《ひれふ》した。忠通と信西とは眼《め》をみあはせた。忠通の声はすこしく陰《くも》つた。

「優しいことを申すよ喃《のう》。恩賞として父の赦免を願ふか」

この願ひは二様《によう》の意味で忠通のこゝろを動かした。第一は少女の孝心に感じさせられたのと、もう一つには自分の過去に対する微《かす》かな悔《くや》み心《ごころ》を誘ひ出されたのとであつた。北面《ほくめん》の行綱に狐を射よと命じたのは自分である。行綱が仕損じた場合に、ひどく気色《けしき》を損じたのも自分である。勅勘《ちよつかん》とは云へ、そのとき自分に彼を申宥《もうしなだ》めて遣《や》る心があれば、行綱はおそらく家《いえ》の職《しよく》を剝《は》がれずとも済んだのであらう。勿論彼にも落度はあるが、さまでに厳しい仕置《しおき》をせずともよかつたものをと、その当時にもいさゝか悔む心の兆《きざ》したのを、年月《としつき》の経《た》つに連れて忘れてしまつた。それが今度の歌から誘ひ出《だ》されて、北面《ほくめん》行綱の名が再び忠通の胸によみがへつた。まして自分の眼《め》の前には、美しい少女《おとめ》が泣いて父の赦免を訴へてゐるではないか。忠通もおのづと涙ぐまれた。

「そちの父は勅勘の身ぢや。忠通の一存で兎《と》かうの返答はならぬが、その孝心にめでゝ願ひの趣《おもむき》は聞いて置く。時節を待て」

この時代、関白殿下から直接にかういふお詞《ことば》がかゝれば、遅かれ速かれ願意の貫《つらぬ》くのは知れてゐるので、藻は涙を収めてありがたく御礼《おれい》を申上げた。御前《ごぜん》の首尾《しゆび》の好《よ》いのを見とゞけて、清治は藻に退出を促《うなが》した。

「また召さうも知れぬ。その折には重ねてまゐれよ」

忠通は当坐《とうざ》の引出物として、麗しい色紙短尺《たんざく》と、紅葉《もみじ》がさねの薄葉《うすよう》とを手づから与へた。さうしてこの後《のち》ともに敷島の道に出精《しゆつせい》せよと云ひ聞かせた。藻はその品々を押頂《おしいただ》いて、清治に伴《ともな》はれて元の庭口から徐《しずか》に退出した。

「賢《さか》しい少女ぢや、優しい少女ぢや。ひとり寝の歌をさゝげたも、身の誉《ほま》れを求むる心でない。父の赦免を願はう為か。さりとは哀れに惨《いじ》らしい」と、忠通は彼女のうしろ姿をいつまでも見送つて再び感嘆の嘆息《ためいき》を洩《も》らした。

信西は黙つてゐた。定《さだ》めてなんとか相槌《あいづち》を打つことゝ思ひの外《ほか》、相手は固く口を結んでゐるので、忠通はすこし張合抜《はりあいぬ》けの気味であつた。かれは信西の返事を催促するやうに又云つた。

「あれほどの少女を草の家《や》に朽《く》ちさするは最と惜《い》い。眉目形《みめかたち》といひ、心操《こころばえ》と云ひ、世にたぐひなく見ゆるものを……。なう、入道。彼女《あれ》をわが屋形に迎ひ取つて教《おし》へ育て、ゆく〳〵は宮仕《みやづか》へをもさせうと思ふが、どうであらうな」

信西は眼を瞑《と》ぢて黙つてゐた。彼の険《けわ》しい眉は急に縮んだかと思はれるやうに迫つて顰《ひそ》んで、潤《ひろ》い額には一本の深い皺を織込ませてゐた。かれが大事に臨《のぞ》んで思案に能《あた》はぬ時に、いつも斯《こ》うした凄愴《ものすご》い人相《にんそう》を現はすことを忠通もよく知つてゐた。知つてゐるだけに、なんだか不思議にも不安にも思はれた。

「入道。どうかお為《し》やれたか」

重ねて呼びかけられて、信西は初めて眼をひらいたが、何物かを畏《おそ》るゝやうに其眼を再び皺めて、しばらくは空《くう》を睨《にら》んでゐた。さうして、唸《うめ》くやうにたゞ一言云つた。

「不思議ぢやなう」

それは藻が屋形の四足門《よつあしもん》を送り出された頃であつた。

二

千枝松《ちえまつ》は自分の家《うち》へ一旦帰つて、日のかたむく頃にまた出直して来た。彼は藻が見違へるやうな美しい衣《きぬ》を着て、見馴れない侍に連れてゆかれるのを見て、驚いて怪しんで其仔細《そのしさい》を聞糺《ききただ》さうとしたが、藻は彼に眼もくれないで行《ゆ》き過ぎてしまつた。侍は扇《おうぎ》で彼を打つた。口惜《くや》しいと悲しいとが一つになつて、彼の眼には雫《しずく》が宿つた。かれは藻の一群《ひとむれ》のうしろ姿が遠くなるまで見送つてゐたが、それからすぐに藻の家《うち》へ行つた。藻が関白の屋形へ召されたことを父の行綱から聞かされて、彼もやうやく安心したが、屋形へ召されてから扠《さて》どうしたか、彼の胸にはやはり一種の不安が消えないので、家《うち》へ帰つても落付いてゐられなかつた。

「病揚《やみあが》りぢや。もう日が暮るゝに何処《どこ》へゆく」と、叔母が叱るのを背後《うしろ》に聞き流して、千枝松はそつと家《うち》をぬけ出した。

もう申《さる》の刻《こく》を過ぎたのであらう。綿《わた》のやうな秋の雲はまだその裳《もすそ》をゆふ日に紅く染めてゐたが、そこらの木蔭《こかげ》からは夕暮の色がもう滲《にじ》み出して来て、薄ら寒い秋風が路傍《みちばた》の薄《すすき》の穂《ほ》を白く揺《ゆす》つてゐた。千枝松は今朝《けさ》とおなじやうに枯枝を杖にして辿《たど》つて来ると、陶器師《すえものつくり》の翁《おきな》は門《かど》に立つて高い空をみあげてゐた。

「千枝まよ。また来たか。藻はまだ戻るまいぞ」と、翁は笑ひながら云つた。

「まだ戻らぬか」と、千枝松は失望したやうに翁の顔を見つめた。「関白殿の屋形へ召されて、今頃まで何をしてゐるのかなう」

「こゝから京の上《かみ》まで女子《おなご》の往《ゆ》き戻りぢや。それだけでも相当の時間《ひま》はかゝらう。どうでも藻に逢ひたくば、内《うち》へ這入つて待つてゐやれ。暮れるとだん〳〵寒うなるわ」

翁は両手をうしろに組みあはせながら、𦮙《くさめ》を一つして簾《すだれ》のなかへ潜《くぐ》つて這入つた。千枝松も黙つて附いて這入ると、婆《ばば》は枯れた柴を炉《ろ》に炙《く》べてゐた。

「病《やみ》あがりに朝晩出あるいて、叔母御がなんにも叱らぬかよ」と、婆は烟《けむ》さうな眼をして云つた。「おまへも藻には強《きつ》い執心《しゆうしん》ぢやが、末《すえ》は女夫《めおと》になる約束でもしたのかの」

千枝松の顔は今燃え上《あが》つた柴の火に照されて紅くなつた。かれは烟《けむり》を避《よ》けるやうに眼を伏せて黙つてゐた。

「そりや銘々《めいめい》の勝手ぢやで、わし等《ら》の構《かま》ふたことではないが、お前知つてゐやるか。この頃の藻の様子がどうも日頃とは違《ちご》うておる。現《げん》にこのあひだの夜《よ》もお前や爺様にあれほどの世話を焼かせて、その明《あく》る朝ゆき逢《お》うても碌々《ろくろく》に会釈もせぬ。今までのおとなしい柔順《すなお》な娘とはまるで人が違ふたやうな。喃《のう》。爺様《じいさま》」

人の好《い》い翁《おきな》は隣の娘の讒訴《ざんそ》をもう聞飽きたらしい。唯《ただ》黙つてにや〳〵笑つてゐた。その罪のない笑顔と、意地悪さうな婆の皺面《しわづら》とを見くらべながら、千枝松はやはり黙つて聴いてゐると、婆は更《さら》に口唇《くちびる》を反《そ》らせてその斑《まだら》な歯を剝《む》き出した。

「まだそればかりでない。わしは不思議なことを見た。一昨日《おととい》の宵《よい》に隣村まで酒買ひにゆくと、そこの川縁《かわべり》の薄《すすき》や蘆《あし》が茂つたなかに、藻が一人で立つてゐた。立つてゐるだけなら別に仔細もないが、片手に白い髑髏《されこうべ》を持つて、なにやら頭《かしら》の上に翳《かざ》してゞもゐるやうな。

わしも薄気味が悪うなつて窃《そつ》とぬき足をして通り過ぎた」

その髑髏は彼の古塚《ふるづか》から抱《かか》へて来たものに相違ないと千枝松はすぐに覚《さと》つたが、藻がいつまでもそれを大切に抱へてゐて、なぜそんな怪しい真似をしてゐたのか、それは彼にも判らなかつた。

「私《わし》もその後しばらく藻に逢はぬが、毎晩そのやうなことをしてゐるのであらうか」と、千枝松は心許《こころもと》なげに婆に訊いた。

「わしも知らぬ。わしの見たのは唯《ただ》一度ぢや。何故《なぜ》そのやうなことをしてゐたのか、お前逢ふたら訊いてお見やれ」

「は、、何のむづかしく詮議することがあらうか」と、翁は急に笑ひ出した。「宵の薄暗《うすくら》がりで婆めが何か見違《みたが》へたのぢや。左《さ》もなくば人の見ぬ頃を測《はか》つて、そこらの川へ捨てに行つたのであらう。髑髏を額《ひたい》にかざして冠《かんむり》にもなるまいに、は、、、、」

無雑作《むぞうさ》に云ひ消されて、婆は躍気《やつき》となつた。彼女は手真似《てまね》をまぜて其時のありさまを詳しく説明した。その間《あいだ》に彼女は幾たびか柴の烟《けむり》に咽《む》せた。

「なんの、わしが見違《みたが》へてよいものか。藻はたしかに髑髏を頭《かしら》に頂いてゐたのぢや」

「こりや老爺様《じいさま》のいふ通り、なにかの見違《みたが》へではあるまいか喃《のう》」と、千枝松は不得心《ふとくしん》らしい顔をして側《そば》から喙《くち》を容《い》れた。

左右に敵を引受けて、婆はいよ〳〵口を尖らせた。

「はて、お前等は見もせいで何をいふのぢや。わしは其場へ通りあはせて、二つの眼でたしかにそれを見とゞけたのぢや」

「見たと云うても老《おい》の眼ぢや。その魚のやうな白い眼ではなう」と、千枝松は冷笑《あざわら》つた。

「なんぢや、魚の眼ぢや」と、婆は膝を立て直した。「これでもわしの眼は見透《みとお》しぢや。お前等のやうな明盲と一つにならうかい」

「なにが明盲ぢや」と、千枝松も居直つた。

「そんならわしを魚の眼となぜ云やつた」

「そのやうに見ゆるから云ふたのぢや」

二人が喧嘩腰《けんかごし》になつて口から泡を噴《ふ》かうとするのを、翁《おきな》は又かと云ふやうに笑ひながら鎮《しず》めた。

「はて、もうよい、もうよい。隣の娘が髑髏を頂《いただ》かうと抱《かか》へようと、わし等《ら》になんの関係《かかりあい》もないことぢや。角目立《つのめだ》つて争ふほどのこともないわ。千枝まは兎《と》かくに婆めと仲が好《よ》うないぞ。二人を突きあはせて置いては騒々しくてならぬ。千枝まはもう帰つて、明《あ》日《す》また出直して来やれ」

「さうぢや。爺様がこんな白癩を誘ひ入れたのが悪い」と、婆は焚火越しに睨《にら》んだ。「こゝはわし等の家《うち》ぢや。お前を置くことはならぬ。早う帰つてくりやれ」

「おゝ、帰らいでか。わしがことを白癩と好《よ》う云ふたな。おのれこそ白癩の疫病婆《やくびょうばば》ぢや」

　呶鳴《どな》り散らして、千枝松はそこをついと出ると、外はもう暮れてゐた。その薄暗いなかに女の顔が仄白《ほのしろ》く浮んで見えた。女は小声で彼の名を呼んだ。

「千枝ま」

　それは藻であつた。千枝松は転《ころ》げるやうに駈け寄つた。

「おゝ、藻。戻つたか」

「お前、隣の家《うち》で何か喧嘩《いさかい》でもしてゐたのか。白癩の、疫病のと、そのやうな憎《にく》て口《ぐち》は云はぬものぢや」

「ぢやと云うて、あの婆め。何かに付けてお前のことを悪う云ふ。ほんに〳〵憎い奴ぢや。今もお前が髑髏を頭《かしら》に乗せてゐたの何のと、見て来たやうに云ひ触《ふ》らして私《わし》を弄《なぶ》らうとし居る」と、千枝松はうしろを見返つて罵《ののし》るやうに云つた。

　藻は案外におちついた声で云つた。

「あの婆どのもお前が云ふやうに悪い人でもない。わたしが髑髏を持つてゐるところを、婆どのは確かに見たのであらう。その訳はかうぢや。このあひだの晩、わたしが枕にしてゐた白い髑髏はどこの誰の形見か知らぬが、わたしの身に触《ふ》れたといふも何かの因縁《いんねん》ぢや。回向《えこう》してやりたいと思うて持帰《もちかえ》つて、仏壇にそつと祀《まつ》つて置いたを、父様《ととさま》にいつか見付けられて、このやうな穢《けが》れたものを家《うち》へ置いてはならぬ。旧《もと》のところへ戻して来いと叱られたが、あの森へは怖ろしうて二度とは行《ゆ》かれぬ。おまへに頼まうと思うても、生憎《あいにく》にお前は見えぬ。よんどころ無しにあの川縁《かわべり》へ持つて行つて、普門品《ふもんぼん》を唱《とな》へて沈めて来た。隣の婆どのは丁度そこへ通りあはせて、わたしが髑髏を押頂いてゐるところを見たのであらう。訳を知らぬ人が見たら不思議に思ふも無理はない。婆どのはお前を弄《なぶ》らうとしたのでない。ほんのことを正直に話したのぢや」

「さうかなう」

千枝松もはじめて首肯《うなず》いた。藻が薄暗い川縁に立つて髑髏をかざしてゐた仔細《しさい》もこれで判つた。陶器師の婆が根もないことを云ひ触らしたのでないと云ふ證拠《しようこ》も挙《あが》つた。彼は一時の腹立ちまぎれに喧嘩を売つて、人のよい老爺様《じいさま》の気を痛めたことを少し悔むやうになつて来た。

「それから今日《きよう》は関白殿の屋形へ召されて、御前《ごぜん》の首尾はどうであつた」

「首尾は上々ぢや」と、藻は誇るやうに云つた。「色紙やら短尺《たんざく》やら色々の引出物をくだされた。帰りも侍衆《さむらいしゆう》が送つて来てくれたが、侍衆の話では、わたしを御屋形へ御奉公に召されうも知れぬと……」

「なんぢや、御奉公に召さるゝと……。して、その時はどうする積《つも》りぢや」と、千枝松はあわたゞしく訊いた。

「どうすると云うて……。ありがたく御請《おうけ》するまでぢや。もしさうなれば思ひも寄らぬ身の出世ぢやと、父様《ととさま》も喜んでゐやしやれた」

秋の宵闇は二人を押包んで、女の白い顔ももう見えなくなつた。その暗いなかから彼女の顔色を読まうとして、千枝松は梟《ふくろう》のやうに大きい眼をみはつた。

「御請する……。関白殿の屋形へまゐるか。お宮仕《みやづか》へは一生《いつしよう》の奉公と聞いてゐる。それほどで無《の》うても、三年や五年でお暇《いとま》は下されまいに、お前はいつこゝへ戻つて来る積りぢや」

「それはわたしにも判らぬ。三年か五年か、八年か十年か、一生か」と、藻は平気で答へた。

それでは約束が違ふと云ひたいのを、千枝松はぢつと嚙み殺して、しばらく黙つて居た。勿論、二人のあひだに表向《おもてむき》の約束はない。行末《ゆくすえ》はどうすると云ふことを藻の口から明白《あらわ》に云ひ出したこともない。父の行綱《ゆきつな》も娘をお前に遣《や》らうと云つたことはない。所詮《しよせん》は不言不語《いわずかたらず》のうちに千枝松が自分極《じぶんぎわ》めをしてゐたに過ぎないのである。この場合、彼は藻にむかつて正面からその違約を責める権利はなかつた。しかし彼は悲しかつた。口惜《くやし》かつた。腹立《だた》しかつた。どう考へても藻を宮仕へに出して遣りたくなかつた。

「その身の出世と云うても、出世するばかりが人間の果報でもあるまいぞ。奉公など止《や》めにしやれ」と、彼は卒直《そつちよく》に云つた。

藻はなんにも云はなかつた。

「忌《いや》か。どうでも関白殿の屋形へまゐるのか」と、千枝松は畳《たた》みかけて云つた。「わたしの叔母御のところへ来て烏帽子《えぼし》を折習《おりなら》ひたいと云ふたは嘘か。お前はわたしに偽《いつわ》つたか」

彼はこの問題を捉へて来て、女の違約を責める材料にしようと試みたが、それは手もなく跳返《はねかえ》された。

「そりや御奉公せうとも思はぬ昔のことぢや」

「その昔を忘れては済むまい」

暗いなかでは女の顔色を窺《うかが》ふことができないので、千枝松は焦《じ》れて藻の手をつかんだ。さうして隣の陶器師の門《かど》まで曳《ひ》いてゆくと、炉《ろ》の火は疎《まば》らな簾《すだれ》を薄紅く洩《も》れて、女の顔が再び白く浮き出した。千枝松はその顔を覗《のぞ》き込んで云つた。

「これほど云うてもお前は肯《き》かぬか。わしの頼みを肯《き》いてくれぬか。なう、藻。わしも来年は男になつて、烏帽子折の商売するのぢや。わしが腕限り働いたら、お前達親子の生活《くらし》には事欠《ことか》かすまい。宮仕へなどして何になる。結局《けつく》は地下《じげ》で暮すが安楽ぢや。第一おまへが奉公に出たら、病気の父御《てゝご》はなんとなる。誰《たれ》が介抱すると思ふぞ。わが身の出世ばかりを願うて、親を忘れては不孝ぢやぞ」

第一の抗議で失敗した彼は、更《さら》に孝行の二字を控《ひか》へ綱《づな》にして、女の心をひき戻さうと燥《あせ》つたが、それもすぐに切放された。

「わたしが御奉公するとなれば、父様の御勘気も免《ゆ》るゝ。殿に願《ねご》うて良い医師《くすし》を頼むことも出来る。なんのそれが不孝であらうぞ」

千枝松はあとの句を継ぐことが出来なくなつた。藻は勝誇つたやうに笑つた。

「おまへとも久しい馴染《なじみ》であつたが、もうこれがお別れにならうも知れぬ。今もおまへが云ふた通り、来年は男になつて、叔父様や叔母様に孝行しなされ」

彼女は幽霊のやうに元の闇に消えてしまつた。

三

千枝松はその晩眠らずに考へた。

「陶器師《すえものつくり》の婆《ばば》の云ふたに嘘はない。藻《みくず》はむかしの藻でない。まるで生まれ変つた人のやうな」

明日《あした》はもう一度たづねて行つて、今度はなんと云つて口説《くど》き伏せようかと、かれは疲れ切つた神経をいよ〳〵尖《とが》らせて、秋の夜長を悶《もだ》え明かした。暁の鶏の啼《な》く頃から彼は又もや熱が昂《たか》くなつた。

「それお見やれ。確《しか》と癒《なお》り切らぬ間《ま》にうか〳〵と夜歩きをするからぢや」と、かれは叔母から又叱られた。叔父からも生命《いのち》知らずめと叱られた。さうして、四日ばかりは戸外《とおで》出を厳しく戒《いまし》められた。

いかに燥《あせ》つても、千枝松は動くことが出来なかつた。四日目の朝には気分が少し快《よ》くなつたので、叔母が買物に出た留守を狙つて、彼は竹の杖にすがつて家《うち》を這ひ出した。三四日のうちに今年の秋も急に老《ふ》けて、畑の蜀黍《もろこし》もみな刈取られてしまつたので、そこらの野《の》面《づら》が際限《はてし》もなく遠く見渡された。千枝松は世界が俄《にわか》に広くなつたやうに思つた。さうして、晴々しいと云ふよりも、なんだか頼りないやうな悲しい思ひに涙ぐまれた。かれは重い草《ぞう》履《り》を引摺《ひきず》つてとぼ〳〵と歩いて来た。

藻の門《かど》の柿の梢《こずえ》がやう〳〵眼に這入つたと思ふ頃に、かれは陶器師の翁《おきな》に逢つた。翁は野菊の枝を手に持つて、寂しさうに俯向《うつむ》き勝《がち》に歩いてゐた。ふたりは田圃路《たんぼみち》のまん中で向ひ合つた。

「老爺様《じいさま》。どこへゆく」

挨拶なしで行《ゆ》き違ふわけにも行《ゆ》かないので、千枝松の方《ほう》から先《ま》づ声をかけると、翁は歪《ゆが》んだ烏帽子を押直しながら、いつもの通りに笑つてゐたが、その頤《おとがい》には少し痩《やせ》がみえた。

「これぢや、婆の墓参りぢや」と、彼は手に持つてゐる紅い花を見せた。

「婆どのが死んだか」と、千枝松もさすがに驚かされた。「いつ死なしやれた。急病か」

「お、、丁度おまへが来て、喧嘩《いさかい》をして帰つた晩ぢや」

その夜ふけに窃《そつ》と戸を叩いた者がある。婆はいつもの寝坊に似合はず、すぐに起きて戸をあけた。外には誰が立つてゐたのか知らないが、彼女はその儘《まま》、、するりと表へ出て行つて、夜のあけるまで帰つて来なかつた。翁《おきな》も不思議に思つて近所に聞き合せたが、なにぶんにも夜更《よふ》けのことで誰《たれ》も知つてゐる者はなかつた。だん〳〵猟《あさ》り尽《つく》した揚句《あげく》に、翁はふと過日《このあいだ》の杉の森を思ひついて、念のために森の奥へ這入つてみると、婆は藻とおなじやうに彼《か》の古塚《ふるづか》の下《した》に倒れてゐた。しかし彼女は何者にか喉《のど》を咬《く》ひ破られてゐて、到底《とても》その魂《たましい》を呼びかへす術《すべ》はなかつた。葬式は近所の人達の手を借りて、その明《あく》る日の夕方にとゞこほりなく済ませたと、翁も顔を陰《くも》らせながら話した。

千枝松も眉を寄せて、この奇怪な物語に耳をかたむけてゐると、翁《おきな》は又云つた。

「わしのかんがへでは、それも皆《みん》な古塚の祟《たたり》ぢや。わし等《ら》があの森の奥へむざと踏み込んだので、その祟が私《わし》の身にはかゝらいで、婆の上に落ちかゝつて来たのぢや。婆めは塚の主《ぬし》にひき寄せられて、あの森の奥に死屍《しかばね》を晒《さら》すやうになつたのであらう。千枝まよ、お前もまんざら関係《かかりあい》がないでも無い。婆めはあの丘の裾《すそ》に埋《うず》めてある。暇《ひま》があつたら一度はその墓を拝《おが》んで遣《や》つてくれ。生きてゐる間は仇《かたき》同士のやうにしてゐても、死ねば仏《ほとけ》ぢや。どうぞ回向を頼むぞよ」

斯《こ》う云つてゐるうちに、翁はだん〳〵に平常《ふだん》の笑顔にかへつた。併《しか》し千枝松は笑つてゐられなかつた。俄《にわか》に物《もの》の祟と云ふことが怖ろしくなつて来て、さらでも寒い朝風に吹き晒されながら、彼は鳥肌の身を竦《すく》めた。

「それは気の毒ぢや。わしも屹《きつ》と拝《おが》みにゆく」

翁に別れて二足三足《ふたあしみあし》行《ゆ》きかゝると、彼はあとから呼び戻された。

「千枝まよ。まだ云ひ残したことがある。藻はもう家《うち》にゐぬぞよ」

千枝松の顔色は変つた。翁は戻つて来て気の毒さうに云つた。

「婆めの弔《とむ》らひのときには藻も来て手伝《てつど》うてくれたが、その明る日に都から又お使《つかい》が来たさうで、すぐに御奉公にあがることに決《きま》つて、きのふの午頃《ひるごろ》にいそ〳〵して出て行つたよ」

渡り鳥が二人の頭の上を高く群《むらが》つて通つたので、翁は思はず空《そら》をみあげた。千枝松は俯向いて口唇《くちびる》を噛んでゐた。

「詳しいことは庄司どのに訊いてお見やれ。婆がゐなくなつたので寂しうてならぬ。わしが家《うち》へも相変らず遊びに来てくれよ」

千枝松はうなづいて別れた。

仇《かたき》のやうに憎んでゐた白癩の疫病婆《やくびようばば》でも、その死を聞けば流石《さすが》に悲しかつた。その奇怪な死《しに》ざまは更《さら》に怖ろしかつた。しかし今の千枝松に取つては、婆の死も塚の祟ももう問題ではなかつた。彼は半分夢中で藻の家《うち》へ急いでゆくと、行綱《ゆきつな》は蒲団《ふとん》の上に起き直つてゐた。

「お丶、いつも見舞うてくれて忝《かたじ》けない」と、行綱はいつになく晴れやかな眼をして云つた。「そなたと仲好しであつた藻は、関白殿の屋形へ召されて行つた。わしもまだ起臥《おきふし》も自由でない身の上で、介抱《かいほう》の娘を手放してはいさゝか難儀ぢやと思ふたが、第一には彼女《あれ》の出世にもなること、惹《ひ》いてはわしの仕合せにもなることぢやで、思ひ切つて出して遣つた。行末《ゆくすえ》のことはわからぬが、一度御奉公に召されたからは五年十年では戻られまい。そなたも藻とは久しい馴染《なじみ》ぢや。娘の出世を祝うてくりやれ」

千枝松はもう返事が出なかつた。聞くだけのことを聞いてしまつて、彼はすぐに外へ出ると、門《かど》の柿の梢《こずえ》には鴉《からす》の啄《ついば》み残した大きい実が真紅《まっか》に爛《ただ》れて熟《じゅく》して、その腐つた葉が時々にはら〳〵と落ちてゐた。彼は陰《くも》つた眼をあげて其《その》梢をみあげてゐる中《うち》に、熱い涙が頬《ほお》を伝つて流れ出した。

藻は自分を捨てゝ奉公に出てしまつた。五年十年、或《あるい》はもう一生戻らないかも知れない。それを思ふと彼はむやみに悲しくなつた。来年から一人前の男になつて烏帽子折の商売に出るといふ楽《たのし》みも、藻といふものがあればこそで、その藻が鳥のやうに飛んで行つてしまつて、再び自分の籠《かご》には戻らないと決《きま》つた以上、自分はこの後なにを楽みに働く。なにを目的《めあて》に生きてゆく。千枝松はこの世界が俄《にわか》に暗黒《くらやみ》になつたやうに感ずると同時に、まだほんたうに癒《なお》り切らない病《やまい》の熱が又募《またつの》つて来た。かれの総身は火に燬《や》かれるやうに熱くなつた。彼は呼吸苦《いきぐる》しいほどに喉《のど》が渇《かわ》いて来たので、隣の陶器師の家《うち》へ転げ込《ころ》んで一杯の水を飲まうとしたが、翁《おきな》の留守を知つてゐるので流石《さすが》に遠慮した。かれは杖を力にして近所の川縁《かわべり》へさまよつて行つた。

こゝは藻と一緒にたび〳〵遊びに来た所である。このあひだも十三夜《じゅうさんや》の薄《すすき》を折りに来た所である。二人が睦《むつま》じくならんで腰をかけた大きい柳はそのまゝに横《よこた》はつて、秋の水は音も無しに白く流れてゐる。千枝松は水の際《きわ》に這ひ寄つて、冷い水を両手に掬《すく》つて強《したた》かに飲んだが、総身はいよ〳〵燃えるやうに熱《ほて》つて、眼が眩《くら》みさうに頭が岑々《しんしん》と痛んで来た。彼はもう起《た》つて歩くことが出来なくなつたので、杖をそこに捨てゝしまつた。蟹のやうに這つてあるいて、枯れた蘆《あし》や薄《すすき》の叢《むら》をくゞつて、兎《と》もかくも往来まで顔を出したが、彼はまた考へた。

「もういつそ死んだが優《ま》しぢや」

藻を失つた悲哀《かなしみ》と病《やまい》に苛《さいな》まるゝ苦痛《くるしみ》とを忘れるために、寧《いつ》そこの水の底へ沈んでしまはうと、彼は咄嗟《とつさ》のあひだに覚悟をきめた。彼は再び水の際《きわ》へ這ひ戻つて、蒼ざめた顔を水に映《うつ》した一刹那《いつせつな》に、うしろから其の腰のあたりを引つ掴《つか》んで不意にひき戻した者があつた。

「これ、待て」

それは下部《しもべ》らしい小男《こおとこ》であつた。頽《くず》れた堤《つつみ》の上にはその主人《しゆじん》らしい男が立つてゐた。もう争ふほどの力もない千枝松は、小児《こども》につかまれた狗児《いぬころ》のやうに堤の際までずる〳〵と曳摺《ひきず》られて行つた。

「お前はそこに何をしてゐる」と、主人らしい男は彼に徐《しずか》に訊いた。男は三十七八でもあらう。水青《みずあお》の清らかな狩衣《かりぎぬ》に白い奴《ぬ》袴《はかま》をはいて、立烏帽子をかぶつて、見るから尊《とうと》げな人品《ひとがら》であつた。彼は鼻の下に薄い髭《ひげ》をたくはへてゐた。優しいながらも何処《どこ》やらに犯し難《がた》い威《い》を有《も》つた彼の眼のひかりに打たれて、千枝松は土に手をついた。

「見れば顔の色もようない」と、男は重ねて云つた。「おまへは怪異《あやかし》に憑《つ》かれて命を亡《うしな》ふといふ相《さう》が見ゆる。危《あやう》いことぢや」

「殿のお訊《たず》ねぢや。つゝまず云へ。おのれ入水《じゆすい》の覚悟であらうが……」と、下部《しもべ》は叱るやうに云つた。

「わしは播磨守泰親《はりまのかみやすちか》ぢや。何者の子か知らぬが、おまへの命を救うて遣りたい。死ぬる仔細《しさい》を詳《つぶ》らに申せ」

　泰親の名を聴いて、千枝松もおもはず頭《かしら》をあげて、自分の前に立つてゐる其人の顔を恐る〳〵仰いで視た。播磨守泰親は陰陽博士《おんようはかせ》安倍晴明《あべのせいめい》が六代の孫で、天文亀卜《てんもんきぼく》算術の

長《おさ》として日本国中に隠れのない名家《めいか》である。その人の口からお前には怪異《あやかし》が憑いてゐると占《うらな》はれて、千枝松はいよ〳〵怖ろしくなつた。

かれは泰親の前で何事も詐《いつわ》らずに語つた。泰親は眼を瞑《と》ぢてしばらく勘考《かんこう》してゐたが、やがて又徐《しず》かに云つた。

「その藻とやらいふ女子《おなご》の住家《すみか》はいづこぢや。案内《あんない》せい」

泰親はなにやら薬を把出《とりだ》してくれた。それを飲むと千枝松は俄《にわか》に神気《しんき》が爽快《さわやか》になつた。かれは下部《しもべ》に扶《たす》けられて行綱の家の前まで辿《たど》つてゆくと、泰親は立停《たちど》まつて家《いえ》のまはりを見廻した。それから更《さら》に眉を皺めて家《や》の上を高くみあげた。

「凶宅ぢや」

柿の梢にはいつもの大きい鴉が啼いてゐた。

花の宴

一

それから年の暦《こよみ》が四たび変つて、仁平《にんぺい》二年の春が来た。

この三四年は疫病神《やくびようがみ》もどこへか封じ込められて、その暴《あら》ぶる手を人間の上に加へなかつた。やゝもすれば神輿《みこし》を振り立てゝ暴れ出す延暦寺《えんりやくじ》の山法師共《やまほうしども》も、この頃《ごろ》はおとなしく斎《とき》の味噌汁を啜《すす》つて経《きよう》を読んでゐるらしい、長巻《ながまき》のひかりも高足駄《たかあしだ》の音も都の人の夢を驚かさなかつた。検非違使《けびいし》の吟味《ぎんみ》が厳しいので盗賊の噂も絶えた。火事も少かつた。風雨《あらし》もなかつた。この世の乱れも近《ちかづ》いたやうに怯《おび》えてゐた平安朝末期の人の心もいつか弛《ゆる》んで、再び昔の暢《のび》やかな気分にかへると、その弛んだ魂の緒《お》を更《さら》に弛めるやうに、今年の春は麗《うらら》かに晴れた日がつゞいた。野にも山にも桜をかざして群れ遊ぶ人が多いので、浮かれた蝶《ちよう》はその衣《きぬ》の香《か》を追ふに忙がしかつた。

関白忠通卿《かんぱくただみちきょう》が桂《かつら》の里《さと》の山荘でも、三月のなかばに花の宴《えん》が催《もよお》された。氏《うじ》の長者《ちょうじゃ》といふ忠通卿の饗讌《きょうえん》に洩《も》れるのは一代の恥辱《ちじょく》であると云ひ囃《はや》されて、世にあるほどの殿上人《でんじょうびと》は競つてこゝに群れ集まつた。濡《ぬ》るゝとも花の蔭《かげ》にてと云ふ風流《ふうりゅう》の案内であつたが、春の神もこの晴《はれ》がましい宴《うたげ》の莚《むしろ》を飾らうとして、この日は朝から美しい日の光が天にも地にも満ちてゐた。

風流《みやび》の道に魂《たましい》を打込んで、華美《はで》がましいことを余り好まなかつた忠通も、一昨年《おととし》初めて氏の長者と定《さだ》められてから自然《おのず》と心も驕《おご》つて来た。世の太平にも狎《な》れて来た。この当時の殿上人が錦《にしき》を誇る紅葉《もみじ》のなかで、彼は飾りなき松の一樹《ひとき》と見られてゐたのが、いつか時雨《しぐれ》に染められて、彼もまた漸次《しだい》に華美《かび》を好むやうに移り変つて来た。もう一つには藤原氏の長者といふ大いなる威勢を他《ひと》に示さうとする政略の意味も幾分かまじつて、けふの饗讌は彼として実に未曽有《みぞう》の豪奢《ごうしゃ》を極めたものであつた。かねて斯《こ》うと大かたは想像して来た賓客《まろうど》達も、予想を裏切らるゝばかりの善美《ぜんび》の饗応《もてなし》にはその軟柔《やわらか》い胆《きも》を挫《ひし》がれた。主人《あるじ》は得意であつた。客も無論満足であつた。

思ひ〳〵に寄集《よりつど》つて色紙や短尺《たんざく》に筆を染める者もあつた。管絃の楽を奏する者もあつた。当日の賓客は男ばかりではこちたくて興が薄いといふので、なにがしの女房《にょうぼう》達や何某《なにがし》の姫達もみな華やかな化粧《よそおい》を凝《こ》らしてその莚に列《つら》なつてゐた。その美しい衣《きぬ》の色や、袖《そで》の香《か》や、楽《がく》の音《ね》や、それもこれも一つになつて、焙《あぶ》るやうに暖かい春のひかりの下に溶《と》けて流れて、花も蝶も鶯《うぐいす》も色をうしなひ声を潜《ひそ》めるばかりであつた。

これもその美しい絵巻物のなかから抜け出して来た一人であらう。縹色《はなだいろ》の新しい直衣《のうし》を着た若い公家《くげ》が春風に酔《よい》を醒まさせてゐるらしく、水に漂《ただよ》ふ花の影をみおろしながら汀《みぎわ》の白い石の上に立つてゐると、うしろから窃《そつ》と声をかけた者があつた。男は振向いて立烏帽子《たてえぼし》の額《ひたい》を押直した。

「玉藻《たまも》の前《まえ》。けふは色々の御款待《おんもてなし》、なにかと御苦労でござつた」

若い公家は左少弁兼輔《さしようべんかねすけ》であつた。色の白い、髯《ひげ》の薄い優雅の男振りで、詩文も拙《つたな》い、歌も巧みであつた。そのほかに絵もすこしばかり書いた。笛もよく吹いた。当代の殿上人のうちでも風流男《みやびおのこ》の誉《ほま》れを謳《うた》はれて、何の局《つぼね》、なんの女房と屢々《しばしば》あだし名を立てられるのを、ひとにも羨《うらや》まれ、彼自身も誇らしく考へてゐた。

その風流男の前に立つて恥らふ風情《ふぜい》もなしに心安《こころやす》げに物をいふ女子《おなご》は、人間の色も恋も疾《と》うに忘れ果てた古女房《ふるにようぼう》か、但《ただ》しは色も風情もかれに劣らぬといふ自信を有《も》つた風流《みやび》の乙女《おとめ》か、二つのうちの一つでなければならなかつた。彼と向き合つてゐる女子は確かに後《のち》の方《ほう》の資格を完全に具《そな》へてゐた。

「なんの御会釈《ごえしやく》に及びませう。御款待《おんもてなし》はわたくしどもの役目、何事も不行届きで申訳がございませぬ。この頃の春の日の暮るゝにはまだ間《ひま》もございませう。あちらの亭《ちん》へお越しなされて、今すこし杯《さかずき》をお過《すご》しなされては如何《いかが》。わたくし御案内を仕《つか》まつります」

「いや、折角《せつかく》ながら杯はもう御免くだされ。先刻から苛《いこ》う酔《よ》ひ頽《くず》れて、みだりがましい姿を人々に見せまいと、この木蔭まで逃げてまゐつたほどぢや」と、兼輔は扇《おうぎ》を額にかざしながら微笑《ほほえ》んだ。

「と申さるゝは嘘で、誰やらとこゝで出逢ふ約束と見えました。さう云ふことなら、わたくし何時《いつ》までもこゝにゐて、お前がたの邪魔しますぞ」と、女も扇を口にあてゝ、軽く笑つた。

「これは迷惑。われ等《ら》には左様な心当ては少しもござらぬ。唯《ただ》こゝらにさまよひ暮して、物いはぬ花のかげを眺めてゐるばかりぢや。お弄《なぶ》りなさるな」

まじめらしく弁解《いいわけ》する男の顔を、女はやはり笑ひながらぢつと見入《みい》つてゐた。遠い亭座敷《ちんざしき》から笛の声が緩《ゆる》く流れて来て、吹くともない春風にほろ〳〵とこぼれて落ちる桜の花片《はなびら》が、女の鬢《びん》の上に白く宿つた。

女は玉藻の前であつた。坂部庄司蔵人行綱《さかべのしょうじくらんどゆきつな》の娘の藻《みくず》が関白忠通卿の屋形に召《め》し出《だ》されて、侍女《こしもと》の一人に加へられたのは、彼女が十四の秋であつた。当代の賢女《けんじょ》と云ひ囃《はや》されてゐた忠通の奥方は、それから間もなく暴《にわか》に死んだ。忠通もその後《ご》無妻であつたので、美しいが上に慧《さか》しい藻は主人の卿《きょう》の寵愛《ちょうあい》を一身にあつめて、今年十八の花の春をむかへた。奉公の後《のち》も忠通はむかしのまゝに藻といふ名を呼ばせてゐたが、玉のやうに清らかな彼女のかんばせは早くも若公卿原《わかくげばら》の眼をひいて、誰が云ひ出したとも無しに、彼女の名の上には玉といふ字が冠《かぶ》らせられた。それがだん〳〵に云ひ慣《なら》はされて、主人の忠通すらも今では彼女を玉藻《たまも》と呼ぶやうになつた。才色《さいしよく》たぐひなきこの乙女を自分の屋形にたくはへてあると云ふことが、主人の一種の誇りとなつて、客のあるごとに忠通は玉藻を給仕に召した。仮初《かりそめ》の物詣《ものもうで》や遊山《ゆさん》にもかならず玉藻を供に連れて出た。忠通がこの頃《ごろ》やうやく華美の風《ふう》に染《そ》みて来たのも玉藻を近づけてから後《のち》のことであつた。

玉藻が外から帰つて来ると、長い袂《たもと》はいつも重くなつてゐた。その袂へ人知れずに投げ込まれた数々の文《ふみ》や歌《うた》には、いづれも憧憬《あこが》れた男どもの魂《たましい》が籠《こも》つてゐたが、玉藻は一度も返《かえ》しをしなかつた。それでも根気よく絆《まつ》はつて来る者が多いので、彼女の袂はけふも余ほど重くなつてゐるらしかつた。それを察して、今度は兼輔の方から弄《なぶ》るやうに云つた。

「なう、玉藻の前。けふはお身の袂も定めて重いことでござらう。身投げするものは袂に小石を拾うて入《い》るゝとか云ふが、お身のやうに重い袂を持つてゐる者が迂濶《うかつ》にこの流れに陥《はま》つたら、なか〳〵浮びあがられまい。気をつけたがようござるぞ」

精一ぱい軽口のつもりで彼は自分から笑つてかゝると、玉藻も堪えられないやうに、扇で顔をかくしながら云つた。

「そりやお身様《みさま》御自身のことぢや。わたくしのやうな端下者《はしたもの》が何でそのやうな……。現在の證拠はお身様こそ、さつきから人待顔にこゝに忍んでござるでないか」

今度は別に弁解《いいわけ》をしようともしないで、兼輔は唯《ただ》にや〳〵と笑つてゐた。実をいふと、彼も然《そ》ういふ心構《こころがま》へが無いでもない。自分ほどの者が団欒《まとい》を離れて、かうして一人でさまよつてゐるからには、誰か慕《した》ひ寄つて来る女があるに相違ないと、誰をあてとも無しに待網《まちあみ》を張つてゐるところへ、思ひのほかの美しい人魚が近寄つて来たのであつた。彼はどうしてこの獲物を押へようかと窃《ひそか》に工夫《くふう》を練《ね》つてゐた。

「うたがひも人にこそよれ、兼輔は左様な浮かれた魂を抱《かか》へた男でござらぬ。さう云ふお身はなにしにこゝへ参られた。われ等こそ此処《ここ》に居《お》つてはお邪魔であらうに……。ほんにさうぢや。お身が先刻あちらの亭《ちん》へゆけと云はれたは、その謎か。それを悟《さと》らで、うか〳〵と長居したは、われ等《ら》の不粋《ぶすい》ぢや。免《ゆる》してくだされ」

相手の心をさぐる積《つも》りであらう。彼は笑ひにまぎらせて徐《しずか》にこゝを立去らうとすると、その袂《たもと》はいつか白い手に摑《つか》まれてゐた。

「お身様、御卑怯《ごひきよう》ぢや」

兼輔は相手の心を測《はか》りかねて、黙つて立停まつた。

「殿上人のうちでも風流の名の高いお身様ぢや。女子《おなご》をなぶるは常のことゝ思うてもゐられうが、若《も》しこゝに浅墓《あさはか》な一図《いちず》な女子があつて、弄《なぶ》らるゝとは知らいで思ひ詰めたら、お身様それを何《ど》うなされまする」

「われ等《ら》は正直者、ひとを弄つた覚えはござらぬ」と、兼輔は眼で笑ひながら空嘯《そらうそぶ》いた。

「いや、無いとは云はせませぬ。お身様、これを御存じないか」

玉藻は叮嚀《ていねい》に畳んだ短尺《たんざく》を懐中《ふところ》から探り出して、男の眼の前につき付けた。嬉しいと、流石《さすが》に恥《はずか》しいとが一つになつて、兼輔は顔の色をすこし染めた。

「お身様を御卑怯といふたが無理か。この歌の返しを申上げうとて人目を忍んでまゐつたものを、お身様はむごく突放《つきはな》して逃《に》げうとか」

妖艶な瞳のひかりに射《い》られて、兼輔は肉も骨も一度に蕩《とろ》けるやうに感じた。玉藻は笑ひながらその短尺を再び自分のふところに収めると、若い公家《くげ》の魂もそれと一緒に、女の懐中《ふところ》へ吸ひ込まれてしまつた。

二

「お身様の叔父御《おじご》は法性寺《ほうしようじ》の隆秀《りゆうしゆう》阿闍梨《あじやり》でおはすさうな。世にも誉《ほま》れの高い碩学《せきがく》の聖《ひじり》、わたくしも一度お目見得《めみえ》して、眼《ま》のあたりに教化《きようげ》を受けたい。お身様御案内してくださらぬか」と、玉藻は思ひ入つたやうに云つた。それは彼女の口から恋歌《こいか》の返しを兼輔の耳にそつと囁《ささや》いた後《のち》であつた。

「ほう、法性寺の叔父にお身はまだ一度も逢はれぬか」と、兼輔はすこし不思議さうな顔をした。

法性寺は誰《たれ》も知る通り、関白家建立《こんりゆう》の寺である。忠通卿の尊崇等閑《そんそうなおざり》でないことは兼輔もかねて知つてゐた。その寺の尊《とうと》い阿闍梨に、玉藻が一度も顔をあはせてゐないと云ふのは、なんだか理窟に合はないやうにも思はれた。

「阿闍梨は女子が強《きつ》いお嫌《きら》ひさうな」と、玉藻はそれを説明するやうに寂《さび》しく微笑《ほほえ》んだ。

甥《おい》の兼輔とは違つて、叔父の隆秀阿闍梨は戒律堅固《かいりつけんご》の高僧《こうそう》であつた。彼は得度《とくど》しがたき悪魔として女人《にょにん》を憎んでゐるらしく、いかなる貴人《あでびと》の奥方や姫君に対しても、彼は膝をまじへて語るのを好まなかつた。忠通もそれを能《よ》く知つてゐるので、法性寺詣《もうで》のときに限つて、決して女子を伴《ともな》つて行つたことはなかつた。寵愛の玉藻の望みでも、法性寺の供だけは一度も許されなかつた。兼輔もそこに気がついて苦笑《にがわら》ひした。

「はゝ、叔父の頑固《かたくな》は今に始まつたことでござらぬ。われ等《ら》も顔さへ見せれば何かと叱られて、むづかしい説法《せっぽう》を小半晌《こはんとき》も聞かさるゝ。うかと美しい女子など引合はせたらまた何を云はれうやら。併《しか》しほかならぬお身の頼みぢや。些《ち》とぐらゐ叱られても苦しうござらぬ。何時《なんどき》なりとも案内して叔父の阿闍梨に逢はせ申さうよ」と、彼は事もなげに受合つた。

「八歳の龍女《りゅうじょ》が当下に成仏《じょうぶつ》したことは提婆品《だいばぼん》にも説かれてあります。いかに罪業《ざいごう》のふかい女子の身とて、尊い阿闍梨の教化《きょうげ》を受けましたら、現世は兎《と》もあれ、せめて当来は心安からうにと、唯《ただ》そればかりを念じて居りまする」と、玉藻の声はすこしく陰《くも》つた。

悼《いた》ましく打潤《うちしお》れたやうな玉藻のすがたが、兼輔の眼には更《さら》に一段の艶《あで》やかさを加へたやうにも見られた。彼が好んで口吟《くちずさ》む白楽天《はくらくてん》の長恨歌《ちょうこんか》の「梨花一枝春帯雨《りかいっしはるあめをおぶ》」といふのは、正《まさ》しくこの趣《おもむき》であらうとも思はれた。彼は慰めるやうに又云つた。

「はて、われ等の約束にいつはりはござらぬ。明日でも明後日《あさつて》でもかならず一緒に連れ立つて参る。文《ふみ》のたよりさへ遣《よこ》されたら、何時《なんどき》でもすぐに誘ひにまゐる。叔父が頑固《かたくな》になんと云はうとも、われ等が屹《きつ》とその前に連れ出して引合はしてみせう」

　頼もしさうな誓《ちかい》を聞いて、玉藻は嬉しさうに首肯《うなず》いた。二人はひたと身をよせて更《さら》に何事をか囁《ささや》き合はうとするところへ、木《こ》の間伝《まづた》ひにこゝへ近寄つて来る足音がきこえた。兼輔はすこし慌《あわ》てゝ見かへると、その人は三十をまだ越えたばかりの瘦形《やせがた》の男で、顔の色は稍《や》や蒼白いが、この頃の殿上人には稀《まれ》に見る精悍《せいかん》の気がその鋭《するど》い眼の底にあふれてゐた。彼はわざと拗《す》ねたのであらう、けふの華やかな宴《うたげ》の莚《むしろ》に浄衣《じようえ》めいた白の直衣《のうし》を着て、同じく白い奴袴《ぬばかま》をはいてゐた。

　彼はけふの主人《あるじ》の忠通の弟で、宇治左大臣頼長《うじのさだいじんよりなが》であつた。かれは師の信西入道《しんぜいにゆうどう》をも驚かすほどの博学《はくがく》で、和歌に心を寄せる兄の忠通を常に文弱《ぶんじやく》と罵《ののし》つてゐるほどに、抑《おさ》へがたい覇気《はき》と野心とに充《み》ち満《み》ちてゐる人物であつた。この人にぢろりと鋭い一瞥《いちべつ》を呉《く》れられて、兼輔はなんだか薄気味悪くなつて来た。ことに場合が場合であるので、彼はいよ〳〵度《ど》を失《うしな》つて、肌着の背には冷汗《ひやあせ》が滲《にじ》んだ。

「ほう、左少弁《さしようべん》はこれにゐたか」と、頼長はその怖い眼には不似合な柔《やわら》かい声で云つた。それでも此方《こつち》はやはり落付いてゐられなかつた。彼は酒の酔を醒ますためにこの川端《かわばた》へ降りてゐたことを弁解《いいわけ》がましく答へると、頼長は冷笑《あざわら》ふやうな眼をして黙つて聞いてゐた。

なんだか居心《いごころ》の悪い兼輔は玉藻と眼をみあはせて早々にそこを逃げて行つてしまつた。

頼長はまだそこに立つてゐる玉藻には眼も呉《く》れないで、薄紫の霞《かすみ》のうちに暮れかゝる春の夕空《ゆうぞら》を静かに打仰いでゐた。嵐が少し吹き出したとみえて、花の吹雪《ふぶき》が彼《かれ》の白い立姿をつゝんで落ちた。

「左大臣殿」と、玉藻はしとやかに声をかけた。

「なんぢや」と、頼長も静かに見かへつた。

「嵐が誘うてまゐりました」

「花もこゝ二三日が命《いのち》ぢやなう。お身は兼輔とこゝで何を語らうてゐた」と、頼長は笑ひながら訊いた。

「歌物語など致して居りました」

「恋歌《こいか》の講釈《こうしやく》か」と、彼はまた冷笑ふやうな眼をした。

「はい。恋の取持を頼まうかと……」

かうした生鈍《なまぬる》い恋話を好まない頼長も、この美麗な才女に対してあまりに情《すげ》ない返事も出来ないので、好加減《いいかげん》に取合せて云つた。

「お身ほどの者でも、人を頼まいでは恋はならぬか。恋はなか〳〵にむづかしいものぢやな」

「身にあまる望みでございますれば……」

玉藻は遣瀬《やるせ》ないやうに低い嘆息《ためいき》をついて、頼長の顔をそつと覗《のぞ》いた。人を蠱惑《こわく》せねば已《や》まないやうな情深《なさけぶか》い女の眼のひかりに魅せられて、頼長の魂は思はず揺《ゆら》めいた。

「ほう、身にあまる望みとか。これはいよ〳〵むづかしう見ゆるぞ。兼輔ひとりの力に及ばずば、頼長も共々に助力《じよりき》してお身が恋をかなへてやりたい。相手は誰ぢや。明かされぬか」

「お身様の前では申上げられませぬ」と、玉藻は藤紫の小袿《こうちぎ》の袖で切ない胸をかゝへるやうに俯向《うつむ》いた。嵐は桜の梢をゆすつて通つた。

「予が前では云はれぬか。頼長は兼輔ほどに頼もしい男でないと見積《みつも》られたか。さりとは心外《しんがい》ぢや」

と、頼長はいよ〳〵興に耽《ふけ》つたやうに高く笑つた。

藤むらさきの袖《そで》の蔭から白い顔はまた現はれた。彼女は媚《こ》びるやうに低く囁《ささや》いた。

「頼もしいと見らるゝも、頼もしからぬと見らるゝも、お身様のお心一つでございまする」

「はて、謎々のやうなことは云はぬものぢや。如何様《いかよう》にすれば頼長は世に頼もしい男となるゝのぢや。打付《うちつ》けに云へ、あらはに申せ」

「申しませうか」と、玉藻はすこし猶予《ためら》ふ風情《ふぜい》を見せたが、やがて思ひ切つたやうに云つた。「関白の殿のおん身内、才学は世にかくれのない御仁《ごじん》……。桃桜《ももさくら》の仇《あだ》めいて艶《あで》なるなかに、梨《なし》の花のやうに白う清げに見ゆる御方《おんかた》……。もうその上は申されぬ。お察しくださりませ」

頼長は夢から醒《さ》めたやうに眼を見据ゑて、その秀《ひい》でたる眉をすこし皺《しわ》めたが、忽《たちま》ちに肩を反《そら》せて冷笑《あざわら》つた。

「お、、判《わか》つた。して、お身はその恋の取持をたしかに兼輔に頼んだか」

「まだ打明けては頼まぬ間《ま》に……」

「頼長がまゐつて邪魔したか。それは結句《けつく》仕合せぢや。兼輔はおろか、関白殿、信西入道《しんぜいにゆうどう》、あらゆる人々の媒酌《なかだち》でも、この恋は所詮ならぬと思へ」

「なりませぬか」

「ならぬ、ならぬ。お身達が恋を語るには兼輔などの柔弱者《にゆうじやくもの》がよい相手ぢや」

云ひ捨て、立ち去らうとする頼長のゆく手を遮《さえぎ》つて、玉藻は突き当るばかりに彼の胸のあたりへ我身を靠《もた》せかけた。

「ぢやに因《よ》つて、身にあまる望みと申したではござりませぬか」と、彼女は怨《えん》ずるやうに泣声を顫《ふる》はせた。

「身にあまると云うても程《ほど》のあるものぢや」と、頼長は嘲るやうに笑つた。「天下を望むよりも大きい恋ぢや。所詮成《しよせんな》らぬのは知れてあるわ」

　自分の胸のあたりへ蛇のやうに纏《まと》ひかゝつてゐる女の長い黒髪を無雑作《むぞうさ》に押退《おしの》けて、頼長は沓《くつ》を早めてあなたの亭《ちん》の方へ行つてしまつた。玉藻はきこえよがしに声を立てゝ桜の幹《みき》に倚《よ》りかゝつて泣き崩《くず》ほれたが、もう其人の影が遠くなつたのを覚《さと》つたときに、彼女は俄《にわか》に空を仰いで物凄《ものすご》い笑《えみ》を洩らした。その顔の上にはら〳〵と降りかゝつて来る花片《はなびら》を彼女は煩《うる》さそうに扇で払ひながら、これも座敷の方へ静かに立ち去らうとした。春の日ももう暮れて、長い渡廊《わたりろう》を伝つて女房どもや青侍《あおざむらい》達が運んでゆく薄紅い灯《ひ》の影が、木《こ》の間《ま》がくれに揺《ゆ》れながら通つた。

「おゝ、玉藻の御《ご》。これにござつたか」

　織部清治《おりべきよはる》は主人の云付けで先刻から玉藻のありかを探してゐたのであつた。同じ屋形に奉公の身ではあるが、玉藻は殿のあつい御寵愛を蒙《こうむ》つて、息女のない忠通はさながら彼女を我娘のやうにも愛《いと》しがつてゐられるのであるから、清治も彼女に対しては分外の敬意を払はなければならなかつた。玉藻は自分の顔を見られるのを恐れるやうに俯向いて立停《たちど》まつた。

「先刻から殿がおたづねでござる。早《はよ》うあれへお越しなされ」と、清治は促すやうに重ねて云つた。

「わしは忌《いや》ぢや。免《ゆる》してくだされ」と、玉藻は両袖《りょうそで》で顔を掩《おお》つたまゝでいつまでも其処《そこ》に立竦《たちすく》んでゐた。

その素振《そぶり》が怪《あや》しいので清治は近寄つて仔細《しさい》を糾《ただ》すと、その返事は泣声で報《むく》いられた。玉藻は心持が悪いからもう座敷へは出ない。人々の群から遠く離れたあなたの亭《ちん》へ行つてしばらく休息してゐたいと云ふのであつた。清治はいよ〳〵心配して、すぐに医師《くすし》を呼ばうかと云つたが、玉藻はそれも忌《いや》だと断《ことわ》つて、なんでも可《い》いから人の目に触れないところへ行つて、苦しい胸を休めてゐたいと云つた。清治もそのまゝでは捨置《すてお》かれないので、主人のもとへ引返《ひつかえ》して行つて其の次第を囁《ささや》くと、忠通も眉を寄せた。

「ついぞ無いこと。どうしたものぢや」

彼は席を起《た》つて清治と一緒に玉藻の隠れ場所をたづねると、彼女は奥まつた亭《ちん》の薄暗いなかに俯伏《うつぶ》してゐるのを発見した。

「心地が良うないと聞いたが、どうぢやな」と、忠通は立寄つて、彼女の肩越しに背後《うしろ》から覗かうとして驚いた。玉藻は床《ゆか》に顔をおし付けるばかりに身を投げ伏して、嗚咽《すすりなき》の声を洩《もら》してゐるのであつた。清治も驚いた。主《しゅう》と家来とは顔をみあはせて少時《しばらく》黙つてゐた。

「は丶、こりや誰《たれ》やらに弄《なぶ》られたな」と、忠通は微笑《ほほえ》んだ。

昼からの饗讌《きようえん》で他《ひと》も我《われ》もみな酔《よ》うてゐる。花と酒とに浮かされた若公家原《わかくげばら》のうちには、たそがれの薄暗がりに紛れて彼女の袂《たもと》をひいた者もあらう、彼女の黒髪をなぶつた者もあらう。それが怪《け》しからぬ悪戯《いたずら》としても、楚王《そおう》が纓《えい》を絶つた故事《ふること》も思ひあはされて、けふの場合には主人の忠通もそれを深く咎《とが》めたくなかつた。清治もそこに気が注《つ》くと、今までの不安は一度に消えて、これもにや〳〵と笑ひ出した。

「何の珍《めず》らしうもない。そんなことを一々詮議立《せんぎだ》てしたら、今夜はそこらに幾人の科人《とがにん》が出来やうも知れぬ」と、平安朝時代の家人《けにん》は肚《はら》のなかで呟《つぶや》いた。

唐土《もろこし》の桃李園《とうりえん》の風流になぞらへて、けふは燭《しょく》を秉《と》つて夜も遊ぶといふ予《かね》ての計画であるので、どの座敷でも燈火《ともしび》が昼のやうに点《とも》された。春の一日を戯《たわむ》れ暮しても、まだ歓楽の興を貪《むさぼ》り足《た》らない人々は、酔《よ》ひ頽《くず》れて眠りこけるか、疲れ切つて倒れるか、それまでは夜を昼についで浮《うか》れ狂ふ積《つも》りであらう。朗詠や催馬楽《さいばら》の濁《にご》つた声もきこえた。若い女の華やかな笑ひ声もひゞいた。その騒がしい春の夜の生暖かい空気のなかに、桜の花ばかりは黙つて静《しずか》に散つた。

「さあ、来やれ。そちが居《お》らいでは座敷がさびしい。玉藻の前はけふの団欒《まどい》の花ぢやと皆も云うて居《お》る。夜の灯《ひ》に照《て》り映《は》えたら、その美しい顔が一段と光りかゞやいて見えやうぞ。来やれ、来やれ。あの賑《にぎ》はしい方へ……」

手を取らぬばかりに引立《ひきた》てられて、玉藻は泣顔をおさへながら立ち上つた。忠通と清治とはその前後を囲んで、薄暗い渡廊《わたりろう》を徐《しずか》にあゆんで行つた。おぼろの月が今宵《こよい》はとりわけて霞《かす》んでゐるらしく、軒《のき》に近い花の梢《こずえ》も唯《ただ》ぼんやりと薄白く仰がれた。

三

燈火《あかり》の運ばれるのを相図《あいず》に、頼長は席を起《た》つて帰つた。気を置かれる人が立ち去つたので、若い人達はいよ〳〵調子づいて来た。とりわけて左小弁兼輔《さしようべんかねすけ》はほつとした。脛《すね》に疵《きず》持つ彼は、頼長になにやら睨《にら》まれてゐるやうな気がして、なるべくその傍《そば》へは寄附《よりつ》かぬやうに努めてゐたが、もう誰に憚《はばか》ることもない、玉藻のありかをもう一度たづねて、先刻《さつき》云ひ残した話の数々を語りつゞけようと、彼は酔にまぎらせてよろ〳〵と坐を起《た》つた。

「あれ、あぶない」

酔を扶《たす》ける風をして、若い女房達が右左《みぎひだり》から附絆《つきまつ》はつて来るのを、彼はいつになく煩《うる》さゝうに押退《おしの》けて、おぼろ月夜《づきよ》の庭先へ迷ひ出たが、どこの木蔭《こかげ》にもそれらしい人の影は見えなかつた。かれは餌《え》をあさる狐のやうに、木《こ》の間《ま》をくゞつて他《ほか》の亭座敷《ちんざしき》をうろ〳〵と覗《のぞ》いてあるいたが、どこの灯《ひ》の下にも玉藻の輝いた顔は見付け出されなかつた。彼は失望して元の座敷へ戻ると、女房達は待ちかねたやうに再び彼を取りまいた。

こゝが一番広い座敷で、けふの賓客《まろうど》の重《おも》な者は大抵《たいてい》こゝに席を占めてゐた。兼輔も藁褥《わらふだ》の上に引据《ひきすえ》られて又もや酒を強《し》ひられた。酒量の強いのを誇《ほこ》つてゐる彼も、昼からの酒が胸一ぱいになつて、さすがに頭《あたま》が重くなつて来たので、彼は憚《はばか》りもなく自分のそばにゐる若い女房《にようぼう》の膝《ひざ》を枕《まくら》にして、小声で朗詠《ろうえい》を謡《うた》つてゐた。兼輔ばかりでない、一座はもう乱れに乱れて、そこらには座に堪えやらないやうな若い男達もだん〳〵に殖《ふ》えて来た。縁先《えんさき》へ出て手持無沙汰に月を仰いでゐるのは、もう春の盛りを過ぎて額際《ひたいぎわ》のさびしい古女房達ばかりで、眉の匂《にお》やかな若い女達は、思ひ〳〵に男の介抱に忙がしかつた。とき〴〵に広い座敷も揺《ゆら》ぐやうな笑ひ声がどつと起《おこ》つた。

「信西入道《しんぜいにゆうどう》はけふは見えぬさうな」と、ひとりの若い公家《くげ》が思ひ出したやうに云つた。

「あの古入道《ふるにゆうどう》、このやうな団欒《まどい》に加はるは嫌《きら》ひぢやで、所労《しよろう》と云うて不参《ふさん》ぢやよ」

「宇治《うじ》の左大臣殿ももう戻られたとやら」と、その枕もとに媚《なまめ》かしく膝を頽《くず》してゐる若い女房が鬢《びん》のおくれ毛《げ》を掻上《かきあ》げながら云つた。

「あの御仁もこのやうな席へは余り近寄られぬ方《ほう》ぢやが、けふは兄の殿への義理で、暮方《くれがた》までは辛抱せられた。左大臣どのも信西入道も我等には苦手ぢや。あの鋭い眼でぢつと睨《にら》まれると、なにやら薄気味悪うなつて身が竦《すく》むやうぢや。はゝゝゝゝ」

また一人の男が高く笑ひ出すと、兼輔は鈍《だる》さうな眼をして半分起き直つた。

「ほんにさうぢや。先刻《さつき》も……」と云ひかけて彼はまた俄《にわか》に口を噤《つぐ》んだ。嫉妬《ねたみ》ぶかい男や女が大勢列《おおぜいなら》んでゐるところで、迂闊《うかつ》に先刻《さつき》の秘密は明かされないと思つた。まだ寄辺《よるべ》も定まらない池の玉藻を、あつぱれ自分の手にかき寄せたといふ強い誇りが彼の胸に満ちてゐながらも、流石《さすが》にまだそれを発表する時機ではないと、かれは無理に奥歯で嚙み殺してゐた。

「先刻《さつき》もどうなされた。御身様も何か叱られたか、睨《にら》まれたか」と、彼に膝枕を仮《か》してゐた女が、薄い麻紙で口紅をぬぐひながら訊いた。

「いや、別に何事もなかつたが、庭先でふと摺《す》れ違《ちご》ふたので、早々《そうそう》に逃げて来た」と、兼輔は笑ひに紛《まぎ》らせた。

さう云ひながらも気にかゝるので、彼は伸上《のびあが》つて座敷の隅々《すみずみ》を見渡したが、玉藻らしい女の影はやはり何処《どこ》にも見えなかつた。彼はまた一種の不安を感じはじめた。何者かゞ彼女を小蔭《こかげ》へ誘ひ出して、自分と同じやうに恋歌《こいか》の返《かえ》しを迫つてゐるのではないかとも疑《うたが》はれた。彼はもう一度庭へ出て見たくなつたので、好加減《いいかげん》に座を外《はず》して立たうとすると、生憎《あいにく》にその鼻のさきへ一人の大男が瓶子《へいし》と土器《かわらけ》とを両手に持つて来た。

「左少弁どこへゆく。實雅《さねまさ》の杯《さかずき》ぢや、受けてたもれ」

彼はそこにどつかと坐つた。彼は少将實雅といふ酒の上の好《よ》くない男であつた。兼輔は迷惑さうに頭《かしら》を振つた。

「もうかなはぬ。免《ゆる》してたもれ」

「そりや卑怯《ひきよう》ぢやぞ」と實雅は無理に土器を突き付けた。「お身この酒を飲まぬとあらば、その罰《ばつ》として私《わし》がこの瓶子を飲み干すあひだに、歌百首を詠《よ》み出《だ》してお見やれ」

「いや、歌も詩も五も六もない。この通りに酔うては、唯《ただ》もう免《ゆる》せ、ゆるせ」と、兼輔はわざと滑稽《おどけ》た身振をして蛙《かえる》のやうに床《ゆか》へ手をついた。

「ほう、實雅の前で詫《わ》ぶると云ふか。まだそればかりでは免されぬ。お身、こゝで、白状せい」

兼輔はひやりとした。その慌てたやうな顔色をぢつと睨みつけて、實雅は仰反《のけぞ》るばかりに胸を突き出して冷笑《あざわら》つた。

「どうぢや。白状せぬか。お身は先程あの川縁《かわべり》で誰《たれ》と何を語らうてゐた。それを真直《まつすぐ》に云ふまいか」

兼輔はいよ〳〵狼狽《うろた》へた。彼は笑ひ出したいやうな嬉しさを感じながらも、一方には擽《くすぐ》られるやうな苦しさをも覚えた。いつそ云はうか云ふまいかと迷ひながら、彼は相手を焦《じ》らすやうに空嘯《そらうそぶ》いた。

「そりや人違ひであらう。われ等は昼間からこの座を一寸《いつすん》も動いたことはござらぬ」

「いや、そりや嘘ぢや」

女房達は三方から彼を取りまいて、口をそろへて燕《つばめ》のやうに囀《さえず》つた。

「昼間は勿論のこと、日が暮れてからも庭先をうろ〳〵と……。現に今もこゝをぬけ出さうとせられた所ぢや」

「それ見い」と、實雅は鼻の下の薄い髭《ひげ》を擦《こす》つて又睨《にら》んだ。「それでもお身に後暗《うしろぐら》いことが無いと云ふか」

「いかに責められても、知らぬことは知らぬのぢや」と、兼輔は笑ひながら席を外して起《た》たうとすると、女房達の白い手は右左《みぎひだり》から彼の袂《たもと》や裳《もすそ》にからみ付いた。

「いや、逃《のが》さぬ、今度はわたし達が詮議する。さあ、誰《たれ》と何を語《かた》らうてござつた。それを聞かう。それを打明けられい」

嫉妬《ねたみ》半分と面白半分とで、女達は鉄漿黒《かねぐろ》の口々から甲高《かんだか》の声々をいよ〳〵姦《かしま》しく迸出《ほとばし》らせた。彼等は兼輔の晴の直衣《のうし》をあたら揉苦茶《もみくちゃ》にするほどに、袖や袂を遠慮なしに摑んで小《こ》突《づ》きまはして、さあ白状しろと責め苛《さいな》んだ。女の袖に焚きしめた香の匂ひや、髪の匂ひや、油の匂ひや、それが一緒に乱れて流れて、女の匂ひに馴れてゐた兼輔ももう咽《む》せ返りさうになつて来た。

彼が眼鼻を一つにして苦しんでゐるのを、實雅はいよ〳〵妬《ねた》げに睨んでゐたが、ふと気が注《つ》いたやうに庭先へ眼を遣つた。

「ほう。苛《えら》い嵐になつた」

まことに凄まじい嵐であつた。朧《おぼ》ろ月《づき》はそれに吹き消されたやうに光を隠して、闇を揺がすやうな嵐の音がどう〳〵ときこえた。花に嵐は珍らしくないが、これはまた颶風《はやて》のやうな怖ろしい勢《いきおい》で、山中《さんちゅう》の桜を一度に吹き落《おと》さうとするらしかつた。鞍馬《くらま》の天狗倒《てんぐだお》しがこゝまで吹き寄せたかとも思はれて、座敷中の笑ひ声は俄《にわか》に止《や》んだ。女達は顔を掩《おお》つて俯《うつ》伏《ふ》した。嵐は座敷の内《うち》へもどつと吹き込んで、あらん限りの燈火《ともしび》を奪つてゆくやうに、片端からみな打消してしまつた。

　真暗ななかで男達は呼吸《いき》を嚥《の》んだ。女達はおもはず泣声をあげた。外の嵐はまだ吹きつゞけて、黒い雲の一団塊《ひとかたまり》が家根の上へ低く舞ひ下《さが》つて来た。人間の限りない歓楽を天狗が妬《ねた》んで、人も家《いえ》も一緒につかんで眼前の渓底《たにそこ》へ投げ込まうとするのではないかとも恐れられた。そのなかでも心の利《き》いた老人は呼んだ。

「兎《と》もかくも燈火《あかし》を早《はよ》う。灯《ひ》を点《とも》せ」

　その声は嵐に吹き消されて遠く聞えなかつた。給仕に侍《はんべ》つてゐる関白家の家来も、女も、あまりの怖ろしさに席を動くことが出来なかつた。なにがしの大将、なにがしの少将も、この凄《もの》愴《すご》い敵の前には云ひ甲斐《がい》もなく怖れ伏してしまつた。

實雅も勿論その一人であつた。

「おびたゞしい嵐ぢやなう」

忠通は表《おもて》の闇を透《す》かし視《み》て呟《つぶや》いた。彼は玉藻を連れて丁度《ちようど》今こゝへ出て来たのであつた。清治も袖で烏帽子《えぼし》をおさへながら不安らしく云つた。

「まことに怖ろしい嵐でござりまする。どこも彼処《かしこ》も真の闇になり申した」

「暗《くろ》うてはどうもならぬ。早う燈火《あかし》を持て」

「はあ」

清治はうけたまはつて引返《ひつかえ》さうとすると、また一しきり強い嵐が足を掬《すく》ふやうに吹き寄せて来て、彼は野分に薙《な》ぎ伏せられた薄《すすき》のやうに両膝を折つて倒れた。忠通も危《あや》うく倒れかゝつて、扇で顔を掩ひながら焦燥《いらだ》つた。

「燈火を……燈火を……。早うせい」

この途端に座敷は月夜のやうに明るくなつた。時ならぬ稲妻《いなずま》かと見ると、その光はいつまでも消えなかつた。忠通が倚《よ》りかゝつてゐる襖《ふすま》の絵も、そこらに取散らしてある杯盤《はいばん》の数々も、おどろいて眺めてゐる人々の衣《きぬ》の色も、皆あざやかに映《うつ》し出された。

闇を照《てら》すこの不思議の光は、玉藻のからだから迸出《ほとばし》つたのであつた。彼女は後光《ごこう》を背負ふ仏陀のやうに、赫灼《かくしやく》たる光明《こうみよう》にあたりを輝かして立つてゐた。

法性寺

一

「ふむう。頼長《よりなが》めが……。確《しか》と左様なことを申したか」

　関白忠通《ただみち》は二日酔らしい蒼ざめた額《ひたい》の上に、更《さら》に蒼い筋を太く蜿《うね》らせて、扇を膝に屹《きっ》と突《つ》き立《た》てたまゝで、自分の眼の前に泣き伏してゐる艶女《たおやめ》の訴へをぢつと聞き済ましてゐた。花の宴《うたげ》のあくる日で、ゆうべから酔ひ顚《こ》けた賓客達《まろうどたち》も日の高い頃にだん〳〵退散して、あるじの軽い咳《しわぶ》きも遠い亭《ちん》まできこえるほどに、広い別荘のうちもひつそりと鎮《しず》まつてゐた。すさまじい夜嵐《よあらし》の名残《なご》りで、庭は見渡すかぎり一面に白い花片《はなびら》を散り敷いてゐた。

「神仏《かみほとけ》も見そなはせ、わたくし誓つて詐偽《いつわり》は申上げませぬ」と、玉藻《たまも》は涙ぐんだ美しい眼をあげて、主人の顔色を偸《ぬす》むやうにうかゞつた。

「日ごろから器量《きりよう》自慢の頼長めぢや。それほどのこと云ひ兼《か》ねまい」

忠通はわざと落付いたやうな声で云つた。しかもその語尾は抑《おさ》へ切れない憤恚《いかり》に顫《ふる》へてゐるのが、玉藻にはよく判つてゐるらしかつた。二人の談話《はなし》はしばらく途切れた。

忠通もゆうべは此《この》別荘に酔ひ伏して、賓客《まろうど》達が大方退散した頃にやう〳〵に重い頭《かしら》を起したのであつた。酔のまだ醒めない彼は、玉藻の給仕《きゆうじ》で少しばかりの粥《かゆ》を啜《すす》つて、香炉《こうろ》に匂ひの高い香《こう》を焚《た》かせて、その匂ひを快《こころよ》く嗅《か》ぎながら再びうと〳〵と夢心地にならうとする時、かれは玉藻にその夢を揺《ゆす》られて、思ひも寄らない訴へを聞かされた。それは花の宴《えん》の酣《たけなわ》なる昨日の夕方の出来事で、玉藻が川端《かわばた》に立つて散り浮く花をながめてゐると、そこへ主人の弟の左大臣頼長が来た。かれは酔つてゐるらしくも見えなかつたが、玉藻をとらへて戯言《ざれごと》を二つ三つ云つた。相手は主人の弟で、殿上《でんじよう》でも当時ならぶ方《かた》のない頼長である。さすがに情《すげ》なく突き放して逃げるわけにも行《ゆ》かないので、玉藻も好《よ》いほどに接《あしら》つてゐると、頼長はいよ〳〵図に乗つて、殆《ほとん》ど手籠《てご》めにも仕兼《しか》ねまじいほどの猥《みだら》な振舞《ふるまい》に及んだ。

「それだけならば、わたくし一人のこと、どのやうにも堪忍《かんにん》もなりまするが……」と、玉藻は口惜涙《くやしなみだ》を啜《すす》り込むやうにして訴へた。

彼女に対して無礼《ぶれい》を働いたばかりでなく、頼長は誇《ほこ》りがに、こんなことを口走つたと云ふのである。兄の忠通は天下《てんか》の宰相《さいしよう》たるべき器《うつわ》でない。かれは単に一個の柔弱《にゆうじやく》な歌詠《うたよ》みに過ぎない。今でこそ氏《うじ》の長者などと誇つてゐるが、やがてはこの頼長に蹴落《けおと》されて、天下の権勢《けんせい》を奪《うば》はるゝのは知れてある。彼の建立《こんりゆう》した法性寺《ほうしようじ》は、彼自身が最後のかくれ家《が》であらう。そのやうに影のうすい兄忠通に奉公してゐて何となる。立寄らば大樹《おおき》の蔭《かげ》といふ俚諺《ことわざ》もあるに、なぜおれの心に従はぬぞ。兄を見捨てよ、おれに靡《なび》けと、頼長は聞くに堪えないやうな侮蔑《ぶべつ》と呪詛《じゆそ》とを兄の上に投げ付けて、強《し》ひて玉藻を自分の手に捥《も》ぎ取らうとしたのであつた。

仲の好《よ》い兄弟のあひだでも、これだけの訴へを聞けば決して好心持《いいこころもち》はしない。まして忠通と頼長とはその性格の相違から、うはべは兎《と》もあれ、内心はたがひに睦《むつ》まじい仲ではなかつた。頼長が兄を文弱《ぶんじやく》と軽《かろ》しめてゐることは、忠通の耳に薄々洩《も》れきこえてゐた。自分が氏の長者となつたに就《つい》ては、器量自慢の頼長が或《あるい》は妬《ねた》んでゐるかも知れないといふ邪推《じやすい》もあつた。きのふの饗讌《きようえん》にも拗《すね》たやうな風《ふう》をみせて、碌々《ろくろく》に興《きよう》も尽《つく》さずに中座《ちゆうざ》したといふことも、忠通としては面白くなかつた。それ等《ら》の事情が畳《たた》まつてゐるところへ、寵愛の玉藻からこの訴へを聞いたのである。忠通はもうそれを疑ふ余地はなかつた。

「憎い奴」

彼は腹のなかで弟を罵《ののし》つた。酔の醒《さ》めない頭《あたま》はぐら〳〵して、烏帽子《えぼし》を着てゐるに堪《た》えないほどに重くなつて来た。現在の兄を蹴落《けおと》しておのれが其位《そのくらい》に押直らうとする、それが免《ゆる》しがたい第一の罪である。兄が寵愛の女を奪つておのれが心のまゝに為《し》ようとする、それが免しがたい第二の罪である。自体が温和な人でもこの憤恚《いかり》をおさへるのは余ほど難しさうに思はれるのに、ましてこの頃《ごろ》はだんだんに志《こころざし》が驕《おご》つて、疳癖《かんぺき》の募《つの》つて来たのが著《いちじ》るしく眼に立つ折柄《おりから》である。忠通の胸は憤怒《ふんぬ》に焼け爛《ただ》れた。しかし彼が現在の位地として、さすがに一人の侍女《こしもと》の訴へを楯《たて》にして表向に頼長を取挫《とりひし》ぐわけにも行《ゆ》かないのを知つてゐるので、彼は溢《あふ》るゝばかりの無念を堪《こら》えて、しばらく時節を待つよりほかはなかつた。

やがて彼は玉藻を宥《なだ》めるやうに云つた。

「頼長めの憎いは重々《じゆうじゆう》ぢやが、氏の長者ともあるべき我々が兄弟牆《かき》に鬩《せめ》ぐは世のきこえが忌々《いまいま》しい。そちを弄《なぶ》つたも酒席の戯《たわむ》れぢやと思うて堪忍《かんにん》せい。予もしばらくは堪《こら》えて、彼が本心を見届けようぞ」

玉藻を宥《なだ》めるのは彼自身を宥めるのである。忠通は強《し》いて寂しい笑顔を粧《つく》つて、うつむいてゐる女の黒髪を眺めてゐた。

「妾《わたくし》の堪忍はどのやうにも致しまする。唯《ただ》、左大臣殿が仮にも上《かみ》を凌《しの》ぐやうな御企《おんくわだ》てを懐《いだ》かせられまするやうなれば……」

「いや、その懸念《けねん》は無用ぢや。かれは予を文弱と侮《あなど》つてゐるとか申すが、忠通は藤原氏《うじ》の長者ぢや。忠通は関白ぢや。彼等がいかに燥《あせ》り狂うたとて、予を傾けようなどとは及ばぬことぢや。何《なん》の彼等が……」

忠通は調子の外《はず》れた神経的の声を立てた。さうして、鬢《びん》の毛でも掻《か》きむしりたいやうに、両手で烏帽子の縁《へり》をおさへて頭《かしら》を二三度強く掉《ふ》つた。その神経のだん〳〵に昂奮《こうふん》して来るのを、玉藻は悼《いた》ましさうな眼をして窃《そつ》とうかゞつてゐたが、何時《いつ》かその眼から白い雫《しずく》がはら〳〵と零《こぼ》れて来た。

「はて、なにを泣く。まだ堪忍がならぬか」と、忠通は彼女の涙に眼をつけて叱るやうに云つた。

「唯今《ただいま》も申す通り、わたくし堪忍はどのやうにも致しまするが……」

「もう云ふな。予のことは予に思案がある。その懸念には及ばぬことぢや」

顔の色はいよ〳〵蒼ざめて、忠通の眼の奥には決心の光が閃《ひら》めいた。

「但《ただ》し此《こ》のことを余人に洩らすなよ」

「はあ」

二人は再び眼をみあはせた。ゆうべに引替へて、今日はそよりとも風の吹かない日であつた。散り残つた花がとき〳〵に静《しずか》に落ちて、どこやらで鶯《うぐいす》の声がきこえた。

その日の午《ひる》過《す》ぎに、忠通は桂《かつら》の里《さと》から屋形《やかた》へ帰つた。きのふの接待に疲れたと云つて、彼は人払ひをして一間《ひとま》に引籠《ひきこも》つてゐたが、点燈頃《ひともしごろ》になつて少納言信西《しんぜい》を召された。大方《おおかた》はいつもの歌物語であらうと気を許して、信西入道はゆる〳〵と仕度《したく》して伺候《しこう》すると、忠通は待兼ねたやうに彼を呼び入れて出逢つた。入道がきのふの不参の詫《わび》をしてゐるのを耳にも入れないで、忠通は唐突《とうとつ》に云ひ出した。

「早速ぢやが、入道。頼長はこの頃《ごろ》もお身のもとへ出入《でい》りするかな」

「折々に見えられまする」

「学問はいよ〳〵上達するか」

「驚くばかりの御上達で、この頃ではいづれが師匠やら弟子やら、信西甚《はなは》だ面目《もんぼく》もござりませぬ」

信西はすこし歪《ゆが》んだ口唇《くちびる》をほどいて微笑《ほほえ》んだが、聴く人は莞爾《にっこり》ともしなかつた。

「調達《じようだつ》は八萬蔵《はちまんぞう》を諳《そら》じながら遂《つい》に奈落《ならく》に堕《お》ちたといふ。いかに学問ばかり秀《ひい》でやうとも、根本のこゝろざしが邪《よこしま》に曲《ねじ》けて居《お》つては詮《せん》ない。却《かえ》つて学問が身の禍《わざわい》をなす例《ためし》もある。予が見るところでは弟の頼長もそれぢや。彼がお身のもとへ参つたら、この上に学問無用と意見お為《し》しやれ」

善悪にかゝはらず、迂濶《うかつ》に返事をしないのが信西の癖《くせ》であつた。彼は今夜もしばらく黙つて考へてゐるので、忠通はすこし急《せ》いた。

「弟子を見ることは師に如《し》かずと云へば、彼の為人《ひととなり》はお身も大かた存じて居《お》らう。かれは才智に慢《まん》ずる癖《くせ》がある。この上に学問させたら、彼はいよ〳〵才学に誇《ほこ》つて、果《はて》は天魔に魅《みい》られて何事を仕出《しいだ》さうも知れまい。学問は止《や》めいと云うてくれ。確《しか》と頼んだぞ」

実をいへば、信西も頼長に対してさういふ懸念がないでもなかつた。才学非凡で而《しか》も精《せい》悍《かん》の気に満ちてゐる頼長の前途を、彼もすこしく不安に感じてゐるのであつた。この意味に於《おい》ては、彼も忠通の意見に一致してゐた。しかし今夜の忠通の口吻《くちぶり》は、弟の行末《ゆくすえ》を思ふ親身の温かい人情から溢れ出たらしく聞《きこ》えなかつた。兄弟の不和――それから出発《しゆつぱつ》して来た兄の憤恚《いかり》であるらしいことを、古入道の信西は早くも看《み》て取つた。

「仰《おお》せ一々御道理にうけたまはり申した。それがしよりも能《よ》く〳〵御意見申さうなれど、あれほど御執心《ごしゆうしん》の学問を止《や》めいとは……」

「申されぬか」

相手は眼を薄く瞑《と》ぢたまゝで、やはり否《いな》とも応《おう》とも明快《はき》とした返事をあたへないので、忠通はいよいよ焦《じ》れ出して、彼が天魔に魅《みい》られてゐるといふ現在の證拠を相手の前に叩き付けようとした。

「入道はまだ知るまい。頼長はこの兄を押傾《おしかたむ》けようと内々に巧《たく》んでゐるのぢや」

「よもや左様な儀は……」と、信西はすぐに打消した。

「いや、證人《しようにん》がある。彼が口から確《たしか》に云ふたのぢや」

余人に洩らすなと口止めをしたのを忘れたやうに、忠通自身がその秘密を訐《あば》いた。

「その證人は」

相手のおちついてゐるのが、忠通には小面《こづら》が憎いやうにも見えた。

「證人は玉藻ぢや。彼はきのふ玉藻に猥《みだり》がましう戯《たわむ》れて、あまつさへ其様《そのよう》なことを憚《はばか》りもなしに口走つたのぢや」

「ほう、玉藻が……」

信西の瞳《ひとみ》は忠通と同じやうに鋭く晃《ひか》つた。

二

　それから二日経《た》つて、玉藻のもとへ左少弁兼輔《かねすけ》の使《つかい》が来た。彼は過日《このあいだ》の約束を果《はた》すために、明日は法性寺へ誘《さそ》ひあはせて詣《まい》らうと云ふのであつた。玉藻は承知の返し文《ぶみ》をかいた。そのあくる日彼女は主人の許可《ゆるし》を受けて、兼輔と一緒に法性寺へ参詣した。

　その日は薄く陰《くも》つてゐて、眠たいやうな空の下に大きい寺の甍《いらか》が高く聳《そび》えてゐた。門《もん》をくゞると、長い石甃《いしだたみ》のところ〴〵に白い花がこぼれて、二三羽《ば》の鳩《はと》がその花片《はなびら》を啄《ついば》むやうに猟《あさ》つてゐた。

　叔父と甥《おい》との打解《うちと》けた間柄《あいだがら》であるので、兼輔はすぐに奥の書院へ通されて、隆秀《りゅうしゅう》阿闍《あじゃ》梨《り》とむかひ合つて坐つた。阿闍梨はもう六十に近い老僧で、関白家建立《こんりゅう》の御寺《みてら》の主人《あるじ》には不似合の質素な姿であつたが、高徳の聖《ひじり》と一代に尊崇《そんすう》されるだけの威厳がどこやらに備《そな》はつて、打解けた仲でも兼輔の頭《かしら》はおのづと下《さが》つた。

「左少弁どの。久しう逢はなんだが、変ることもなうて先《ま》づは重畳《ちょうじょう》ぢや。けふは一人かな」

「いや」と、云ひかけて兼輔は少し口籠《くちごも》つた。

「同伴《つれ》があるか」と、阿闍梨は俄《にわか》に気がついたやうに甥の顔を屹《きつ》と見た。「お身の同伴《つれ》は女子《おなご》でないか」

星をさゝれて、兼輔はいよ〳〵怯《ひる》んだが、叔父に忌《いや》な顔をされるのは固《もと》より覚悟の上であるので、彼は隠さずに答へた。

「余人でもござりませぬ。関白どの御内《みうち》に御奉公する、玉藻といふ女子でござりまする」

関白殿を嵩《かさ》に被《き》て、彼は頑固《かたくな》な叔父をおさへ付けようとしたが、それは手もなく刎《は》ね返されてしまつた。

「たとひ御内《みうち》の御仁《ごじん》であらうとも、わしは女子に逢はぬことに決めてゐる。対面はならぬと伝へてくりやれ。それは関白殿にも好《よ》う御存じの筈《はず》ぢや」

平素《ふだん》は兎《と》もあれ、けふの兼輔はそれでおめ〳〵と引退《ひきさが》るわけには行かなかつた。かれは玉藻に教へられた提婆品《だいばぼん》を説いた。八歳の龍女《りゅうじょ》当下《とうげ》に成仏《じょうぶつ》の例《ためし》をひいて、たとひ罪業《ざいごう》のふかい女人《にょにん》ともあれ、その厚い信仰にめでゝ、一度は対面して親《したし》く教化《きょうげ》をあたへて貰ひたいと頻《しき》りに繰返して頼んだ。併《しか》し叔父は石のやうに固かつた。

「いかに口賢《くちがしこ》う云うても、ならぬことはならぬと思へ。面会無用ぢやと其《その》女子に云へ」

「叔父様はその女子を御存じない故《ゆえ》に、世間《せけん》の女子と一つに見て蛇《へび》のやうにも忌《い》み嫌はるゝが、彼《か》の玉藻と申すは……」

「いや、聞かいでも大方《おおかた》は知つてゐる。世にも稀《まれ》なる才女ぢやさうな。才女でも賢女でも我等の眼から見たら所詮《しよせん》は唯《ただ》の女子と差異《かわり》はない。逢うても益《えき》ない。逢はぬが優《ま》しぢや」

なんと云つても強情に取合はないので、兼輔も持余《もてあま》した。今更《いまさら》となつて自分の安受合《やすうけあい》を後悔した彼は、玉藻にあはせる顔がないと思つた。と云つて、この頑固《かたくな》な叔父を説き伏せるのは、なか〳〵容易なことではないので、彼も途方にくれて窃《ひそか》に嘆息《ためいき》を吐《つ》いてゐると、遠い入口に待たせてある筈の玉藻がいつの間にこゝまで入込《いりこ》んで来たのか、板縁伝《いたえんづた》ひにするりと長い裳《もすそ》をひいて出た。

兼輔はすこし驚いた。阿闍梨は眼を据ゑて、今こゝへ立現はれた艶女《たおやめ》の姿をぢつと見つめてゐると、玉藻はうや〳〵しくそこに平伏《ひれふ》した。

「はじめて御目見得仕《おめみえつかまつ》りまする」

老僧は会釈《えしやく》もしなかつた。彼はしづかに珠数《じゆず》を爪繰《つまぐ》つてゐた。

「委細《いさい》は左少弁殿からお願ひ申上げた通りで、あまりに罪業の深い女子の身、未来がおそろしうてなりませぬ。自他平等の御仏《みほとけ》の教にいつはりなくば、何とぞお救ひくださりませ」と、玉藻は哀れみを乞《こ》ふやうに訴へた。

彼女は物詣《ものもうで》のために、けふは殊更《ことさら》に清らかに粧《よそお》つてゐた。紅《べに》や白粉《おしろい》もわざと淡《うす》くしてゐた。而《しか》もそれが却つて彼女の艶色《えんしよく》を増して、玉のやうな面《おもて》はいよ〳〵その光を添へて見られた。堪えられぬ人間の悲哀《かなしみ》を優しい眼眦《まなじり》にあつめたやうに、彼女はその眼を湿《うる》ませて阿闍梨の顔色を忍びやかに窺《うかが》つたときに、老僧の魂《たま》の緒《お》も思はず揺《ゆら》いだ。彼は生ける天《てん》女《によ》のやうなこの女人《によにん》を、無下《むげ》に叱つて追ひ返すに忍びなくなつた。

「お身、それほどにも教化《きようげ》を受けたいと望まる丶のか」と、阿闍梨は声を柔《やわら》げて云つた。

玉藻は無言で手をあはせた。彼女の白い手首にも水晶の珠数《じゆず》が光つてゐた。

「して、これまでに経文《きようもん》など読誦《どくじゆ》せられたこともござるかな」と、阿闍梨はまた訊いた。

もとより何《なん》のわきまへのない身ではあるが、これまで経文の片端ぐらゐは覗いたこともあると、玉藻は臆《おく》せずに答へた。阿闍梨は試《こころ》みに二つ三つの問《とい》を出してみると、彼女は一々淀《よど》み無しに答へた。更《さら》に奥深く問ひ進んでゆくと、彼女の答へはいよ〳〵鮮明《あざやか》になつた。いかに執心《しゆうしん》と云つても所詮は女子である。殊《こと》に見るところが年も若い。自分達が五十六十になるまでの苦しい修業を積《つ》んで、やうやうに此頃《このごろ》会得《えとく》した教理をいつの間にどうして安々と覚《さと》つたのか。阿闍梨は彼女を菩薩《ぼさつ》の再来ではないかとまでに驚き怪《あやし》んだ。世にはかうした女子もある。今まで一図に女人を卑《いやし》み、憎み、嫌つてゐたのは、自分の狭い眼《まなこ》であつたことを、阿闍梨はけふといふ今日《きよう》つく〴〵覚《さと》つて、おもはず長い嘆息《ためいき》をついた。

「さるにてもお身、何人《なにびと》に就《つい》てこれほどの修業を積まれしぞ」

玉藻は幼い頃から父に教へられて経文《きようもん》を読み習つた。それから清水寺の或僧《あるそう》に就《つい》て少しばかり学んだ。そのほかには別に斯《こ》うといふ修業を積んだこともなくてお恥かしいと云つた。

「わたくしのやうな修業のあさい者にも、聖《ひじり》の教へをうけたまはることが成りませうか」

「成《な》る、なる」と、阿闍梨は幾《いく》たびか首肯《うなず》いた。「たとひ女人ともあれ、お身ほどの御仁なら我等求めても法《ほう》を説き聞かせたい。御奉公の暇々《ひまひま》にはたづねて参られい」

思ひのほかに叔父の機嫌が直つたので、そばに聴いてゐる兼輔もほつとした。彼はこれほどの才女を叔父に紹介したといふことに就て一種の誇りを覚えた。それと同時に、日ごろ頑固《かたくな》な叔父の鼻を捻《ね》ぢ折つたやうな一種の愉快《ゆかい》をも感じた。彼は口の上の薄い髭《ひげ》を撫《な》でながら北叟笑《ほくそえ》んだ。

「叔父上、今からはこの御寺《みてら》にも女人禁制《によにんきんせい》の掟《おきて》が解《と》かれませうな」

「それは人に依《よ》る」と、阿闍梨も微笑《ほほえ》んだ。「これほどの女人がほかにあらうか」

云ひかけて、彼は玉藻と眼をみあはせると、血の枯れた老僧の指先はおのづと顫《ふる》へて、珠数はさら〳〵と音するばかりに揺《ゆ》れた。玉藻の顔色にばかり眼をつけてゐた兼輔はそれに気が注《つ》かないらしかつた。

「では、かさねて参りまする。かならずお逢ひくださりませ」

又の日を約束して、玉藻は阿闍梨の前を退《さが》つた。兼輔も一緒に起《た》つた。阿闍梨は縁《えん》まで出ていつまでも見送つてゐたが、枯木のやうな彼は急に若やいだ心持になつて、惣身《そうみ》の血《ち》汐《しお》が沸《わ》くやうに感じられた。彼は燃えるやうな眼をあげて夢心に陰《くも》つた空を仰《あお》いでゐると、生暖かい春風が法衣《ころも》をそよ〳〵と吹いた。なにとは知らず、彼は幾たびか嘆息をついて、酔つたやうな足どりで本堂の方へゆくと、昼でも薄暗い須彌壇《しゆみだん》の奥には蠟燭《ろうそく》の火が微《かすか》にゆらめいて、香の烟《けむり》がそことも無しに立迷《たちまよ》つてゐた。その神秘的の空気のうちに、阿闍梨はだまつて坐つた。

彼はいつものやうに観音経《かんのんぎよう》を誦《じゆ》し出さうとしたが、不思議に喉《のど》が押詰《おしつま》つたやうで、唱《とな》へ馴《な》れた経文《きようもん》がどうしても口に出なかつた。胸は怪《あや》しく轟《とどろ》いて来た。ふと瞰《み》上《あ》げると、正面の阿彌陀如来《あみだにようらい》の尊い御顔《おんかお》がいつの間にか玉藻の艶《あで》やかなる笑顔と変つてゐた。阿闍梨は物に憑《つ》かれたやうにわな〳〵と顫《ふる》へ出した。彼はもう堪《たま》らなくなつて、物狂ほしいほどの大きい声で弟子の僧達を呼びあつめた。

「すこしく仔細《しさい》がある。お身達一度に声をそろへて高らかに観音経を唱へてくりやれ」

大勢の僧は行儀よく居列《いなら》んだ。読経《どきよう》の高い声は一斉《いつせい》に起《おこ》つた。珠数の音《おと》もさら〳〵と響いた。それに誘ひ出されて、阿闍梨も共に声を張上げようとしたが、彼の舌はやはり縺《もつ》れて自由に動かなかつた。彼の胸は不思議に高い浪《なみ》を打つた。

「蠟燭を増《ま》せ。香《こう》を焚《た》け」

彼は苦しい声を振り絞つて又叫んだ。蠟燭の数は増されて、須彌壇《しゆみだん》はかゞやくばかりに明るくなつた。阿彌陀如来の尊像《そんぞう》は煤《くす》ぶるばかりの香《こう》の烟《けむり》につゝまれた。その渦《うず》まく烟のなかに浮き出してゐる円満具足《えんまんぐそく》の御顔容《おんかんばせ》は、やはり玉藻の笑顔であつた。阿闍梨は珠数を投げすて、跳《おど》り上《あが》りたいほどに苛々《いらいら》して来た。彼の額《ひたい》からは膏汗《あぶらあせ》がたら〳〵流れた。

「鑼《どら》を打て。鐃鉢《にようばち》を鳴らせ」

色々の手段によつて漲《みなぎ》り起《おこ》る妄想《もうそう》を打消さうと燥《あせ》つたが、それもこれも無駄であつた。あせれば燥《あせ》るほど彼の道心を溶《とろ》かすやうな強い強い業火《ごうか》は胸一ぱいに燃え拡がつて、玉藻のすがたは阿闍梨の眼先を離れなかつた。日ごろ嘲《あざけ》り笑つてゐた志賀寺《しがでら》の上人《しようにん》の執着《しゆうじやく》も、今や我身の上となつたかと思ふと、阿闍梨はあまりの浅ましさと情けなさに涙がこぼれた。庭の上にも阿闍梨の涙とおなじやうな雨がほろ〳〵と降《ふ》つて来た。

彼は法衣《ころも》の袖《そで》に涙を払つて、もう一度恐る〳〵みあげると、如来の御顔《おんかお》はやはり美しい玉藻であつた。一代の名僧の尊《とうと》い魂《たましい》はかうして無残《むざん》に溶《とろ》けて行つた。

三

「けふは強《きつ》い御世話でござりました」

法性寺の門《もん》を出ると、玉藻は兼輔に云つた。兼輔もけふの首尾を嬉しく思つた。

「頑固《かたくな》な叔父御もお身に逢うてはかなはぬ。まして最初《はじめ》から魂の柔軟《やわらか》い我等《われら》ぢや。察《さつ》しておくりやれ」

彼は玉藻に肩をすり寄せて、女の髪の匂ひを嗅《か》ぐやうに顔を差覗《さしのぞ》いて囁《ささや》くと、玉藻は顔をすこし赤らめて微笑《ほほえ》んだ。

「又そのやうなことを云うてはお弄《なぶ》りなさるか。その日の風にまかせて、けふは東へ、明日は西へ、大路《おおじ》の柳のやうに靡《なび》いてゆく、その柔軟《やわらか》い魂が心もとない。何某《なにがし》の局《つぼね》、なにがしの姫君と、そこにも此処《ここ》にも仇《あだ》し名《な》を流してあるく浮《うか》れ男《お》のお身様と、末《すえ》おぼつかない恋をして、わが身の果《はて》は何《なん》とならうやら」

「なんの、なんの」と、男は小声に力をこめて云つた。「むかしは昔、今は今ぢや。兼輔の恋人はもうお身ひとりと決めた。鴨川の水が逆《さか》に流るゝ法《ほう》もあれ、お身と我等とは尽未《じんみ》来《らい》ぢや」

「それが定《じょう》ならば何《ど》のやうに嬉しからう。その嬉しいに付けても又一つの心がかりは、数《かず》ならぬわたくしゆゑにお身様に由《よし》ない禍《わざわい》を着せうかと……」

「由ない禍……。とは何ぢや」

玉藻はだまつて俯向《うつむ》いてゐると、兼輔はやゝ得意らしく又訊いた。

「お身と恋すれば他《ひと》の嫉妬《ねたみ》を受くる……それは我等も覚悟の前ぢや。諸人《しょにん》に妬《ねた》まるゝほどで無《の》うては恋の仕甲斐《しがい》がないとも云ふものぢや。妬まるゝは兼輔の誉《ほま》れであらうよ。それがために禍《わざわい》を受くるも本望《ほんもう》――と我等はそれほどまでに思うてゐる。恋には命も捨てぬものかは」

「そりやお身様の云はるゝ通りぢや」と、玉藻は低い嘆息《ためいき》をついた。「ぢやと云うて、お身様に禍《わざわい》の影が蛇のやうに附き纏《まと》うてゐるを、どうしてそのまゝに見てゐられう」

「ぢやに因《よ》つて訊いてゐる。その禍《わざわい》の影とはなんぢや。禍の源《みなもと》はいづこの誰ぢや」

「少将どのぢや」

「實雅《さねまさ》か」と、兼輔は眼をみはつた。

少将實雅はかねて自分に恋してゐたと玉藻は語つた。恋歌も艶書《えんしょ》も千束《せんつか》にあまるほどであつたが、玉藻はどうしてもその返《かえ》しをしないので、實雅は仕舞にかういふ恐ろしいことを云つて彼女を脅《おびや》かした。自分の恋を叶《かな》へぬのはよい。その代《かわ》りに若《も》しお身が他の男と恋したのを見つけたが最後、かならずその男を生けては置かぬ、實雅は彼と刺し違《ちが》へても死んで見するぞと云つた。殿上人《でんじょうびと》とは云へ、彼は代々の武人《ぶじん》である。ことに一図の気性《きしょう》であるから、それほどのことも仕兼《しか》ねまい。自分が兼輔のために恐れてゐるのは其の禍《わざわい》であると、玉藻は声をひそめて話した。

さう云はれると思ひ当ることが無いでもない。現に関白殿の花の宴《うたげ》のゆふべに、彼は自分と玉藻との語らひを偸《ぬす》み聴いてゐたらしく、それを白状せよと迫つて土器《かわらけ》を強付《しいつ》けた。そのとき彼は何げなく笑つてゐたが、その笑みの底には刃《やいば》を含んでゐたのかも知れない。こつちの返事次第で或《あるい》は刺し違《ちが》へる料簡《りょうけん》であつたかも知れない。かう思ふと、兼輔は俄《にわか》に悚然《ぞっ》とした。気の弱い彼は、もう實雅に胸倉《むなぐら》を捉《と》られて、氷のやうな刃を突き付けられたやうにも感じられた。

二人はしばらく黙つて、九条の河原《かわら》を北に向つて辿《たど》つてゆくと、うす暗《くら》い空をいよ〳〵

暗く見せるやうな糺《ただす》の森《もり》が、眼のさきに遠く横《よこた》はつてゐた。聖護院《しようごいん》の森ももう夏らしい若葉の黒い影に掩《おお》はれてゐた。時鳥《ほととぎす》でも啼《な》きさうなと云ふ心で、二人は空へ眼をやると、その眉の上に細《こま》かい雨の雫《しずく》が音も無しに落ちて来た。

「ほう、降《ふ》つて来たか」

兼輔は牛車《ぎゆうしや》に乗つて来なかつたのを悔《くや》んだ。恋しい女と連立《つれだ》つてゆく物詣《ものもうで》には、却《かえ》つて供《とも》のない方《ほう》が打寛《うちくつろ》いでよいとも思つたので、今日はわざと徒歩《かち》で来たのであるが、この俄雨《にわかあめ》に逢つて彼はすこし当惑した。自分は兎《と》もあれ、玉藻を濡らしたくないと思つたので、彼は扇《おうぎ》をかざしながら四辺《あたり》をみまはした。

「しばらく此処《ここ》に待たれい。強く降らぬ間《ま》に簑《みの》を求めてまゐる」

河原の柳の下蔭《したかげ》に玉藻をたゝずませて置いて、彼は人家《じんか》のある方へ小走りに急いで行つた。雨の糸はだん〳〵に繁《しげ》くなつて、彼の踏んでゆく白い石の色も変つて来た。玉藻は薄い被衣《かつぎ》を深くかぶつて、濡れた柳の葉にその細い肩のあたりを弄《なぶ》らせながら立つてゐると、これも俄雨《にわかあめ》に追はれたのであらう、立烏帽子《たてえぼし》の額《ひたい》に直衣《のうし》の袖《そで》をかざしながら急ぎ足にこゝを通り過ぎる人があつた。かれは柳のかげに佇《たたず》んでゐる女の顔を横眼に見ると、ひき戻されたやうに俄《にわか》に立停《たちど》まつた。

玉藻もその人と顔をみあはせた。彼は千枝松《ちえまつ》であつた。しばらく見ないうちに彼はもう立派な男になつて、その男らしい顔がいよ〳〵男らしくなつてゐた。彼が昔の烏帽子折《えぼしおり》でないことは、その清《きよ》げな扮装《いでたち》を見てもすぐに覚《さと》られた。

しかし千枝松は黙《だま》つて立つてゐた。玉藻も黙つて眼を見合つてゐた。

「藻《みくず》でないか」と、しばらくして男は声をかけながら近寄つた。

藻と千枝松は四年振りでめぐり逢つたのである。勿論《もちろん》、男の方では女の消息《しようそく》をみな知つてゐた。関白どのに召されて、寵愛《ちようあい》を一身《いつしん》にあつめて、玉藻の前と世の人々に持囃《もてはや》されてゐることは、彼の耳にも眼にも触れてゐた。而《しか》もかうして顔を突きあはせて、親《したし》く物を云ひかけるのは実に四年目であつた。怨《うら》めしいと懐《なつか》しいとが一つに縺《もつ》れ合つて、かれは容易に詞《ことば》も出なかつたのである。

むかしの我名《わがな》を呼びかけられても、玉藻は返事もしなかつた。千枝松はまた一足進み寄つて云つた。

「玉藻の前と今ではお云やるさうな。幼馴染《おさななじみ》の千枝松をよもや忘れはせられまいが……」

「久しう逢ひませぬ」と、玉藻もよんどころなしに答へた。

「お身の出世は蔭《かげ》ながら聞いてゐる。果報《かほう》めでたいことぢや」

めでたいと云ふ詞《ことば》の裏には一種の怨恨《うらみ》を含んでゐるらしいのを、相手は覚《さと》らないやうに軽く微笑《ほほえ》んだ。

「ほゝ、羨《うらや》まるゝほどの果報でもござらぬ。お前がむかしの意見も思ひ当つた。上《うえ》つ方《がた》の御奉公もなか〳〵辛《つら》い苦しいもの、察してくだされ。して、こなたはやはり叔父御と一つに暮してゐやるのか」

「いや、わしは烏帽子折の職人を止《や》めて、日本中《につぽんじゆう》に隠れのないお人のお弟子になつた」と、千枝松は誇るやうに答へた。

「そのお師匠様《ししようさま》はなんといふお人ぢゃ」

「陰陽師《おんようし》の播磨守泰親《はりまのかみやすちか》どのぢや」

「お、、安倍泰親《あべのやすちか》どのか」

玉藻の顔色は颯《さつ》と変つたが、忽《たちま》ち元に優《ま》した柔《やわら》かい笑顔にかへつた。

「それは仕合せなこと。おまへは堅い生まれ付《つき》ぢやで、よいお師匠を有《も》たれたら、行末《ゆくすえ》の出世は見るやうぢや。して、お前も男になつて、今もむか

しの名を呼ばれてござるのか」

「千枝松といふ名はあまりに稚《おさな》げぢやと仰《おお》せられて、お師匠様が千枝太郎《ちえたろう》と呼びかへて下された。しかも泰親の一字を分けて、元服《げんぷく》の朝から泰清《やすきよ》と呼ばるゝのぢや」

「千枝太郎泰清――ほんに立派な名乗ぢや。名もかはれば人柄も変つて、むかしの千枝《ちえ》まとは思はれぬ」と、玉藻もさすがに懐《なつか》しさうに、むかしの友達の大人びた姿を眺めてゐた。

藻に捨てられた悲哀《かなしみ》と病《やまい》に苛《さいな》まるゝ苦悩《くるしみ》とに堪えかねて、千枝松は若い命を水の底に沈めようとしたのであつたが、運の強い彼は通りかゝつた泰親に救はれた。泰親は彼を憫《あわれ》んだ。ことに彼の慧《さか》しげなのを見て、泰親は叔父夫婦にも仔細をうちあけて、彼を自分の弟子として取立てゝみたいと云つた。都《みやこ》はおろか、日本中に隠れのない、名家《めいか》の弟子の数に入《い》ることは身の誉《ほま》れであると、千枝松は涙をながして喜んだ。叔父達にも異存はなかつた。禍《わざわい》が却つて福となつた烏帽子折の少年は、それから泰親の門《もん》に入《い》つて、天文《てんもん》を習つた。卜占《うらない》を学んだ。さすがは泰親の眼識《めがね》ほどあつて、年にも優《ま》して彼の上達は実に目ざましいもので、明けてやう〳〵十九の彼はほかの故参《こさん》の弟子どもを乗り越して、やがては安倍晴《あべのせい》明《めい》以来の秘法といふ悪魔調伏《ちようぶく》の祈禱《いのり》をも伝へらるゝほどになつた。彼は泰親が秘蔵弟子の一人であつた。

それほどの事情を詳しく知らないまでも、むかしの千枝まが今は千枝太郎泰清と名乗つてゐることが、玉藻に取つては意外の新発見であるらしかつた。彼女《かれ》はこの昔の友に対して、過去の罪を悔《くや》むやうな打凋《うちしお》れた気色《けしき》をみせた。

「なう、千枝太郎どの。お前はさぞ昔の藻を憎い奴と思うてござらう喃《のう》。わたしもまだ其《その》頃《ころ》は幼心《おさなごころ》の失《う》せいで、お宮仕《みやづか》への御奉公のと唯一筋《ただひとすじ》にあこがれて、お前を振捨《ふりす》てゝ、都へ上《のぼ》つたが、くどくも云ふ通り御奉公は辛い切ないもの、山科《やましな》の田舎《いなか》で気儘《きまま》に暮した昔が思ひ出されて、今更《いまさら》しみ〴〵懐《なつか》しい。お前とてもさうであらう。泰親殿は気むづかしい、弟子達の躾方《しつけかた》もきびしいお人ぢやと聞いてゐる。朝夕の奉公に定《さだ》めて辛《つら》いことも数々あらう。出世の果報のと羨《うらや》まれても、それが何《なん》の身の楽《らく》になることか。おたがひに辛いうき世ぢや」

昔を忍ぶやうにしみ〴〵と喞《かこ》たれて、千枝太郎もなんだか寂しい心持になつた。女に対する年ごろの積《つも》る怨恨《うらみ》は次第に消えて、彼はいつか其人《そのひと》を憫《あわれ》むやうにもなつて来た。彼はもう執念深く彼女を責める気にもなれなかつた。

「父御《ちちご》はあの明《あく》る年《とし》に死なれたさうな」と、彼は声を沈《おさ》ませて云つた。

「お、、御奉公に出た明る年の春の末ぢや。関白殿の御指図《おさしず》で典薬頭《てんやくのかみ》が方剤《ほうざい》を尽《つく》して、いろ〳〵に勦《いたわ》つてくだされたが、人の命数《めいすう》は是非《ぜひ》ないものでなう」と玉藻も今更のやうに眼を湿《うる》ませた。

「お師匠様が山科の家《うち》の門《かど》に立つて、これは凶宅《きょうたく》ぢや。住む人の命は保《たも》つまいと云はれたが、その卜占《うらない》はたしかに中《あた》つた」

「お師匠様はそのやうに申されたか」と、玉藻の瞳はまた動いたが、やがて感嘆の太息《といき》をついた。「卜占に嘘はない。お師匠様は神のやうなお人ぢや」

「それは世にも隠れのないことぢや。四年以来《このかた》わしもお傍《そば》に仕《つか》へて何《なに》も彼《か》も知つてゐるが、お師匠様が空を見て雨ふると云へば屹《きつ》と降る。風ふくと云へば屹と吹く。あつい襖《ふすま》を隔《へだ》て丶他人のすることを一から十まで云ひ当てらる丶。お師匠様が白紙《しらかみ》を切つて、印をむすんで庭に投げられたら、大きい蟇《ひき》めが其紙《そのかみ》に押潰《おしつぶ》されて死んでしまふた」

玉藻はおそろしさうに身を竦《すく》めた。枝垂《しだ》れた柳の葉は川風に颯《さつ》となびいて、雨の雫《しずく》をはら〳〵と振り落すのを、千枝太郎は袖で払ひながら又云つた。

「現に今日もぢや。お師匠様は雨具《あまぐ》の用意してゆけと云はれたを、近い路《みち》ぢやと油断して、そのま丶に出て来ると直《す》ぐにこれぢや。ほんに思へばおそろしい」

「お前もその怖《おそ》ろしい人にならる丶のか」と、玉藻はあやぶむやうに男の顔をぢつと見つめた。

「おそろしいのでない。まことに尊《とうと》いのぢや。わしも精々《せいぜい》修業して、せめてはお師匠様の一の弟子にならうと念じてゐる」

「それも好《よ》からう。ぢやが――」

玉藻はなにか云ひ出さうとして、ふと向ふを見遣《みや》ると、二つの笠を持つた兼輔が河原づたひに横飛沫《よこしぶき》のなかを駈けて来た。

「お、わたしの連れが笠を借りて戻つた。千枝太郎殿、また逢ひませうぞ」

　云ふ暇に兼輔はもう近《ちかづ》いた。柳の雨に湿《ぬ》れて立つ美女を前にして、若い公家《くげ》と若い陰陽《おんよう》師《し》とは妬《ねた》ましさうな眼をみあはせた。

采《うね》女《め》

一

千枝太郎泰清《ちえたろうやすきよ》は柳の雨にぬれて帰つた。播磨守泰親《はりまのかみやすちか》の屋敷は土御門《つちみかど》にあつて、先祖の安《あ》倍晴明《べのせいめい》以来こゝに年久《としひさ》しく住んでゐた。

「唯今《ただいま》戻りました」

「ほう、苛《いこ》う湿《ぬ》れて来た。笠を持たずにまゐつたな」と、泰親は自分の前に頭《かしら》をさげた若い弟子の烏帽子《えぼし》をみおろしながら微笑《ほほえ》んだ。

「お詞《ことば》にそむいて笠を用意せずに出ました」と、千枝太郎は恐れ入つたやうに再び頭をさげた。

「いや、懲《こ》るゝのも修業の一つぢやよ」

事もなげに又笑つた泰親の優しげな眼の色は見る〳〵陰《くも》つた。彼は扇を膝に突き立てゝ、弟子の顔を睨《にら》むやうに見つめた。

「お身は途中で誰《たれ》に行《ゆ》き逢ふた」

千枝太郎は悸然《ぎょっ》とした。しかも何事にも見透しの眼を持つてゐる、神のやうな師匠の前で、彼はいつはりを云ふべき術《すべ》を知らなかつた。彼は河原《かわら》で玉藻《たまも》の藻《みくず》に偶然出会つたことを正直に白状すると、泰親は低い嘆息《ためいき》をついた。

「私もさう見た。お身は再び怪異《あやかし》に憑《つ》かれたぞ。心せい」

云ひ知れない恐怖に襲はれて、千枝太郎は呼吸《いき》をつめて身を固くしてゐると、泰親は憫《あわれ》むやうに、また諭《さと》すやうに云ひ聞かせた。

「お身は怪異《あやかし》に一度憑《つ》かれて、危く生命《いのち》を亡《うしな》はうとしたことを今も忘れはせまい。その後は一心に修業を積《つ》んで、年こそ若けれ、ゆく〳〵は泰親が一の弟子とも頼もしう思うてゐたに、けふは俄《にわか》にお身の相合《そうごう》が変つて見ゆる。みだりに嚇《おど》すと思ふなよ。お身の面《おもて》には死の相があり〳〵と現はれてゐるとは知らぬか。お身を愛《いと》しいと思へばこそ、泰親かねて存《ぞん》ずる旨《むね》をひそかに云うて聞かすが、誓つて他言無用ぢやぞ」

くれ〴〵も念を押して置いて、泰親は日ごろ自分の胸にたくはへてゐる一種の秘密を打明けた。それは彼《か》の玉藻の身の上であつた。泰親は曩《さき》に山科《やましな》の玉藻の住家《すみか》を凶宅《きょうたく》と占つて、それからだん〳〵注意してゐると、玉藻といふ艶女《たおやめ》は形こそ美しい人間であれ、その魂には怖ろしい怪異《あやかし》が宿つてゐる。悪魔が彼女の体内に隠れ棲んでゐる。それを知らずに、関白殿は彼女を身近《みじこ》う召出《めしだ》されて、なみ〳〵ならぬ寵愛を加へられてゐる。その禍《わざわい》が関白殿の一身一家《いっしんいっか》にとゞまれば未《ま》だしものことであるが、悪魔の望みは更にそれよりも大きい。それからそれへと禍の種をまき散らして、やがてはこの日本《ひのもと》を魔界の暗黒《くらやみ》に堕《おと》さうと企《くわだ》てゝゐるのである。――かう話して来て、泰親は一段とその声を儼《おごそ》かにした。

「お身に心せいと云ふはこゝのことぢや。広い都に彼《か》の女性《にょしょう》を唯者でないと覚《さと》つてゐるものは、この泰親のほかにまだ一人《いちにん》ある。それは少納言の信西入道《しんぜいにゅうどう》殿ぢや。彼《か》の御仁も天文人相に詳しいので、兎《と》かくに彼女を疑うて、曩《さき》の日わしに行《ゆ》き逢ふた折にも窃《ひそか》に囁《ささや》かれたことがある。関白殿はもう彼女に魂を奪はれてゐれば、とても一応や二応の御意見で肯《き》かれうとも思はれぬが、唯《ただ》ひとつの頼みは弟御の左大臣殿ぢや。信西入道から彼《か》の殿《との》に申勧めて、玉藻を先《ま》づ関白殿の屋形から遠ざけ、さて其上で悪魔調伏《ちょうぶく》の秘法をおこなひ、長《とこし》へに禍《わざわい》の種《たね》を八万奈落《ならく》の底に封《ふう》じ籠《こ》めてしまはねばならぬ。その折柄《おりから》にお身がうか〳〵と再びその悪魔に近《ちか》づいて、なにかの秘密を覚《さと》られたら我々の苦心も水の泡《あわ》ぢや。悪魔は人間よりも賢《かしこ》い。それと覚《さと》つたら又どのやうな手段《てだて》をめぐらさうも知れぬ。けふは自然のめぐりあひで、まことに余儀《よぎ》ない破目であるが、これを機縁《きえん》に再び彼女と親《したし》うするなど、夢にもならぬことぢやと思へ。この教《おしえ》に背《そむ》いたらお身の命《いのち》はかならず亡《ほろ》ぶる。きつと忘れまいぞ」

「ありがたい御教訓、胆《きも》に堪《こた》えて決して忘れませぬ」と、千枝太郎は尊い師匠の前で立派に誓つた。

「わかつたかな」と、泰親はまだ危《あやぶ》むやうな眼をしてゐた。

「判《わか》りました」

半分は夢のやうな心持《こころもち》で、千枝太郎は師匠の前を退《さが》つた。自分の部屋へ戻つて、かれは机の前に坐つたが、あまりに思ひも付かない話をだしぬけに聴かされたので、彼の頭は恐怖と驚異とに混乱してしまつた。あの可愛《かわい》らしい藻《みくず》、あの美しい玉藻《たまも》、それに怖ろしい悪魔の魂《たましい》が宿つてゐるなどとは、どう考へても信じられない不思議であつた。いかに神のやうなお師匠様の眼にも何かの陰翳《くもり》が懸《かか》つてゐるのではあるまいかと、彼も一度は疑《うたが》つた。

併《しか》しだん〳〵考へ詰《つ》めてゐるうちに、色々の記憶が彼の胸によみがへつて来た。藻はゆくへを晦《くら》まして、昔から祟《たたり》があると伝へられてゐる古塚《ふるづか》の下に眠つてゐたこともある。陶《すえ》器師《ものつくり》の婆《ばば》の話によれば、藻は白い髑髏《されこうべ》を額《ひたい》にかざして暗い川端《かわばた》に立つてゐたこともあると云ふ。加之《しか》もそれを話した婆は、やはり古塚のほとりで怪《あや》しい死方《しにかた》をしてゐた。まだそればかりでない。近い頃にも関白殿の花の宴に、玉藻のからだから不思議の光を放《はな》つて暗い夜を照《てら》したといふ噂もある。それやこれやを取集めて考へると、玉藻が普通の人間ではないらしいといふ判断も、決して拠所《よりどころ》のない空想《うたげ》ではなかつた。

「仮にも御師匠様《おししょうさま》を疑《うたご》ふたのはわしの迷ひであつた。玉藻は悪魔ぢや。いつぞやの夢に見た天竺唐土《てんじくもろこし》の魔女もやはり玉藻の化身《けしん》に相違あるまい」

さう気がつくと、千枝太郎は急に身の毛がよだつほどに怖ろしくなつた。彼は屋敷に召使はれてゐる女子《おなご》から鏡を借りて来て、自分の顔をつく〴〵と映《うつ》してみた。彼は幾たびか眼を据《す》ゑて透《すか》して視たが、自分の若々しい顔の上から死相を見出すことは出来なかつた。かれは嘆息《ためいき》と共に鏡を投げ出した。

「陰陽師《おんようし》身《み》の上《うえ》知らずとはこれぢや」

それにつけても師の泰親は万人《まんにん》にすぐれて偉い、尊《とうと》い人であると、彼は今更のやうに感心した。信西入道も偉《えら》いと思つた。かれは自分の学問未熟を恥《は》づると共に、師匠や信西を尊敬するの念がいよいよ深くなつた。かうした尊い師匠に救はれて、親《したし》くその教《おしえ》をうけてゐる自己《おのれ》は、いかに幸ひであるかと云ふことも沁々《しみじみ》と考へさせられた。

「なんでも御師匠様の御指図《おさしず》通りにすればよいのぢや」と、今の彼はかう柔順《すなお》に考へるよりほかはなかつた。実を云へば、先刻《さつき》河原で玉藻に別れるときに、女はそこへ来《き》あはせた若い公家《くげ》の手前を憚《はばか》つて、口では何《なん》にも云はなかつたが、その美しい瞳が明らかに語つてゐた。それは近いうちに又逢はうといふ心であることを千枝太郎は早くも覚《さと》つた。彼もおなじ心を眼で答へて別れた。併《しか》し今となつてはもうそんなことを考へるさへも怖ろしかつた。自分はその一刹那《いっせつな》から再び怪異《あやかし》に憑《つ》かれたのであつた。彼はこれから一七日《いちしちにち》の間、斎《さい》戒《かい》して妖邪《ようじゃ》の気《き》を払はなければならないと思つた。

自分には御師匠様といふ者が附いてゐる――かう思ふと、彼は又俄《にわか》に心強くもなつた。未熟な自分の力では迚《とて》もその妖魔に打勝つことは覚束《おぼつか》ないが、御師匠様の力を仮りればかならず打勝つことが出来る。御師匠様もまたそれに苦心してゐられるのであるから、及ばずながらも自分は御師匠様に力を添へて、とも〴〵に悪魔調伏《ちようぶく》に一心を凝らさなければならない。悪魔がほろぶれば、自分ひとりの生命《いのち》が救はれるなどと云ふ小さい事ではない、この日本《ひのもと》の国を魔界の暗黒《くらやみ》から救ふことも出来るのである。彼は一生の勇気を一度にふるひ起して、悪魔と向ひ合つて闘《たたか》はなければならないと、強い、強い、健気《けなげ》な雄々《おお》しい決心をかためた。彼はその夜の更《ふ》けるまで机の前に正しく坐つて、一心不乱に安倍晴明以来の伝書の巻《まき》を読んだ。

それから十日《とおか》ほど経《た》つて、泰親は外から帰つて来ると、そつと千枝太郎を奥へ呼んだ。

「法性寺《ほうしようじ》の阿闍梨《あじやり》も気が狂ふたさうな」

阿闍梨もと云ふ詞《ことば》に深い意味が含まれてゐるらしく聞《きこ》えたので、千枝太郎は又悚然《ぞつ》として師匠の顔をみあげると、泰親は更に説明した。

「思うても怖ろしいことぢや。お身が河原で玉藻にめぐり逢ふたのは、彼女が法性寺詣《もうで》の戻り路《みち》であつた。左少弁兼輔《かねすけ》の案内で、阿闍梨は玉藻に面会せられた。それから後《のち》は何《なん》とやらん様子が変つて、よそ目には物に憑《つ》かれたとも、物に狂ふたとも見ゆるとやら。余人はその仔細《しさい》を覚《さと》らいで、たゞ〳〵不思議のことのやうに驚き怪《あや》しんでゐるが、泰親の観《み》るところではこれも彼《か》の悪魔のなす業《わざ》ぢや。先《ま》づ日本《ひのもと》の仏法《ぶつぽう》を亡《ほろ》ぼさんがために碩学《せきがく》高徳の聖《ひじり》僧の魂に食ひ入つて、その道念を掻《か》き乱《みだ》さうと企《くわだ》てたのであらう。それを知らいでうか〳〵彼女の手引をした左少弁殿も、その行末《ゆくすえ》はどうあらう喃《のう》」

曩《さき》の日、河原で出逢つた若い公家《くげ》が左少弁兼輔であることを、千枝太郎は初めて知つた。その当時かれは一種の嫉妬《ねたみ》の眼を以《もつ》て其人《そのひと》を見てゐたのであるが、今となつては、彼は憫《あわれ》みの眼を以《もつ》て其の人を見なければならないやうになつた。

「併《しか》し恐るゝには及ばぬ。泰親はよい時に生まれあはせた。わしの力で悪魔を取鎮《とりしず》めて、世の暗黒《くらやみ》を救ふことが出来れば、末代《まつだい》までも家《いえ》の誉《ほま》れぢや」

泰親は力強い声で云つた。

二

「阿闍梨は気が狂ふたさうな」

丁度《ちようど》それと同じ頃に、おなじ詞《ことば》が関白の屋形にある玉藻の口からも洩《も》れた。彼女は兼《かね》輔《すけ》の文《ふみ》に因《よ》つてそれを知つたらしく、その文を繰返して見入つてゐた。文は阿闍梨の病気のことを報《しら》せて、自分は今夜その見舞に法性寺へ参らうと思ふが、お身も一緒にまゐられぬかと云ふ誘ひの文句《もんく》であつた。

阿闍梨と兼輔とは叔父甥《したし》の親い仲である。それが唯《ただ》ならぬ病《やまい》に悩んでゐると聞いたらば、なにを差措《さしお》いても直《す》ぐに見舞ふべき筈であるのに、わざ〳〵女子《おなご》を誘《さそ》つてゆく。しかも夜を択《えら》んでゆく。兼輔の本心が叔父の病気見舞でないことは見え透いてゐたが、玉藻は躊躇《ちゅうちょ》せずに承知の返事をかいた。併《しか》し若い男がたび〳〵誘ひに来られては、主人の手前、余人の思惑、自分もまことに心苦しいから、四条《しじょう》の河原で待合せてくれと云つて遣《や》つた。

日の暮れるのを待つて、玉藻は屋形を忍《しの》んで出た。暦《こよみ》はもう卯月《うづき》に入つて、昼間から雨《あま》気《け》を含んだ暗い宵《よい》であつた。その昔、一条戻り橋《いちじようもどりばし》にあらはれたといふ鬼女のやうに、彼女は薄絹《うすぎぬ》の被《かつ》ぎを眉深《まぶか》にかついで、屋形の四足門《よつあしもん》からまだ半町《はんちよう》とは踏み出さないうちに、暗い木の蔭《かげ》から一人の大きい男が衝《つ》と出て来て、渡辺綱《わたなべのつな》のやうに彼女の腕をしつかりと摑んだ。

「あれ」

振放《ふりはな》さうと藻掻《もが》いても男はなか〳〵其手を弛《ゆる》めなかつた。彼は小声に力を籠《こ》めて云つた。

「騒がれな。玉藻の前。暗《くろ》うても声に覚《おぼ》えがござらう。われ等《ら》は實雅《さねまさ》ぢや」

「お丶。少将どのか」と、玉藻はほつとしたらしかつた。「わたくしは又、鬼か盗人《ぬすびと》かと思うて……」

「その鬼よりも怖ろしいかも知れぬぞ」と、實雅は暗いなかで冷笑《あざわら》つた。「お身はこの宵《よい》にどこへ参らる丶」

玉藻は立竦《たちすく》んで黙つてゐた。

「法性寺詣《もうで》か、兼輔と連《つ》れ舞《ま》うて……。はゝ、何をおどろく。お身達のすること為《な》すこと、この實雅の耳へはみな筒抜けぢや。われ等《ら》が今宵《こよい》、大納言師道卿《もろみちきよう》の屋形へ歌物語を聴きにまゐらうと存じて、四条のほとりへ来かゝると、兼輔めが人待顔《ひとまちがお》にたゝずんでゐる。何《なに》してぢやと問へば、これから法性寺へ叔父御の見舞にゆくと云ふ。その慌《あわ》てた口吻《くちぶり》がどうやら胡乱《うろん》に思はれたので、五六間《けん》も行《ゆ》き過ぎて又見返ると、彼はまだ行《ゆ》きも遣《や》らずに立明《たちあ》かしてゐる。さてはこゝに連れの人を待合せてゐるのかと思ふと、すぐに覚《さと》つたは玉藻の御、お身のことぢや。それから足を早めてこゝの門前へ来て、さつきから出入りを窺《うかご》うてゐたとは知らぬか。さあ真直《まつすぐ》に云へ、白状せられい」と、實雅は跳《はず》むらしい呼吸《いき》を努めて押鎮《おししず》めて、女の細い腕を揺《ゆ》すぶりながら訊いた。

定《さだ》めて兎やかくと云ひ紛《まぎ》らすかと思ひの外《ほか》、玉藻は脆《もろ》く白状した。

「さう知られては隠しても詮《せん》ないこと。まこと今宵《こよい》は左少弁殿と云ひあはせて、法性寺詣に忍び出たに相違ござりませぬ」

「むゝ。相違ないか」と、大きい身体をふるはせて實雅は唸《うな》つた。「お身は先月も兼輔めと連れ立つて法性寺へまゐつたといふが、確《たしか》にさうか」

それも嘘ではないと玉藻は答へた。併《しか》しそれは隆秀《りゆうしゆう》阿闍梨の教化《きようげ》をうけたい為に兼輔の案内を頼んだので、ほかには別に仔細はないと云つたが、實雅は柔順《すなお》にそれを肯《き》入《い》れなかつた。現にこのあひだの花の宴《うたげ》にも、自分は彼と玉藻との密会を遠目に見てゐる。今更そんな浅薄《あさはか》な拵《こしら》へ事で、自分を欺《あざむ》くことはできまいと又冷笑《あざわら》つた。

「就《つ》いては、少将實雅があらためてお身に訊きたいことがある。お身が實雅の恋を肯《き》かぬ以上、あだし男《おとこ》に心を通はすことはならぬ。若《も》し其約束を破つたら、その男を生けては置かぬと……」

「それもよう覚えて居ります」

實雅の手に縋《すが》つて、玉藻はさめ〴〵と泣き出した。もう斯《こ》うなれば何《なに》も彼《か》も白状するが、実は兼輔に迫られて、自分はかれの恋を容《い》れたのである。勿論、そのときに實雅との約束を楯《たて》にして、彼女は必死に断つたのであるが、兼輔はどうしても承知しないで、實雅のやうな愚者《おろかもの》がなんと云はうとも恐るるには及ばぬ。彼が執念深くぐづ〴〵云つたら、自分が屹《きつ》と引受けて二度とは口を明かせぬやうにして見せる。なんの、食《くら》ひ肥《ぶと》りの貧乏公家《くげ》が何事を為得《しえ》やうぞと、彼はさん〴〵に實雅を罵《ののし》つて、無理無体に彼女を自分の物にしてしまつた。思へば女子《おなご》は弱いもの、その当座は身も世もあられぬほどに悔《くや》み悲しんだが、今となつては既《も》うどうすることも出来ないので、彼が誘ふまゝに今夜もうろ〳〵と屋形をぬけ出して来たのである。さぞ憎からうが、どうぞ堪忍《かんにん》してくれと玉藻は泣いて訴へた。

「それは定《じょう》か、虚偽《いつわり》ないか」と、實雅は苛々《いらいら》しながら念を押した。

「なんの虚偽《いつわり》を云ひませう。神掛けて……」

「よし。思案がある」

玉藻を突き放して實雅は暗い大路を暴馬《あれうま》のやうに駈けて行つた。大きい身体《からだ》をゆすりながら大股《おおまた》に駈けるのであるから、四条の河原まで行き着いた頃には、殆《ほとん》ど口も利《き》かれないくらゐに呼吸《いき》が疲れてゐたが、それでも柳の下にたゝずんでゐる人の影を透かし視《み》たときに、彼は喉《のど》が裂《さ》けるほどの大きい声を振立《ふりた》てた。

「兼輔、まだそこにか」

又引返《ひつかえ》して来たのかと、兼輔は肚《はら》のなかで舌打ちした。さうして、暗いのを幸ひに、黙つてそこを摺抜《すりぬ》けて行かうとすると、水明りで早くもそれと認めた實雅は、これも無言で駈けつけて、彼が直衣《のうし》の袖を力任《ちからまか》せにぐいと曳《ひ》いた。たとひ平安朝時代の殿上人《でんじようびと》にもせよ、實雅は兎もかくも武人の少将である、加《しか》之も力自慢の大男である。その大男に強くひかれて、孱細《かぼそ》い左少弁は意気地《いくじ》もなく〳〵と其処《そこ》に引き据《す》ゑられた。

「やい、兼輔。関白殿の花の宴《うたげ》の夜《よ》に、おのれ拈《ひね》り潰《つぶ》してくれようと思うてゐたが、生憎《あやにく》の嵐に邪魔されて、そのまゝに助けて置いたをありがたいとも思はずに、女にむかつて人も無げなる広言《こうげん》を吐《は》き散《ち》らしたさうな。やい、食《くら》ひ肥《ぶと》りの貧乏公家とは誰《たれ》がことぢや。おれの前で、もう一度確《たしか》に云へ」

「そりや無体の詮議ぢや。われ等《ら》夢にも左様なことを……」と、兼輔はあわてゝ打消さうとするのを、哮《たけ》り立つた實雅は耳にもかけないで、嵩《かさ》にかゝつて又呶《ど》鳴《な》つた。

「え、、なにが無体……。おのれは舌が柔かなるま、に、口から出るに任《まか》せてさまぐの雑言《ぞうごん》をならべ、この實雅を塵芥《ちりあくた》のやうに云ひ貶《おとし》めたことを、おれは皆な知《み》つてゐる。え、、今更卑怯《ひきよう》に云ひ抜けうとて、おれは確かな證人があるぞ」

「そのやうな喚讒《かんざん》を誰《たれ》が云ふた」

「お、、玉藻が云ふた。おのれは今宵も無理無体に玉藻をこ、へ誘ひ出して、法性寺へ行《ゆ》かうでな。憎い奴め」

實雅の拳《こぶし》は兼輔の頬《ほお》を二つ三つ続けて撲《う》つた。大力《だいりき》に撲《う》たれた兼輔は悲しい声をあげて、小児《こども》につかまれた小猫《こねこ》のやうに、相手の膝《ひざ》の下《した》をくゞつて逃げようと這《は》ひまはるのを、實雅は足をあげて鞠《まり》のやうに蹴倒《けたお》した。かうした散々の手籠《てごめ》に逢つて、兼輔もさすがに無念であつた。もう一つには、このま、彼の手に囚《とら》はれてゐたら、果《はて》は酷《むご》たらしい嬲《なぶ》り殺しに逢はうも知れまいといふ恐怖《おそれ》もまじつて、彼は足下《あしもと》に転《ころ》げてゐる河原の小石をさぐり取つて、相手の顔と思ふあたりへ三つ四つ投げ附けた。その狼狽《うろた》へる隙《すき》をみて、彼は飛び起きて逃げようとするのを、實雅はすぐに追ひ掛けて再びその襟髪《えりがみ》を摑んだ。

嫉妬《しつと》と憤怒《ふんぬ》に逆上《のぼ》せてゐるところへ、小石の痛い眼潰《めつぶ》しを食《く》はされて、實雅はまつたく眼が眩《くら》んでしまつた。彼は再び恋のかたきを蹴倒《けたお》して、腰に佩《は》いてゐる衛府《えふ》の太刀《たち》に手をかけたかと思ふと、闇《やみ》にきらめいた切先《きつさき》は兼輔の烏帽子を礑《はた》と打ち落して、その小鬢《こびん》を斜めに擦《かす》つた。

「わツ、人殺しぢや」

その声の消えないうちに、二度目の太刀先《たちさき》は兼輔の頸《くび》のあたりを横に払つたので、彼は呼吸《いき》もせずに其処《そこ》にぐたりと倒れた。實雅は片足でそれを二三度揺《ゆ》り動かしてみたが、兼輔は石のやうに転《まろ》ばつたまゝで、再び身動きをしさうもなかつた。

「はゝ、脆《もろ》い奴ぢや。おのれその醜態《ざま》で、實雅の悪口《あくこう》云ふたか」

彼は勝利の満足をおぼえると同時に、一種の不安と後悔とが急に湧き出して来た。死人に口無しで、なんとでも云訳《いいわけ》は出来るやうなもの、、仮にも左少弁たる人を河原で暗撃《やみうち》にしたとあつては、後日の詮議が面倒《めんどう》である。憎い奴ではあるが、さすがに殺すまでにも及ばなかつたとも悔まれた。今夜《こんや》の河原は闇《やみ》である。この闇にまぎれて逸早《いちはや》くこゝを立退《たちの》いてしまへば、相手は殺され損《ぞん》で、誰《たれ》にも詮議はかゝるまいと思ふと、實雅は俄《にわか》にあとさきが見られて、あわてゝ血刀《ちがたな》を兼輔の袖でぬぐつて窃《そつ》と鞘《さや》に収めようとすると、背後《うしろ》から其肩を軽く叩くものがあつた。愕然《ぎょっ》として振返ると、自分のそばには玉藻が立つてゐた。凄《すご》いほどに白い彼女の笑顔は、暗い中にもあり〳〵と浮き出して見えた。

「見事になされました」

相手があまりに落付き払つてゐるので、實雅はすこし気味が悪くなつて、無言のまゝで突つ立つてゐると、玉藻は重ねて云つた。

「かたきを仕留《しと》められたのは男の面目《めんぼく》、見事にも立派にも見えますが、これから後《のち》を何とせられまする。相手を殺して卑怯《ひきよう》にも逃げられますまい」

星をさゝれて、實雅は又悸然《ぎよつ》とした。彼は太刀《たち》を鞘《さや》に収める術《すべ》も知らないやうに、唯《ただ》ぼんやりと立つてゐた。

「お身様も男ぢや、少将どのぢや。仇《かたき》の亡骸《なきがら》を枕《まくら》にして見事に自害なされませ」と、玉藻は命令するやうに云つた。

この怖ろしい宣告をうけて、實雅は我にかへつた。併《しか》し彼はその命令に服従する気にはなれなかつた。どうで自分の物にならない女ならば、いつそ併《あわ》せて玉藻を殺して、後日《ごじつ》の口をふさぐ方《ほう》が利益であると、彼は咄嗟《とつさ》のあひだに思案を決めた。彼はなにか云はうとするやうに見せかけて、玉藻

のそばへ一足摺寄《ひとあしすりよ》ると同時に、手に持つてゐる太刀を颯《さつ》と閃《ひらめ》かせると、刃《やいば》は空《くう》を切つて玉藻のすがたは忽《たちま》ち消えた。おどろいて見廻すと、玉藻は彼の左に肩をならべて笑ひながら立つてゐた。

實雅はまた横に払つた。その刃もおなじく空を切つて、玉藻は更《さら》に彼の右に立つてゐた。彼は焦《じ》れて右を切つた。左を切つた。うしろを払つた。前を薙《な》いだ。彼は独楽《こま》のやうにそこらをくる〳〵と廻つて、夢中で手あたり次第に切払つたが、一度も手堪《てごた》へはなかつた。焦《じ》れて狂つて、跳《おど》り上《あが》つて、かれは暗い河原を東西に駈けまはつて、果《はて》は狂ひ疲れてそこにばつたり倒れた。倒れるはずみに、彼は自分の刃で自分の胸を深く貫《つらぬ》いてしまつた。

鴨川の水は咽《むせ》ぶやうに流れてゐた。暗い河原にひざまづいて、まだ温《あたた》かい彼の生血《なまち》を吸《す》ふ者があつた。

三

左少弁兼輔《かねすけ》と少将實雅《さねまさ》とが四条の河原で怪《あや》しい死状《しにざま》をしたといふことが、忽《たちま》ち京中《きようじゆう》の大きい噂となつた。勿論、誰《たれ》もその事実を知つた者はないが、二つの死骸の疵口《きずぐち》から考へると、實雅が先《ま》づ兼輔を切殺して、自分はその場から少し距《はな》れた川下《かわしも》へ行つて自害したものらしく思はれた。

下手人も倶《とも》に亡《ほろ》びた以上、別に詮議の仕様もないのであるが、實雅は武人で宇治左大臣《うじのさだいじん》頼長《よりなが》に愛せられてゐた。兼輔はむしろ関白忠通《ただみち》の昵近《じつこん》であつた。その関係から色々の浮説《ふせつ》が生み出されて、實雅と兼輔との刃傷《にんじよう》事件は単に本人同志の意趣《いしゆ》ではなく、忠通頼長兄弟の意趣から導かれたかのやうに云ひ囃《はや》す者も出来た。頼長は別に気にも留めなかつたが、この頃著《いちじ》るしく神経質になつた兄の忠通は、それをそのまゝに聞流してゐることが出来なかつた。彼は厳重に實雅が刃傷の仔細を吟味《ぎんみ》させたが、確かな證拠はたうとう挙がらなかつた。

證拠が挙がらないので、自然立消《たちぎ》えになつてしまつたが、忠通の胸は安らかでなかつた。殊《こと》に實雅の方から仕掛けて兼輔を殺したらしいのが猶々《なおなお》不快であつた。つまり頼長の味方が自分の味方を倒したのである。忠通はそれが何となく面白くなかつた。彼は弟から戦ひを挑《いど》まれたやうにも感じられた。この上はせめてもの心遣《こころや》りと、一つには自分の威勢を示すために、忠通は兼輔の三七日法会《さんしちにちほうえ》を法性寺で盛大に営むことになつた。

この時代の習《ならい》で、法性寺の内《うち》に墓地はなかつたが、法会は寺内《じない》で行《おこな》はれた。ことに此寺《このてら》は関白の建立《こんりゆう》で、それをあづかる隆秀《りゆうしゆう》阿闍梨《あじやり》は兼輔が俗縁の叔父であるから、忠通が彼の法会をこゝで営むのは誰《たれ》が眼にも相応《ふさわし》いことであつた。併《しか》しこゝに一つの懸念《けねん》は、当日の大導師《だいどうし》たるべき阿闍梨其人《そのひと》がこのあひだから物に憑かれたやうに怪しう狂ひ乱れてゐるといふ噂であつた。

「阿闍梨の容態《ようだい》はどうあらう。見てまゐれ」

主人の云ひ付けで、織部清治《おりべきよはる》は法性寺へ出向いてみると、阿闍梨はその怨念《おんねん》が鼠《ねずみ》に化《な》つたとか伝へられる昔の三井寺《みいでら》の頼豪《らいごう》のやうに、おどろ〳〵しい長髪の姿で寝床《ねどこ》の上に坐つてゐた。清治の口上を聴いて、かれは謹《つつし》んで首肯《うなず》いた。

「数ならぬ甥めが後世《ごせ》安楽のために、関白殿が施主《せしゆ》となつて大法要《だいほうよう》を催さるゝとは、御芳《ごほう》志《し》は海山《うみやま》、それがし御礼の申上げやうもござらぬ。たとひ如何《いか》ほどの重病たりとも、当日の導師の務《つとめ》は拙僧《せつそう》かならず相勤《あいつと》め申す。この趣《おもむき》、殿下へよろしく御取次を……」

見たところは痛ましく窶《やつ》れてゐるが、その応対にすこしも変つた節《ふし》は見えないので、清治は先づ安心した。すぐに屋形へ戻つて其通りを報告すると、忠通も眉を開いた。

「それほどに申すからは仔細はあるまい。当日の用意万端《ばんたん》怠《おこた》るな」

やがて其当日が来た。時の関白殿が施主となつて営《いとな》まる、大法要といふのであるから、仏《ほとけ》の兼輔に親しいも疎《うと》いも皆な袂《たもと》をつらねて法性寺の御堂《みどう》にあつまつた。門前《もんぜん》は人と車とで押合ふほどであつた。その綺羅《きら》びやかな、さうして壮厳《そうごん》な仏事のありさまを他《よそ》ながら拝まうとして、四方《しほう》から群がつて来た都の老幼男女《なんによ》も、門前を埋《うず》めるばかりに犇々《ひしひし》と詰めよせてゐた。四月も末に近い白昼《まひる》の日は、この譬《たと》へ難《がた》い混雑の上を一面に照らして、男の額《ひたい》にも女の眉にも汗が滲《にじ》んだ。

「ほう、苛《えら》い群集ぢや」と、一人の若者が半開《なかばひら》いた扇をかざしながら呟《つぶや》くと、その声に気がついたやうに一人の翁《おきな》が肩を捻《ね》ぢ向けた。

「おゝ、千枝《ちえ》までないか。久しいな」

それは山科郷《やましなごう》の陶器師《すえものつくり》の翁であつた。声をかけられて千枝太郎もなつかしさうに摺寄《すりよ》つた。

「翁よ。ほんに久しいな」

よい相手を見付けたと云ふやうに、翁も摺寄つて囁《ささや》いた。

「お身、藻《みくず》を見やつたか」

「藻……。藻が今日もこゝへ見えたか」

「おゝ、半晌《はんとき》ほども前に、見事な御所車に乗つて来た。おれは車を降りるところを遠目に覗いたが、今は玉藻と名が変つてゐるとやら……。名も変れば人も変つて、顔も姿も光りかゞやくばかりの美しさ、おれは天人か乙姫様かと思ふたよ。偉い出世ぢや。いくら昔《むかし》馴染《なじみ》でも、もう俺達は傍《そば》へも寄附《よりつ》かれまい。はゝゝゝゝ」と、翁はむかしと些《ち》つとも変らない、人の善《よ》さゝうな笑顔をみせた。

藻《みくず》――それは千枝太郎に取つて、堪《た》え難《がた》いやうに懐しい、而《しか》も身顫《みぶる》ひするほどに怖ろしい名であつた。彼女は果して魔性の者であらうか。千枝太郎は明るい日の下で、もう一度彼女の正体を確《たしか》に見とどけたいと思つた。

「けふの法会は何時《なんどき》に果《は》つるかなう」と、彼は独語《ひとりごと》のやうに云つた。

あらうよ」

「申《さる》の刻《こく》ぢやと聞いてゐる」と、翁は云つた。「諸人《しよにん》が退散するまでにはまだ一晌《いつとき》余りも

云ふうちに、前の方に詰め寄せてゐた人々は、物に追はれたやうに俄《にわか》に頽《くず》れて動き出した。その人なだれに押されて、突き遣《や》られて、翁と千枝太郎は別れ〳〵になつてしまつた。法会は中途で急に終つて、参列の諸人が一度に退散するために、先き払ひの雑色《ぞうしき》どもが門前の群集を追ひ立てるのであつた。

法会はなぜ中途で終つたのか。千枝太郎は逢ふ人ごとに訊いてみたが、誰《たれ》にも確《たしか》なことは判らなかつた。併《しか》し衆僧《しゆうそう》をあつめて読経《どきよう》の最中に、大導師の阿闍梨がなにを見たのか、急に顔の色を変へて、額《ひたい》に玉の汗をながして、珠数《じゆず》の緒《お》を切つて投げ出して、壇《だん》から転《ころ》げ落ちたといふのが事実であるらしかつた。

「魔性の業《わざ》ぢや」

千枝太郎も顔の色をかへて早々に逃げ帰つた。阿闍梨はなにを見て俄《にわか》に取乱したのか、おそらく参列の人々のうちに彼《か》の玉藻の妖艶な姿を見出《みいだ》して、その道心が怪しく乱れ初《そ》めたのであらう。生きながら魔道へ引摺られてゆく阿闍梨の浅ましい宿業《しゆくごう》を悼《いた》むと共に、千枝太郎は自分の御師匠様の眼力の高く尊いのをいよ〳〵感嘆した。

併しこれを察したのは千枝太郎の師弟ばかりで、余人《よじん》の眼にはこの秘密が映《うつ》らなかつた。高徳の聖僧《ひじり》が物狂ほしうなつたのは、天狗《てんぐ》の魔障《ましよう》ではあるまいかなどと只管《ひたすら》に恐れられ

た。さうして、それが日《ひ》の本《もと》の仏法の衰へを示すかのやうに、口善悪《くちさが》ない京童《きようわらんべ》は云ひはやすので、忠通はいよ〳〵安からぬことに思つた。なまじひのことを企《くわだ》てゝ却つて自分の威厳を傷《きずつ》けたやうに口惜《くちお》しく思はれた。彼は眼にみえない敵に取囲まれて、四方からだん〳〵に圧迫されるやうな苦悩《くるしみ》をおぼえて、その神経はいよ〳〵尖つて来た。この頃《ごろ》の彼は好きな和歌を忘れたやうに捨てゝしまつた。政務も兎角《とかく》に怠《おこた》り勝《がち》で、果《はて》は所労と称して引籠つた。

　今年の夏は都の空にほとゝぎすの声は聞えなかつたが、五月雨《さみだれ》はいつもの夏よりも多かつた。五月に入つてからは殆《ほとん》ど小歇《おやみ》なしに毎日じめ〳〵と降りつゞいて、若葉の緑も腐つて流れるかと思ふばかりに湿《ぬ》れ朽《く》ちてしまつた。垂籠《たれこ》めてゐる忠通の頭は鉄《くろがね》の冠《かんむり》をいたゞいたやうに重かつた。さうして、むやみに癇《かん》が昂《たか》ぶつて、訳《わけ》もなしに苛々《いらいら》した。夜もおち〳〵とは眠られなかつた。このまゝに日を重ねたらば、自分も法性寺の阿闍梨の二の舞になるのではあるまいかと、自分ながら危《あや》ぶまれるやうになつた。

　家来《けらい》も侍女《こしもと》共も主人の機嫌が悪いので、みな兢々《はらはら》してゐた。お気に入りの織部清治も毎日叱られつゞけてゐた。ことに彼は曩《さき》の日、法性寺へ使《つかい》に立つたときに、阿闍梨の容態《ようだい》を確《しか》と見とゞけて来なかつたが為に、大切の法要をさん〴〵の結果に終らせたと云ふので、いよ〳〵主人の機嫌を損じた。そのなかで寵愛の些《ちつ》とも衰へないのは彼《か》の玉藻ひとりで、主人の機嫌がむづかしくなればなるほど、彼女は主人のそばに欠くべからざる人間となつて、忠通が朝夕の介抱や給仕はすべて彼女ひとりが承《うけたま》はつてゐた。

「よう降ることぢや」

忠通は暮れかゝる庭の雨を眺めながら、滅入《めい》るやうな嘆息《ためいき》をついた。

「ほんによう降り続くことでござりまする。河原ももう一面に浸《ひた》されたとか聞きました」と、玉藻も鬱陶《うつとう》しさうに美しい眉を皺めて云つた。

「また出水《でみず》か。うるさいことぢや。出水のあとは大かた疫病《えやみ》であらう。出水、疫病、それにつゞいて盗賊、世がまた昔に戻つたか。太平の春は短いものぢや」

天下の宰相としてこの苦労は無理ではなかつた。二人はまた黙つてゐると、庭の若葉はだん〳〵に暗い影につゝまれて、溢れるばかりに漲《みなぎ》つた池のほとりで蛙《かわず》がさう〳〵しく鳴き出した。

「あ、世の中が煩《うる》さうなつた。わしも御暇《おいとま》を願うて、いつそ出家遁世《とんせい》しようか」と、忠通はまた嘆息をついた。

「御出家……」と、玉藻は聞咎《ききとが》めるやうに云つた。「殿が御出家なされたら、おあとは誰《たれ》が代らせられまする」

「頼長かな」

「さうなりましたら、左大臣殿は思ふ坪《つぼ》でござりませう。現に殿が御引籠りの後《のち》は、彼《か》のお人がなにも彼《か》も一人で取り仕切つて、殿上《でんじよう》を我物顔に押廻してゐらるゝとやら。今ですら其通り、殿が御隠居遊ばされたら、その後《ご》の御威勢は思ひ遣られまする」

「彼《かれ》のことぢや。さもあらうよ」と、忠通は苦笑《にがわら》ひした。その笑の底にはおさへ難い不満が忍んでゐた。日頃からやゝもすれば兄を凌《しの》がうとする頼長めが、おれの引籠つてゐるのを幸ひに、冠《かんむり》を仰反《のけぞ》らして殿上を我物顔にのさばり歩く。その驕慢《きようまん》の態度が眼にみえるやうに思はれて、忠通は急に忌々しくなつて来た。迂濶に遁世して、多年の権力を彼にやみ〳〵奪はれるのは如何にも残念で堪らないやうに思はれて来た。

「さりとて、わしはこの通りの所労ぢや。頼長が兄に代つて何かの切盛をするも是非があるまい。余の公家原《くげばら》は彼の鼻息を窺ふばかりで、一人も彼に張合ふほどのものは殿上にあるまいよ」と、忠通は憤《いきどお》るやうに云つた。勢ひに附くが世の習《ならい》であることを、彼はしみ〴〵と感じた。

　その果敢《はか》ないやうな顔をぢつと見あげて、玉藻はそつと云ひ出した。

「就きましては、わたくしお願ひがござりまするが……」

「あらためて何の願ひぢや」

「殿の御推挙で采女《うねめ》に召さるゝやうに……」

「ほゝ、お宮仕《みやづか》へが致したいと申すか」

　忠通はすこし考へた。玉藻ほどの才と美とを具《そな》へてゐれば、采女の御奉公を望むも無理はない。その昔の小野小町《おののこまち》とてもおそらく彼女には及ぶまい。実は忠通にもかねて其下心つてゐた。

があつたのであるが、自分のそばを手放すのが惜さに、自然延引《えんいん》して今日まで打過ぎてゐたのである。この際、本人の望むがまゝに、玉藻を殿上の采女に召させて、彼女の力をかりて頼長めの鼻を挫《くじ》かせて遣らうかとも考へた。忠通も女の潜《ひそ》める力といふものを能《よ》く識つてゐた。

「望みとあれば、推挙すまいものでもないが……。頼長めが何かと邪魔せうも知れぬぞ」

と、忠通はさびしく笑つた。

「いえ、その左大臣殿と見事に張合うて見せます」

「頼長と張合ふか」

「わたくしが殿上に召されましたら、左大臣殿とて……」と、云ひさして彼女はほゝと軽く笑つた。

これはあながちに自讃でない。玉藻ほどの才女ならば、潜めるその力を利用して、頼長めを殿上から蹴落すことが出来るかも知れないと、忠通は頼もしく思つた。

雨乞ひ

一

あくる朝、大納言師道《もろみち》は関白の屋形に召された。師道は雨を冒《おか》して来た。

「きのふも今日も降《ふ》りつゞいて、さりとは佗しいことでござる。殿には御機嫌如何《いかが》おはします」と、師道は懇切《ねんごろ》に関白の容態《ようだい》をたづねた。

「兎角に勝《すぐ》れいでなう」と、忠通は烏帽子《えぼし》の額《ひたい》を重さうに押へた。「今日わざ〱召したは他でもない。お身と忠通《ただみち》とは年ごろの馴染《なじみ》ぢや。打ちあけて少しく申談《もうしだん》じたい儀があつて……。近《ちこ》う寄られい」

それは玉藻を采女《うねめ》に推薦する内儀であつた。師道にも勿論異存はなかつた。

「至極の儀、わたくしも然《しか》るべう存じ申す。当時関白殿下の御威勢を以《もつ》て、彼女《かれ》を采女にすゝめ奉るに、誰《たれ》も故障《こしよう》申立つべきやうもござりますまい」

「いや、そこぢやて」と、忠通は悩ましげに頭《かしら》をかたむけた。「お身の云はるゝ通り、忠通の威勢を以て彼女《かれ》を申勧《もうしす》むるに、なんの故障はない筈ぢやが、高き木は風に傷《いた》めらるゝとやらで、此頃《このごろ》の忠通には眼にみえぬ敵が多い。いや、偏執《ひがみ》でない、忠通はたしかに然《そ》う見て居《お》る。就《つ》いては玉藻の儀も何かと遮《さえぎ》つて邪魔する徒《やから》がないとも限らぬ。先《ま》づ第一には弟の頼長《よりなが》めぢや。次には信西《しんぜい》入道、彼もこのごろは弟めの襟下《えりもと》に付いて、やゝもすれば予に楯を突かうとする、怪《け》しからぬ古入道ぢや。まだそのほかにも数へ立てなら幾人もあらう。うはべは然《さ》りげなう見せかけて、心の底には忠通を押傾けようと企《たく》んでゐる徒《やから》が殿上には充満《みちみ》ちて居《お》る。お身はまだ知らぬか」

忠通と頼長、この兄弟の不和は師道も薄々知らないでもなかつたが、忠通の敵が殿上に充満ちてゐるなどとは些《ちつ》とも思ひ寄らないことで、それは恐らく彼の偏執《ひがみ》であらうと思つた。爾体《じたい》関白の様子は昔とよほど変つてゐる。質素な人物がだん／＼に驕奢《きようしや》に長じて来た。温厚な人物がだん／＼に疳癖《かんぺき》の強い我儘《わがまま》な性質に変つて来た。ことに此頃は病に垂《た》れ籠《こ》めてゐるので、疳癖はいよ／＼昂《たか》ぶつて、あらぬことにも心を狂はすのであらう。それに逆《さか》らつては好くないと考へたので、師道は素直に彼の云ふことを聴いてゐた。

「それぢやに因《よ》つて、玉藻の儀もこの忠通の口から申出《もうしい》づると、屹《きつ》と邪魔する徒《やから》がある。就《つ》いては大納言、お身から好いやうに申立てゝは給《たも》るまいか。お身は初めて玉藻を見出《みいだ》した御仁ぢや。そのお身から申勧《もうしす》むるに於ては、誰も表立つて遮《さえぎ》る者もあるまい。どうぢや。

頼まれてお呉《く》りやれぬか」と、忠通は重ねて云つた。

　時の関白藤原忠通卿が詞《ことば》をさげて頼むのである。師道はこれに対して故障をいふべきやうもなかつた。まして自分は年来その恩顧を受けてゐる。玉藻を彼に推薦したのも自分である。これ等《ら》の関係上、師道はどうしてもこの依頼《たのみ》を断るわけには行《ゆ》かない破目《はめ》になつてゐるので、彼はやはり素直に承知した。

「御懇《ぎよこん》の御意《ぎよい》、委細《いさい》心得申した。明日《みようにち》にも参内《さんだい》して、万事よろしう執奏《しつそう》の儀を……」

「おゝ、取計らうて給《たも》るか」と、忠通は小児《こども》のやうに身体《からだ》をゆすつて喜んだ。

　色々の打合せをして、師道はやがて関白の前を退《さが》ると、入れ代つて玉藻が召出された。忠通は笑《え》ましげに彼女に云ひ聞かせた。

「万事は大納言が受合うてくれた。心安う思へ」

「ありがたうござりまする」と、玉藻も晴れやかな眼をして会釈《えしやく》した。

　雨はその日の夕方から一しきり降り歇《や》んで、鼠色の雲が一枚づゝ剝《は》げてゆくやうに明るくなつた。その明るい大空の上には赤い星が三つ四つ光つてゐた。この時代の習《ならい》で、亥《い》の刻《こく》頃（午後十時）には広い屋形の内もみな寝静まつて、庭の植込みでは時々に若葉の雫《しずく》のこぼれ落ちる音がきこえた。今夜は蛙《かわず》も鳴かなかつた。

　女の童《めわらわ》の小雪《こゆき》といふのが眼をさまして厠《かわや》へ立つた。彼女は紙燭《しそく》を点《とも》して長い廊下を伝つてゆくと、紙燭の火は風もないのにふつゝと消えた。それと同時に暗《くら》い行手《ゆくて》に明るい光りが浮き出して、七八間《けん》ほど先を徐《しずか》に動いてゆくのを見たので、年の若い小雪は愕然《ぎょっ》として立《たち》竦《すく》んだ。光の主《ぬし》は女であつた。女は長い袴《はかま》の裳《すそ》をひいて、廊下を徐《しずか》に歩んでゆく。そのうしろ姿が玉藻によく似てゐると思ふうちに、廊下の隅にある一枚の雨戸が音もなしにするりと明いて、女の姿は消えるやうに庭へぬけ出した。小雪は一種の好奇心に促されて、これも足音を偸《ぬす》んでそのあとから窃《そっ》と庭に降り立つと、玉藻に似た姿は植込《うえご》みの間をくゞつて行つて、奥庭の大きい池の汀《みぎわ》に矗然《すっく》と立つた。

池は年を経て、その水は蒼黒《あおぐろ》く淀《よど》んでゐるのが、この頃の雨に嵩《かさ》を増して、濁《にご》つた暗い色が汀までひた〳〵と押寄せてゐた。菰蒲《あやめ》や杜若《かきつばた》はその濁《にご》つた波に沈んで、わづかに藻《も》の花だけが薄白く浮んでゐるのが、星明りにぼんやりと見えた。女は先づ北に向つて、一つの大きい星を拝した。ほかの星の赤いなかに、その星一つは優《すぐ》れて大きく金色《こんじき》に輝いてゐた。それは北斗星《ほくとせい》といふのであらうと小雪は思つた。

女はその星をしばらく拝してゐたが、やがて方向を変へて池の汀《みぎわ》にひざまづいた。彼女は左の手で長い袂《たもと》をおさへながら、夜目にも白い右の手をのばして池の玉藻《たまも》を掬《すく》つてゐるらしかつた。好奇心はいよ〳〵募《つの》つて、女の童《わらわ》は呼吸《いき》もせずに見つめてゐると、女はやがてその青い藻を手の上に掬ひあげて、雫《しずく》も払はずに自分の頭《あたま》の上へ押頂《おしいただ》いた。

藻をかつぐのは狐である――かういふ伝説《いいつたえ》を彼女は知つてゐたので、小雪は俄に怖ろしくなつた。竦《すく》んだ足を引摺りながら窃《そっ》と引返《ひっかえ》さうとした時に、女のひかりは吹き消したやうに消えた。

「小雪か」と、暗いなかで女の涼《すず》しい声が聞えた。それは確《たしか》に玉藻の声であつた。

女の童はもう悸《おび》えて、声も出なかつた。たゞ身を固くして其処《そこ》にうづくまつてゐると、玉藻はする〳〵と寄つて来て、彼女の細い腕を摑んだ。

「おまへ見たか」

女の童はやはり黙つて竦《すく》んでゐた。

「隠さずに云や。なにを見た」

「なんにも……見ませぬ」

彼女は顫《ふる》へながら答へたが、もう遅かつた。女の童の小さい身体《からだ》は、蛇に呑まれようとする蛙《かわず》のやうに手足をひろげたまゝで固くなつてしまつ

た。その正体のない女の童を地の上に転《まろ》ばして、玉藻は先《ま》づその黒い髪の匂ひを嗅《か》いだ。豊《ゆたか》な頰《ほお》の肉を舐《ねぶ》つた。

このとき、鬼火のやうな小さい松明《たいまつ》の光が植込みのあひだから閃《ひら》めいて、だん〳〵に此方《こつち》へ近寄つて来た。それは織部清治《きよはる》で、彼は宵《よい》と夜なかと夜あけとの三度に、屋形の庭《にわ》中《じゆう》を見廻るのが役目であつた。彼は暗いなかで、犬が水を飲むやうな異様なひゞきを聞いたので、ぬき足をしてこゝへ忍《しの》んで来た。さうして、その正体を見定めようとして松明《たいまつ》をあげると、その火は水を掛けられたやうに消えてしまつた。併《しか》しその一刹那《いつせつな》に、そこに這《は》ひ踞《かがま》つてゐる人が玉藻であるらしいことを、彼は早くも認めた。

「玉藻の御《ご》か」と、清治は声をかけると、あたりは急に明るくなつた。その光は花の宴《うたげ》のゆふべに、玉藻の身から輝いたのと同じやうに見えた。

それより更《さら》に清治の眼をおどろかしたのは、その光に照《てら》し出された此場《このば》のむごたらしい光景《ありさま》であつた。女の童の小雪は死んだ蟋蟀《きりぎりす》のやうに、手も足もばら〳〵になつてそこに倒れてゐた。玉藻の口には生々しい血が染《そ》みてゐた。もう斯《こ》うなると、相手の玉藻は正《まさ》に鬼女である。清治はすぐに太刀《たち》に手をかけたが、その手は痲痺《しび》れて働かなかつた。

玉藻はその冷艶な面《おもて》に凄愴《ものすご》い笑みを洩《も》らした。怪しい光は再び消えて、暗いなかで男の唸《うな》る声がきこえた。

「望みを遂《と》ぐる時節も近づいたと思ふたら、丁度幸ひに男と女の生贄《いけにえ》を手に入れた」

男の唸り声も玉藻の声もそれぎりで聞えなくなつた。夜があけてから、清治と女の童との浅ましい亡骸《なきがら》が古池の水に浮んでゐるのを見出した。而《しか》も二人がどうしてこんな無惨な死《しに》ざまをしたのか、誰《たれ》にも判らなかつた。

兼輔の死に次いで、こんな奇怪な事件が再び出来《しゆつたい》したので、忠通の神経はいよ〳〵傷《きずつ》けられた。殊《こと》に今度はそれが自分の屋形の内に起《おこ》つたので、かれは云ひ知れない恐怖と不安とに囚はれた。彼は三度の食事すらも快《こころよ》く喉《のど》へは通らないやうになつて来た。

それから四日ほど過ぎて、大納言師道《もろみち》が来た。かれの報告は更に忠通の心を狂はせる種《たね》であつた。玉藻を采女《うねめ》に申勧《もうしすす》める一条は、果して左大臣頼長から強硬《きようこう》なる抗議が出た。信西入道も反対であつた。かれらの反対は師道も内々予期してゐたので、彼もなんとかして其敵を押伏せようと試みたが、何をいふにも正面の敵は頼長である。しかも博学宏才の信西入道がその加勢に附いてゐるので、師道は迚《とて》も彼等と対抗することは出来なかつた。結局さん〴〵に云ひまくられて、彼は面目を失つて退出した。

「彼等は何故《なぜ》ならぬと云ふ、素性《すじよう》が卑《いや》しいと申すのか」と、忠通は口唇《くちびる》を咬《か》みながら訊いた。

「いや、それればかりではござりませぬ。玉藻といふ女性《によしよう》に就いては落意《らくい》しがたき廉々《かどかど》があるとか申されまして……」と、師道もすこし曖昧《あいまい》に答へた。「あのやうな女性を召されては天下の乱れにもならうと信西入道が申されました」

「なんの、天下の乱れ……。おのれ等《ら》こそこの忠通を押倒《おしたお》して、天下を乱さうと巧《たく》んでゐるのぢや」

忠通は拳《こぶし》を握つて、跳《おど》り上らんばかりに無念の身を悶《もだ》えた。

二

師道が早々に帰つたあとで、忠通はすぐに玉藻を呼んだ。彼は燃えるやうな息を吐《つ》きながら、今聞いた顚末《てんまつ》を物語つた。

「もう堪忍も容赦もならぬ。衛府《えふ》の侍《さむらい》どもを召しあつめて、宇治へ差向けうと思ふ」

「宇治へ……」と、玉藻は眉をよせた。

「おゝ、頼長めを誅伐《ちゆうばつ》するのぢや。氏《うじ》の長者《ちようじや》を許され、関白の職に居《お》る忠通に敵対する徒《やから》は謀叛人《むほんにん》も同様ぢや。弟とて容赦はない。すぐに人数《にんず》を向けて攻め亡《ほろ》ぼすまでのことぢや。信西入道も憎い奴、今までは我が師と敬《うやも》うてゐれば附け上つて、謀叛人の方人《かたうど》となつて我に刃向ふからは、彼めも最早《もはや》ゆるされぬ。頼長と時を同じうして誅伐する。かれら二人をほろぼせば、その余《よ》の徒党は頭《かしら》のない蛇も同様で、よも何事をも仕得《しえ》まいぞ。侍を呼べ、すぐに呼べ」と、忠通は目眦《まなじり》を裂《さ》いて哮《たけ》つた。

「御立腹重々《ごりつぷくじゆうじゆう》お察し申しまするが、先《ま》づお鎮《しず》まりくださりませ」

玉藻は遮《さえぎ》つて制《と》めた。今この場合に衛府《えふ》の侍どもを召されても、かれらが素直に左大臣誅伐の命令に応じて動くか何《ど》うかわからない。左大臣の野心は疾《と》うに見え透いてゐるもの丶、これぞと取立てて云ふほどの證拠もないのであるから、迂濶にこ丶で事を起すと、理を以《もつ》て非に陥《おち》るおそれが無いでもない。衛府の者どものうちに左大臣や信西入道に心を通《かよ》はす者があつて、早くもそれを敵に注進されたら、あの精悍《せいかん》な頼長と老獪《ろうかい》な信西とが合体して何事を仕向けるかも知れない。あるひは機先を制して、先方《むこう》から逆寄《さかよ》せに押掛けて来るかも知れない。下世話《げせわ》のことわざにもある通り、急《せ》いては事を仕損ずる。所詮は彼等を誅伐するにしても、今しばらくは堪忍して徐《おもむ》ろに時機を待つ方が安全であらうと、彼女は賢《さか》しげに忠告した。

それにも一応の理窟《りくつ》はあつた。殊《こと》にそれが玉藻の意見であるので、忠通も渋々ながら納得したので、彼女はほつとしたやうな顔をしてそこを起《た》つた。

その日の午過《ひるす》ぎに玉藻は被衣《かつぎ》を深くして屋形を忍んで出た。清治《きよはる》と女《め》の童《わらわ》が死んだ晩から、さみだれの空は拭《ぬぐ》つたやうに晴れつゞいて、俄《にわか》に夏らしい強い日に照された京の町には、もう軽い砂が舞ひ立つてゐた。柳のかげには牛を繋いで休んでゐる人も見えた。玉藻は姉《あね》の小路《こうじ》の信西入道の屋形をたづねた。

門《もん》を這入《はい》ると、大きい槐《えんじゆ》の梢《こずえ》に蟬《せみ》が鳴いてゐた。車溜《くるまだま》りのそばには一人の若い男がた丶ずんで、その蟬の声を聴いてゐるらしく見えた。男は千枝太郎《ちえたろう》であつた。

「千枝太郎どの」

玉藻に呼ばれて、千枝太郎は振向いた。

「お、、玉藻……」と、彼はすこしく眉を動かしたが、さりげなく会釈した。「晴れたら俄《にわか》に暑うなつた。お身には河原で逢ふた限《き》りぢやが、変ることもないか」

「お前にも変ることはありませぬか」と玉藻は懐《なつか》しさうに云つた。「その後《ご》には好い折がなうて、逢ふこともならなかつた。して、今はなにしにこゝへ……。お師匠様のお供《とも》してか」

千枝太郎はうなづいた。彼は明るい夏の日の前で玉藻とむかひ合つて、けふこそは其《その》正体をよく見届けようと思つたのである。地に黒く映つてゐる玉藻の影は、やはり普通の女の姿であつた。千枝太郎は更に女の顔をぢつと視つめると、玉藻は少し羞《は》ぢらうやうに顔をかしげて、斜めに男の眼のうちを窺《うかが》つた。

「お師匠様はなんの御用ぢや」

「わしは知らぬ」と、千枝太郎は情《すげ》なく云つた。

梢の蟬は鳴きつゞけてゐた。二人はしばらく黙つてゐた。

「お前には一度逢うて、しみ〴〵話したいこともあるが、よい折は無いものか」と、玉藻は一足摺寄《すりよ》つて訊いた。

懐《なつか》しげな、恋ひしげな、情の深さうな女の眼をぢつと見てゐるうちに、千枝太郎の胸はなんとなく熱《ほて》つて来た。彼女は果《はた》して魔性の者であらうか。年の若い千枝太郎は師匠の教《おしえ》を少し疑ふやうにもなつて来た。それでも彼は迂潤に油断しなかつた。

「お師匠様は厳しいで、御用のほかには滅多《めつた》に外へは出られぬ。それは私《わし》ばかりでない、ほかの弟子達も皆《みな》それぞれぢやで是非がない」

「ほんに然《そ》うであらうなう」と、玉藻は低い嘆息《ためいき》を洩らした。「それでも忍んで出られぬことはあるまいに、唯《た》つた一度ぢや。逢うて下されぬか。むかしの藻ぢや、憎うはあるまい。それともお前、ほかに親《した》しい女子《おなご》でも出来たのか。もう昔の藻をなんとも思はぬのか。このあひだも云ふた通り、人の身の行末《ゆくすえ》は知れぬものぢや。山科《やましな》の里《さと》に一緒に育つて、おまへは烏帽子折《えぼしおり》の職人になる。わたしも烏帽子を折習うて……。思へばそれもたがひに幼い同士の夢であつた」

千枝太郎の眼の前には、その幼い夢の絵巻物が美しく拡げられた。山科の里の森や川や、それを背景にして仲よく遊んでゐた二人の幼い姿も、まぼろしのやうに浮び出した。彼はうつとりとして玉藻の顔を今更《いまさら》のやうに見つめた。さうして、何事かを云はうとするとき、奥から一人の侍《さむらい》が出て来た。

侍は胡乱《うろん》らしく玉藻をぢろ〳〵眺めてゐるので、玉藻は叮嚀《ていねい》に会釈して、主人の入道に取次ぎを頼むと、侍は更に彼女の顔を睨《にら》むやうに見て、すぐに内へ引返《ひつかえ》して行つた。

「あれは右衛門尉《えもんのじよう》成景《なりかげ》といふお人ぢや」と、千枝太郎は彼のうしろ姿を見送つて教へた。

「見るから逞《たくま》しさうな。さすがは少納言殿の御内《みうち》に侍《さむら》ふ人ほどある」と、玉藻はうなづいて、さて又語り出した。「なう、千枝太郎どの。くどくも云ふやうぢやが、お前何《ど》うでもわたしに逢ふのは忌《いや》か。今宵には限らぬ、あすでも明後日《あさつて》でも……。関白殿の御屋形へまゐつて、玉藻に逢はうと云うてくれたら、わたしは屹《きつ》と首尾して出る。これ、どうでも忌《いや》か。どうでも応《おう》とは云はれぬか」

彼女は紅《くれない》の口唇《くちびる》を男の耳に摺《す》りつけて囁《ささや》いた。女のうす絹《ぎぬ》に焚《た》き籠《こ》めた甘いやうな香《こう》の匂《にお》ひは、千枝太郎のからだを夢のやうに押包んで、若い陰陽師の血は俄《にわか》に沸《わ》き上つた。強い夏の日を仰《あお》ぐ彼の眼はくら〳〵と眩《くら》んで来て、かれは真直《まつすぐ》に立つてゐるに堪えられないやうに、思はず女の腕に靠《もた》れかかると、玉藻は微笑《ほほえ》みながら彼を軽くかゝへて遣《や》つた。

さうして又、甘へるやうに囁いた。

「さりとは情《じよう》の強《こわ》い人ぢや。むかしの藻を忘れてか」

邪魔なところへ右衛門尉成景が再び出て来た。かれは玉藻に向つて儼《おごそ》かに云つた。

「主人の少納言、生憎《あいにく》の客来でござれば、御対面はかなはぬとの儀にござる。失礼は御免、早々にお帰りあれ」

「それは残り多いこと」と、玉藻は相手の無礼を咎《とが》めもせずに艶《あで》やかに笑つた。「お客は播磨守殿《はりまのかみどの》とやら。大切の御用談でござらうか」

「主人と閑室《かんしつ》にての差向ひ、いかやうの用談やら我々すこしも存じ申さぬ」と、成景は膠《にべ》なく云つた。

それでも玉藻は素直には立去らなかつた。自分は是非とも入道殿に一目逢つて密々に申入れたい大切の用事があるから、お客の邪魔にならないやうに別間《べつま》でしばらくお逢ひを願ひたいと押返して云つた。成景はなんとかして主人に逢はせまいと考へてゐるらしく、色々に詞《ことば》をかまへて追ひ払はうとしたが、玉藻はなか〳〵動きさうもないので、彼もたうとう根負けがして又もや奥へ引返《ひつかえ》したかと思ふと、今度はすぐに出て来て、玉藻を内へ案内した。

千枝太郎はもとの一人になつて、槐《えんじゆ》の青い影の下に立つてゐた。彼はもう半分は夢のやうで、なにを考へる気力もなかつた。青い葉をゆする南風がそよ〳〵と彼の袂《たもと》を吹き靡《なび》かせて、鈴を振るやうな蟬の声が鈍い耳にもこゝろよく聞えた。

しばらくして玉藻は成景に送られて出て来た。彼女の口元には豊《ゆたか》な笑《えみ》が浮んでゐた。成景の見る前、もうなに云つてゐる間《ひま》もないので、彼女はたゞ千枝太郎に目礼して別れた。そのうしろ影が門の外へ消えてゆくのを見送つて、千枝太郎はなんだか物足らないやうな寂しい心持になつて、糸にひかれたやうにふら〳〵と樹の下を離れた。さうして、彼女を追ふやうに同じく門の外へ出ると、まだ五六間《けん》とはゆき過ぎない玉藻がけたゝましく叫んだ。

「あれ、誰《たれ》か来て――。助けてくだされ」

その声におどろかされて屹《きつ》と見ると、痩《や》せさらばへた一人の老僧が片手に竹の杖を持つて、片手に玉藻の袂《たもと》をしかと摑んでゐた。僧は物に狂つてゐるらしい。鼠の法衣《ころも》は裂けて汚れて、片足には草履《ぞうり》をはいて片足は徒跣《はだし》であつた。千枝太郎はすぐに駈け寄つて二人のあひだへ割《わ》つて這入つた。

「お、千枝太郎どの。ようぞ来てくだされた。この御僧は物に狂ふたさうな。不意にわたしを捉へてどこへか連れて行かうとする。どうぞ助けてくだされ」と、玉藻は悩める顔を袖《そで》に掩《おお》ひながら云つた。

「御坊《ごぼう》。いかに狂へばとて、女人《にょにん》をとらへて何《なん》の狼藉《ろうぜき》……」と、千枝太郎は叱るやうに云つた。「静まられい、こ、放されい」

僧はなんにも云はなかつた。白い鬚《ひげ》が斑《まだ》らに伸びて、頰骨の悼《いた》ましく尖つた顔に、窪《くぼ》んだ眼ばかりを爛々《らんらん》とひからせて、彼は玉藻の白い襟もとをぢつと見つめてゐた。相手が執念深いので、千枝太郎はいよ〳〵急《せ》いた。

「え、退《の》かれいといふに……。え、放されい。放さぬか」

彼は相手の痩せた腕をつかんで、力まかせに引き放さうとしたが、命のあらんかぎりと摑んでゐるらしい僧の手は容易《ようい》に解けなかつた。血気の若者は焦《じ》れて燥《あせ》つて、折れるばかりに其手を捻《ね》ぢ曲げて、無理にやう〳〵引き放して突きやると、力の尽きた老僧は枯木のやうにぱつたり倒れた。玉藻はそれを見向きもしないで、急ぎ足に立去つた。

僧は這ひ起きて又追はうとするのを、千枝太郎は又抱き止めた。僧は熱い呼吸《いき》をふいて身を藻掻《もが》いてゐるところへ、四五人の若い僧が汗みどろになつて追つて来た。

「お丶、こ丶にぢや。どなたか知らぬが忝《かたじ》けなうござる」

彼等は千枝太郎に礼を云つて、まだ哮《たけ》り狂つてゐる老僧を宙にかつぐやうに連れて行つた。狂へる老僧は法性寺《ほうしょうじ》の阿闍梨《あじゃり》であつた。

三

法性寺の阿闍梨がその夜、寺内《じない》の池に身を沈めて果てたといふことを聞いたときに、千枝太郎は又ぞつとした。高僧は玉藻の蠱惑に魅せられて、狂ひ死《じに》の浅ましい終りを遂げたのであらう。きのふ信西入道の屋形で彼女に囁かれた甘い詞《ことば》も、今は悪魔の囁きのやうに思はれて、千枝太郎はや丶もすれば魔道へ引入れられさうな自分の危《あやう》い運命を恐れた。

「きのふ彼《か》の玉藻に逢ふたか」と、播磨守泰親《やすちか》は若い弟子に訊いた。千枝太郎は彼女に出逢つたことを正直に打明けると、泰親の眉はまた皺められた。

「諄《くど》うも云ふやうぢやが。心せい。お身の行末《ゆくすえ》いかにも心許《こころもと》ないぞ。玉藻はきのふ少納言入道の屋形へまゐつて、別室で入道に対面して、世におそろしいことを密々に訴へたさうぢや。関白殿が俄《にわか》に人数《にんず》を召されて、宇治の左大臣と少納言入道とを一時《いちじ》に誅伐《ちゅうばつ》せらるゝ御催《おんもよお》しがあると申すのぢや。入道殿ほどの御仁がそのやうな讒口《ざんこう》を真に受けらるゝ筈は無し、且《かつ》は日頃から疑ひの眼を向けてゐる玉藻の訴へぢやで、先《ま》づよいほどに会釈して追ひ返されたさうなが、こちらへ来てそれほどのことを云ふ奴、あちらへ参つても又どのやうな讒口を巧《たく》まうやら。返す〴〵も怖ろしい。所詮彼女《かれ》めはさま〴〵に手を換へ品をかへて、人間に禍《わざわい》の種をまき、果《はて》は天下のみだれを惹き起さうとするに極まつた。まだそればかりでない。彼女《かれ》は関白殿をそゝのかして、采女《うねめ》に召されうといふ大望《たいもう》を起したと云ふ。勿論、左大臣殿に遮《さえぎ》られて、一旦《いったん》は沙汰やみになつたと申すが、彼女《かれ》のごとき魔《ま》性《しょう》の者が万一殿上《でんじょう》に召さるゝなどの事あつては、わが日本《ひのもと》は暗闇《くらやみ》ぢや」

　もうどうしても猶予は出来ないので、信西入道と相談の上で、自分はけふから身を浄《きよ》めて七十日の祈禱《いのり》を行ふことに決めた。左大臣頼長も勿論同意である。由来、かゝる魔性の者はその目前《めのまえ》で祈り伏せて、すぐに正体を見あらはすのが秘法の極意ではあるが、関白殿御寵愛の女子《おなご》を呼び出して、その目前で悪魔調伏《ちょうぶく》の祈禱《きとう》を試みると云ふわけにも行かないので、七十日の間《あいだ》、自分の居間に降魔の壇《だん》を築《い》いて、蔭《かげ》ながら彼女を祈り伏せる決心である。それには自分のほかに四人の弟子が要る。お前もその一人に加へる筈であるから、あつぱれ一心を抽《ぬき》ん出て怠《おこた》りなく仕《つか》まつれと、彼は千枝太郎にこま〴〵と云ひ聞かせた。

「かしこまりました」と、千枝太郎は自分の重い責任を感じながら直《すぐ》に承知した。

「泰親に取つては一生《いっしょう》に一度の大事の祈禱《いのり》ぢや。身命を抛《なげう》つて仕《つかまつ》る。お身たちも命を惜まず、精かぎり根《こん》限り祈りつゞけよ。われ〳〵五人の中《うち》、一人たりとも心の弛《ゆる》むものあらば、修法は決して成就《じょうじゅ》せぬものと思へ。胸に刻《きざ》んで忘るゝな」

播磨守泰親は決死の覚悟でこの大事に当らうといふのである。千枝太郎のほかに、三人のすぐれた弟子も交《かわ》る〴〵に呼び出されて、同じく師匠の大決心を云ひ聞かされた。弟子達はみな涙ぐまれるやうな心持で、神のやうに尊い師の前に頭《かしら》をさげた。一種悲壮の空気が安倍晴明《あべのせいめい》の子孫の家に漲《みなぎ》つた。

一時は鴨川《かもがわ》が溢《あふ》れるかとも危《あやぶ》まれた今年のさみだれも、五月の末から俄かに晴れつゞいて、六月にも七月にも一滴《いってき》の雨がなかつた。火のやうな雲が空を飛んで、焼けるやうな強い日が朝から晩まで照りつけた。それに焦《こが》された都《みやこ》の土は大地震《おおじしん》のあとのやうに白く裂《さ》けてしまつた。鴨川の水も底を見せるほどに痩せて枯れて、死んだ魚《うお》は白い腹を河原に晒《さら》してゐた。大路《おおじ》の柳はぐたりと葉を垂れて、広い京の町に燕一羽《つばめいちわ》の飛ぶ影もみえなかつた。それが京ばかりでなく、近郷近国《きんごうきんごく》いづれもこの大旱《おおひでり》に虐《しいた》げられて、田畑にあるほどの青い物はみな立枯れになつてしまつた。

あらゆる神社仏閣《じんじゃぶっかく》で雨乞《あまごい》の祈禱《きとう》が行《おこな》はれた。このまゝに旱《ひでり》が打続いたならば、草木ばかりでなく、人間もやがて蒸殺《むしころ》されてしまふかも知れないと悲しまれた。八月になつても雨雲の影さへ動かなかつた。

「苛《えら》い暑さぢや。総身が茹《ゆで》らるゝやうな」

薄い藍色《あいいろ》の大空《おおぞら》を仰《あお》いで、関白忠通《ただみち》は唸《うな》るやうな歎息《ためいき》をついた。さらでも病《や》み疲れてゐる彼が、このごろの暑さに毎日苛《さい》まれてゐるのであるから、骨も肉も半分は溶《と》けたやうで、もう生きてゐる心持はなかつた。かうした嬲殺《なぶりごろ》しに逢ふほどならば、いつそ一思《ひとおも》ひに死んだ方が優《ま》しであるやうにも思はれた。まして彼の胸にはさま〴〵の不満や不快の種が充満《みち》てゐる。さりとて今となつては出家遁世《しゅつけとんせい》して、自分の位地や権力を見《み》す〳〵頼長に横領されるのも無念であつた。

彼は今、玉藻が剝《む》いてくれた瓜《うり》の露《つゆ》をすこしばかり啜《すす》つて、死にかゝつた蛇のやうに蒲《がま》莚《むしろ》の上に蜿打《のたう》つてゐた。それを慰めるのは玉藻がいつもの優しい声であつた。

「ほんに何といふお暑さやら。天竺《てんじく》は知らず、日本《ひのもと》にこのやうな夏があらうとは……。もう六十日あまりも降りませぬ」

「こゝやかしこで雨乞ひの祈禱《いのり》も、噂ばかりでなんの奇特《きどく》も見えぬ。世も末《すえ》になつたなう」と、忠通も力なげに再び嘆息《ためいき》をついた。

「神仏《かみほとけ》に奇特がないと仰せられまするか」

「論より證拠ぢや。いかに祈つても一粒の雨さへ落ちぬわ」

「それは神仏に奇特が無いのでない。人の誠《まこと》が足らぬからかと存じまする」

「それもあらうか」と、忠通はうなづいた。「弟が兄をかたむけようと企《くわだ》て、味方が敵になる世の中ぢや。人に誠の薄いのも是非ないか」

玉藻は忠通を煽《あお》いでゐる唐団扇《とうちわ》の手を休めて、しばらく考へてゐるらしかつたが、あらためて主人の前に手をついた。

「唯今も仰せられました通り、あらゆる神社仏閣の雨乞ひが少しも効験《しるし》のないと申すは、世も末になつたかのやうに思はれて、神仏《かみほとけ》の御威光《ごいこう》も薄らぐかと存じられまする。さりとは余りに勿体《もったい》ないこと。就《つ》きましては、不束《ふつつか》ながらこの玉藻に雨乞ひの祈禱《いのり》をお許しくださりませぬか」

小野小町は神泉苑《しんせんえん》で雨を祈つた。自分に誠の心があらば神《かみ》も仏《ほとけ》もかならず納受《のうじゅ》させらるゝに相違ないと彼女は云つた。成程《なるほど》そんな道理もあらうと忠通も思つた。この玉藻ならばむかしの小町に勝るとも劣るまい。彼女の誠心《まごころ》が天に通じて、果して雨を呼ぶことができれば世の幸ひで、万人《まんにん》の苦を救ふことも出来るのである。もう一つには、こゝで彼女にそれだけの奇特を示させて置けば、彼《か》の采女の問題も安々《やすやす》解決して、頼長でも信西でももう故障を云ふ余地はない。玉藻も立どころに殿上に召されて、やがては予定の通りに頼長や信西の一派を蹴落すことも出来る。かう思ふと、忠通の弱つた魂はよみがへつたやうに活気づいて、かれは俄に起き直つた。

「おゝ、殊勝な願ひぢや。忠通が許す。早くその祈禱《いのり》をはじめい」

「では、一七日《いちしちにち》の間、身を浄《きよ》めまして、加茂の河原に壇を築かせ、雨乞ひの祈禱《いのり》を試みまする」

玉藻が雨乞ひの祈禱《いのり》は関白家から触《ふ》れ出された。その式はなるべく壮厳《そうごん》を旨《むね》として、堂《どう》上堂下《じょうどうげ》の者ども総《すべ》て参列せよとのことであつた。雑人《ぞうにん》どもの争擾《そうじょう》を防ぐために、衛府《えふ》の侍は申すにおよばず、源平《げんぺい》の武士もこと〴〵く河原を警《いまし》めよと云ひ渡された。その日は八月八日と定められた。

「ほう、さりとは不思議。恰《あたか》も七十日の満願の当日ぢや」と、泰親はうなづいた。彼はすぐに信西入道のもとへ使《つかい》を走らせて、自分達も当日は河原へ出て祈りたいと云つた。まのあたりに魔性の者を祈《いの》り伏せるには、願うてもなき好機会であると彼は思つた。

信西も同意であつた。彼は頼長と打ちあはせて、こちらも表向きは雨乞《あまごい》の祈禱《いのり》と云ひ立て、、おなじ河原で祈り比べをさせることに決めた。一日を二つに分けて、暁《あかつき》の卯《う》の刻《こく》（午前六時）から午《うま》の刻《こく》（十二時）までの半日を泰親の祈禱《いのり》と定め、午の刻から酉《とり》の刻《こく》（午後六時）までの半日を玉藻の祈禱《いのり》と定め、いづれに奇特があるかを試さすると云ふのであつた。

「又しても彼等が楯を突くか」と、忠通は焦《じ》れて怒つた。しかし玉藻は別に騒ぎもしなかつた。祈り比べをするといふのは却《かえ》つて幸ひである。どちらに奇特があるかを万人の見る前で試したいと云つた。

「して、万一わたくしの勝となりましたら、相手の播磨守どのは何《ど》うなりませう」

「無論流罪《るざい》ぢや。陰陽《おんよう》の家へ生まれてこの祈禱《いのり》を仕損じたら、安倍《あべ》の家のほろぶるは当然ぢや」と、忠通は罵《ののし》るやうに云つた。

「お気の毒ぢやが、是非がござりませぬ」

彼女は自分の勝を信ずるやうに云つた。忠通も彼女に勝たせたかつた。相手の泰親は兎もかくも、この勝負《かちまけ》は結局自分と頼長一派との運定めであるやうに思はれた。彼は苛々《いらいら》した心持でその日を待つてゐた。

八月八日はやはり朝から晴れ渡つてゐた。赤い雲すらも今日はもう燬《や》け尽したのであらう、大きい空は遠い海をみるやうに唯《ただ》一面に薄青かつた。

河原の祈禱《いのり》は先《ま》づ泰親から始められた。

犬の群

一

祈禱《いのり》の壇《だん》は神々《こうごう》しいものであつた。

壇の上には新しい荒莚《あらむしろ》を敷きつめて、四隅《よすみ》には高い笹竹を樹《た》て、その笹竹の梢《こずえ》には清らかな注連縄《しめなわ》を張りまはしてあつた。又その四隅には白木《しらき》の三宝《さんぽう》を据ゑて、三宝の上にはもろ〳〵の玉串《たまぐし》が供《そな》へられてあつた。壇にのぼる者は五人で、白、黒、青、黄、赤の五色《ごしき》に象《かたど》つた浄衣《じようえ》を着けてゐた。千枝太郎泰清《ちえたろうやすきよ》は青の浄衣を着けて、おなじ色の麻の幣《へい》をさゝげて、南にむかつて座つてゐた。ほかの三人は黒と赤と黄の浄衣を身に纏《まと》つて、おの〳〵其服とおなじ色の幣を把《と》つて、北と東と西とに向つて坐つた。

安倍播磨守泰親《あべはりまのかみやすちか》は白の浄衣に白の幣をさゝげて、壇のまん中に坐つてゐた。彼は北にむかつてゐた。この頃《ごろ》の強い日に乾き切つて、河原の石も土もみな真白《まつしろ》に光つてゐる中に、かれの姿は又一段すぐれて白く見られた。

雨乞《あまご》ひの祈禱《いのり》は巳《み》の刻《こく》（午前十時）を過ぎてもなんの効験《しるし》も見えなかつた。壇のまはりには北面《ほくめん》の侍《さむらい》どもが弓矢を把つて物々しく控へてゐた。左大臣頼長《よりなが》を始めとして、あらゆる殿上人はいづれも衣冠《いかん》を正しくして列《なら》んでゐた。岸の両側《りようわき》の大路小路《おおじこうじ》も見物の群で埋《うず》められてゐた。これ等《ら》の幾千の人々はいづれも額に汗をにじませながら、白く熈《や》けてゐる大空を不安らしく眺めてゐたが、空は面憎《つらにく》いほどに鎮《しず》まり返つて、鳥一羽の飛ぶ影すらも見えなかつた。

「やがて二時《ふたとき》にもならうに、雲一つ動きさうにも見えぬではないか」

「祈禱《いのり》は午《うま》の刻《こく》までぢやといふ。それまで待たいでは奇特《きどく》の有無《うむ》はわかるまいぞ」

こんな囁《ささや》きが見物《けんぶつ》の口々から洩れた。あまたの殿上人の汗ばんだ眉のあひだに、不安の皺がだんだんに深くなつて来た。しかし頼長は騒がなかつた。泰親がけふの祈禱《いのり》の趣意は、雨乞ひではない。玉藻の前に対する悪魔調伏《ちようぶく》の祈禱《いのり》である。頼長や信西の側からいへば、雨の降ると降らぬとは問題でない。泰親はもと〳〵雨を祈つてゐるので無いことを承知してゐる彼等は、雨のふらないのを寧《むし》ろ当然に思つてゐるくらゐであつた。

泰親も四人の弟子もけふの空と同じやうに鎮まり返つて祈りつゞけてゐた。彼等は眼瞬《まじろ》ぎもしなかつた。風のない壇の上に五色《ごしき》の幣《へい》はそよりとも動かなかつた。河原一面の日に照らされながら、公家も侍も呼吸《いき》をつめて控へてゐた。

やがて午《うま》の刻が来た。岸の上で一度に洩らす失望の嘆息《ためいき》が驟雨《ゆうだち》のやうに聞え出した。

「もう詮《せん》ない。時刻が来た」

「いかに神々を頼んでも、降らぬ雨は降らぬに決まつたか」

「いや、まだ力を落すまい。午《ひる》を過ぎたら玉藻の前の祈禱《いのり》ぢやといふぞ」

「播磨守殿すらにも及ばぬものを、女子《おなご》の力で何《ど》うあらうかなう」

「彼《か》の御《ご》は知恵も容貌《きりよう》も世にすぐれたお人で、やがては采女《うねめ》に召されうも知れぬといふ噂がある。その祈禱《いのり》ぢや。神も感応ましまさうも知れまい」

噂の主《ぬし》は午《うま》の刻を合図に、その優艶な姿を河原にあらはした。玉藻もけふは晴《はれ》やかに扮装《いでた》つてゐた。彼女は漆《うるし》のやうな髪をうしろに長く垂れて、日にかゞやく黄金《こがね》の釵子《さいし》を平額《ひらびたい》にかざしてゐた。五《い》つ衣《ぎぬ》の上衣《うわぎ》は青海波《せいかいなみ》に色鳥《いろどり》の美しい彩色《つくりえ》を置いたのを着て、又その上には薄萌黄地《うすもえぎじ》に濃緑《こいみどり》の玉藻を繡《ぬ》ひ出した唐衣《からごろも》をかさねてゐた。彼女は更《さら》に紅打《べにうち》の袴《はかま》をはいて、白地に薄い黄と青とで蘭菊の影をまぼろしのやうに染め出した大きい裳《も》を長く曳《ひ》いてゐた。あつぱれ采女の装束《よそおい》である。頼長はそれを一目見て、彼女の僭上《せんじよう》を責めるよりも、かうした仰々《ぎようぎよう》しい姿に扮装《いでた》たせた兄忠通の非常識に対して十二分の憤懣《いきどおり》を感じた。

しかし今はそれを論議してゐる場合でないので、頼長も信西も黙つて其成行《そのなりゆき》をうかゞつてゐると、玉藻は関白家の侍どもに護《まも》られて、徐《しずか》に壇のそばへ歩み寄つたかと思ふと、彼女はたちまち顔色を変へた。彼女はなんにも云はずにそのまゝ引返《ひつかえ》さうとした。

「玉藻の御。お待ちやれ」

泰親は壇の上から声をかけた。それを耳にもかけない様子で、玉藻は飽《あく》までも引返して行かうとするらしいので、堪《こら》へかねて頼長も呼び止めた。

「玉藻。なぜ戻る。午の刻からはお身の祈禱《いのり》でないか」

玉藻はしづかに見返つた。その美しい目眦《まなじり》には少しく瞋恚《いかり》を含んでゐるらしかつた。

「けふの祈禱《いのり》は雨乞ひでござりませぬ。調伏《ちようぶく》の祈禱とみました。呪詛諸毒薬《じゆそしよどくやく》、還着於本《げんじやくおほん》人《にん》と御仏《みほとけ》も説かれてある。そのやうな怖ろしい場所へ立寄るなどとは思ひも寄らぬことでござりまする」

檜扇《ひおうぎ》に白い面《おもて》をかくして立去らうとする彼女を、泰親はかさねて呼び返した。

「さてはお身、この泰親の祈禱《いのり》を調伏《ちようぶく》と見られたか。して、その祈《いの》らるゝ当の相手を誰《たれ》と見られた」

「問ふまでもないこと。雨乞ひならば八大龍王《はちだいりゆうおう》を頼みまゐらすべきに、壇の四方《しほう》に幣《ぬさ》をさゝげて、南に男山《おとこやま》の正八幡大菩薩《しようはちまんだいぼさつ》、北には加茂大明神《かもだいみようじん》、天満天神《てんまてんじん》、西東《にしひがし》には稲荷《いなり》、祇園《ぎおん》、松尾《まつお》、大原野《おおはらの》の神々を勧請《かんじよう》し奉《たてまつ》ること、まさしく国家鎮護《ちんご》悪魔調伏《ちようぶく》の祈禱《いのり》と見ました。して、その祈らるゝ当の相手はこの玉藻でござりませう」

彼女の声は凜《りん》として河原にひゞいた。泰親はすぐに打返して云つた。

「それを御存じならば、何故《なぜ》この壇にうしろを見せらるゝぞ。泰親の祈禱《いのり》がそれほどに怖ろしうござるか」

玉藻は檜扇で口を掩《おお》ひながら軽く笑つた。

「わたくしが怖ろしいと申したは、そのやうに呪詛《じゆそ》調伏《ちようぶく》を巧《たく》らむ、人のこゝろが怖ろしいと申したのでござりまする。この身になんの陰《くも》りもない玉藻が何でお身たちの祈禱を恐れませうぞ」

その恐れ気《げ》のない證拠を眼前《まのあたり》に見せようとするのであらう。彼女は長い裳《も》をする〳〵と曳《ひ》いて壇の前まで進み寄つて来た。泰親は白い幣《へい》を把《と》り直して又云つた。

「先《ま》づお身に問ふことがござる。曩《さき》の夜、関白殿が花の宴《うたげ》のみぎりに、身の内より怪しき光を放つて嵐の闇を照《てら》した者があるとか承《うけたま》はる。神明仏陀《しんめいぶつだ》ならば知らず、凡夫《ぼんぷ》の身より光明《こうみよう》を放つといふこと、泰親いまだ其例《そのためし》を存ぜぬが、玉藻の御はなんと思はるゝぞ」

玉藻はその無智《むち》を嘲《あざけ》るやうに、口唇《くちびる》に薄い笑《えみ》をうかべた。

「播磨守殿ともあるべきお人がそれほどのことを御存じないか。そのむかしの光明《こうみよう》皇后、衣通姫《そとおりひめ》、これらの尊《とうと》き人々をお身は人間にあらずと見らるゝか。但《ただ》しは魔性の者と申さるゝか」

これらの人々は現実に不思議を見せたのではないと泰親は云つた。前者はその徳の耀《かがや》きを仰《あお》いで光明と申したのである。後者はその肌の清らかなのを形容して衣通《そとおり》と呼んだのである。いかなる尊い人間でも、身の内から光を放つて夜を昼にするなどといふ例《ためし》のあるべき筈がない。もし此世にそのやうな人間があるとすれば、それは仏陀の権化《ごんげ》か、但《ただ》しは妖魔の化生《けしょう》であると、かれは鋭く云ひ切つた。

「では、この玉藻を妖魔の化生と見られまするか。それに相違ござりませぬか」と、玉藻は眉も動かさずに云つた。「さりとは興《きょう》がることを承《うけたま》はるもの。この上は兎《と》かうの論は無益《むやく》ぢや。お身たちは先《ま》づ其壇を退《の》かれい」

「お身はこゝへ登ると云ふか」

「おゝ、登りまする。お身たちが調伏の壇の上までも、恐れげも無しに踏み登るといふが、玉藻の身に陰《くも》りのない第一の證拠ぢや。午《うま》の刻《こく》を過ぎたらもうお身に用はない筈。わたくしが代つて祈りまする。退《の》かれい、退かれい。退かれませ」

彼女は命令するやうに儼《おごそ》かに云ひ渡した。さうして、檜扇を把り直して徐々《しずしず》と祈禱《いのり》の壇上にのぼつて行つた。道理に責められて、泰親も席を譲《ゆず》らないわけには行《ゆ》かなくなつた。彼はよんどころなしに壇を降りると、その白い影につゞいて、青も赤も黄も黒もだん〳〵に退《しりぞ》いて、五つ衣《ぎぬ》に唐衣《からごろも》を着た美しい女が入れ代つて壇上の主人《あるじ》となつた。彼女は顋《あご》で差招くと、供《とも》の侍は麻の幣《しで》をかけた榊《さかき》の枝を白木の三宝に乗せて、うや〳〵しく捧げ出して来た。玉藻はしづかにその枝を把《と》つて、眼を瞑《と》ぢて祈り始めた。

泰親は燬《や》けた小石にひざまづいて、呼吸《いき》を嚥《の》んで彼女の祈禱《いのり》を見つめてゐた。頼長も手に汗を握つて窺《うかが》つてゐた。玉藻がなんの悩める体《てい》も無しに、調伏《ちょうぶく》の壇へ安々《やすやす》と踏みのぼつたと云ふことが、已《すで》に泰親の敗北を意味してゐるのであつた。この上に万一彼女が祈禱《いのり》の奇特《きどく》があらはれて、一粒の雨でも落ちたが最後、泰親は彼女の前にひざまづいて其罪を詫びなければなるまい。頼長も信西も気が気でなかつた。

未《ひつじ》の刻《こく》（午後二時）をすこし過ぎた頃、比叡《ひえ》の頂上《いただき》に蹴鞠《けまり》ほどの小さい黒雲《くろくも》が浮び出した。と思ふ間《ま》も無しに、それが幔幕《まんまく》のやうにだん／＼大きく拡がつて、白い大空が鼠色に濁つて来た。まぶしい日の光が吹き消されたやうに暗くなつた。

「わあ、天狗《てんぐ》ぢや」

岸の上では群集が俄《にわか》に動揺《どよ》めいた。天狗か何か知らないが、化鳥《けちょう》が翼《つばさ》を張つたやうな一叢《ひとむら》の黒雲が今度は男山の方から湧き出して、飛んでゆくやうに日の前を掠《かす》めて通つたのである。その雲が通り過ぎると、下界は再び薄明るくなつたが、空の鼠色はもう剝《は》げなかつた。

「雨たび給へ、八大龍王」

玉藻が榊の枝を額にかざして、左に右に三度振ると、白い麻は芒《すすき》のやうに乱れて、黄金《こがね》の釵子《さいし》をはら／＼と撲《う》つた。

「や、雨ぢや」

岸の上では一度に叫んだ。湿気を含んだ冷《つめた》い風が壇の四隅の笹竹を撓《たわわ》にゆすつて、暗い空の上から大粒の雨が礫《つぶて》のやうに落ちて来た。

「八大龍王、感応《かんおう》あらせたまへ」

玉藻は矗然《すつく》と起《た》ちあがつて再び叫んだ。額の釵子は斜めに傾きかゝつて、黒い長い髪はおどろに振り乱されてゐた。その蒼白い顔を照らすやうに、大きい稲妻が壇の上を裂《さ》けて走つた。

「雨ぢや、雨ぢや」

警固《けいご》の侍までが空を仰いで声をあげた。瀧のやうな大雨は天《あま》の河《がわ》を切つて落したやうにどゝつと降つて来た。

二

甘露のやうな雨はその夜のふけるまで降り通したので、天の恵みをよろ

こぶ声々《こえごえ》は洛中洛外《らくちゆうらくがい》に溢れた。かれらは天の恵みを感謝すると共に、玉藻の徳の宏大無量を讃美した。彼等ばかりではない、忠通は雀踊《こおどり》して喜んだ。

「見い、彼奴等《かやつら》。これほどの奇特を見せられても、まだ〳〵玉藻を敵《かたき》とするか。この忠通を侮《あなど》るか。は丶、小気味のよいことぢや」

実際、これに対して玉藻の敵も息を潜《ひそ》めないわけには行かなかつた。頼長も信西もなんとも声を立てることが出来なくなつた。とりわけて面目《めんぼく》を失つたのは泰親である。かれは公《おおやけ》の沙汰を待たないで、自分から門を閉ぢて蟄居《ちつきよ》した。

泰親はもと〳〵雨を祈つたのではない。随《したが》つて玉藻との祈禱《いのり》くらべに不覚を取つたと云ふのではないが、悪魔調伏《ちようぶく》は秘密の法で、表向きは雨乞ひの祈禱である以上、泰親が半日の祈禱にはなんの効験《しるし》もなかつたのに、それに入れ代つた玉藻は一晌《いつとき》の後《のち》にあれほどの大雨を呼び起したのであるから、表向きはどうしても彼の負《まけ》である。安倍晴明《あべのせいめい》六代の孫は祖先を恥《はず》かしめたのである。彼は謹《つつし》んで罪を待つよりほかはなかつた。弟子たちも無論に師匠と共に謹慎してゐた。泰親は自分の居間に閉籠《とじこも》つたままで、誰《たれ》とも口を利《き》かなかつた。

その明《あく》る日は晴れてゐたが、きのふの雨に洗はれた大空は、俄《にわか》に一里《いちり》も高くなつて、その高い空から秋らしい風がそよ〳〵と吹きおろして来た。縁《えん》に近い梧《きり》の葉が一二枚、音もなしに寂しく落ちるのを、泰親はぢつと眺めてゐると、千枝太郎はぬき足をして燈台をそつと運んで来た。けふも既《も》ういつの間にか暮れかゝつてゐた。

「千枝太郎、けふは朝から誰《たれ》も見えぬか」

「誰も見えませぬ」

「関白殿よりお使《つかい》もないか」

「はい」

千枝太郎は伏目《ふしめ》になつて師匠の顔色をうかゞふと、燈台の灯《ひ》に照された泰親の顔は水のやうに蒼かつた。

「大切の祈禱《いのり》を仕損じた泰親ぢや。重ければ流罪《るざい》、軽くとも家の職を奪はるゝ。その御沙汰《ごさた》が今日《きよう》にもあるべき筈《はず》ぢやに、今になんのお使《つかい》もないは……」と、泰親は頭《かしら》をかたむけた。「人は何とも云へ、雨乞ひの勝負《かちまけ》など論にも及ばぬ。たゞ無念なは我が秘法の敵《あえ》なくも破《やぶ》れたことぢや。七十日の祈禱も悉皆空《しつかいくう》となつて、悪魔が調伏の壇にのぼつて勝鬨《かちどき》をあぐるとは、所詮泰親の法も廃《すた》つた。上《かみ》に申訳がない、先祖に申訳がない。左大臣殿や少納言殿にも申訳がない。この上は唯慎《ただつつし》んで罪を待つより他《ほか》はないのぢやが、いかに思ひ返しても唯《ただ》このまゝに手を束《つか》ねて、悪魔の暴《あら》ぶるをおめ〳〵見物するのは、国の為、世の為、人の為、なんぼう忍ばれぬことぢや。泰親を卑怯《ひきよう》と思ふな。未練《みれん》と思ふな。泰親の命は疾《と》くに投げ出してある。併《しか》しもう七十日無事でゐて、命のあらんかぎり二度の祈禱《いのり》をして見たい。就《つ》いては千枝太郎、折入つて頼みたいことがある。頼まれてくれぬか」

師匠の眼の底には強い決心の光が閃《ひらめ》いてゐた。千枝太郎はその光に打たれたやうに頭《かしら》を下げた。

「いかやうのお役目でも、わたくし屹《きっ》と承《うけたま》はりまする」

「先づは過分ぢや、幸ひに日も暮れた。今一晌《いっとき》ほどしたら屋敷をぬけ出して、少納言殿屋敷まで窃《そっ》と走つて呉《く》りやれ」

千枝太郎は心得顔《こころえがお》にうなづくと、泰親は更《さら》に声を忍ばせて云つた。その用向はほかでもない、信西入道の袖に縋《すが》つて更《さら》に七十日の猶予《ゆうよ》を頼まうとするのである。家の職を奪はれ、あるひは遠流《おんる》の身となつては、再び悪魔調伏の祈禱《いのり》を試むる便宜《よすが》がない。関白殿から何の沙汰もないうちに、なんとかして自分の罪を申宥《もうしなだ》めて、二度の祈禱を試むるだけの期間をあたへて貰《もら》ひたい。その七十日を過ぎても矢はり効験《しるし》が無かつたらば、流罪《るざい》はおろか、死罪獄門《ごくもん》も厭《いと》はない。勿論それは信西入道の一存で取計らふわけにも行くまいが、入道から更に左大臣頼長に訴へて、この願意を聞き済ましてくれるやうに何分尽力《なにぶんじんりょく》して貰ひたい。自分は謹慎の身の上で妄《みだ》りに門外へ出ることは出来ないから、おまへが今夜忍んで此使《このつかい》を果してくれと云ふのであつた。

千枝太郎は即座に承知した。

「委細《いさい》心得ました。仰せの通りに仕《つか》まつりまする」

彼は立派に受合つて師匠の前を退《さが》つた。一度の祈禱《いのり》を仕損じても、更に二度の祈禱を心がける師匠の強い決心に、千枝太郎は感激した。もう一つには、数《かず》ある弟子たちの中《うち》でこの大切の使を自分に頼まれたと云ふことが、彼に取つては一生の面目《めんぼく》のやうにも思はれた。たとひ信西入道がなんと云はうとも、かならず取縋《とりすが》つてこの役目を果して来なければならないと、彼は張詰めた心持で夜の来るのを待つてゐた。

都《みやこ》の寺々《てらでら》の鐘が戌《いぬ》の刻《こく》（午後八時）を告げるのを待ち侘びて、千枝太郎は土御門《つちみかど》の屋敷を忍んで出ると、八月九日の月は霜《しも》を置いたやうに彼の袖を白く照らした。

「千枝太郎どの。千枝ま、」

柳のかげから女の声が聞えた。それは彼が信西入道の屋敷の前まで行き着いた時であつた。その声には確《たしか》に聞き覚えがあるので、彼は大地に釘付になつたやうに一旦は立竦《たちすく》んだが、聞かない顔をして一生懸命に歩き出さうとすると、その直衣《のうし》の袂《たもと》はいつか白い手に摑まれてゐた。

「千枝太郎殿、なぜ逃ぐる。情《つれ》ない人ぢや」

「いや、わしは急ぎの用がある」

振切らうとしても玉藻は放さなかつた。

「なんの用かは知らぬが、お前達は謹慎《つつしみ》の身の上ぢや。勝手に夜歩きなどしても苦《くる》しうないか」

千枝太郎は行《ゆ》き詰《づ》まつた。勿論、まだ表向きには謹慎《きんしん》も蟄居《ちつきょ》も申渡されてはゐないのであるが、この場合に謹慎は当然のことである。その身の上で勝手に夜歩きをする。ひとに見咎《みとが》められては申訳がない。彼もしばらく黙つて突つ立つてゐた。
「それ、お見やれ」と、玉藻は微笑《ほほえ》んだ。「おまへは今夜この御屋敷へなにしに参られた。お師匠様のお使《つかい》か」

千枝太郎はやはり黙つてゐた。

「ほゝ、云はいでも大抵《たいてい》知れてゐる。さう思うて、わたしは先刻《さつき》からこゝにお前を待つてゐた。一度は首尾して逢うてくれと、このあひだもあれほど頼んだに、お前はけふまで素知らぬ顔をしてゐる。それほどにわたしが憎いか。但《ただ》しはお師匠様と同じやうに、飽《あく》までもわたしを魔性の者のやうに疑うてゐるのか。お師匠様は兎《と》もあれ、山科《やましな》の里《さと》で子供のときから一緒に育つたお前が、何でわたしを疑ふぞ。論より證拠はきのふの祈禱《いのり》ぢや。お前達もお師匠様と一つになつて、悪魔調伏の祈禱をせられたが、天晴《あつぱ》れその効験《しるし》が見えましたか。もと〳〵悪魔でもないわたしを百日千日祈《いの》ればとて呪《のろ》へばとて、ほゝ、なんの効験があるものか、積《つも》つて見ても知らるゝことぢや、関白殿は殊《こと》のほかの御立腹《ごりつぷく》で、泰親はいふに及ばず、祈禱《いのり》の壇にのぼつた者共は、一人《いちにん》も残さずに遠い鬼界《きかい》ケ島へ流せと仰せられたを、わたしが縋つて宥《なだ》め申したは、お前といふ者が愛《いと》しいからぢや。お師匠様はわたしに取つては仇《かたき》ぢやが、そのお弟子のお前は愛《いと》しい。あけても暮れても硫黄《いおう》の烟《けむり》を噴《ふ》くといふ怖ろしい鬼界ケ島、そのやうな処へお前を遣《や》られうか。なう、千枝ま。わたしがこれほどの心づくしを、お前は哀れとも思はぬか、嬉しいとも思はぬか。ほんに〳〵酷《むご》い人、情《つれ》ない人、憎い人、わたしは口惜《くや》しうて涙も出ぬ。察してくだされ」

彼女《かのじよ》は千枝太郎の胸に顔をすり付けて、遣瀬《やるせ》ないやうに身悶《みもだ》えして泣いた。男は女を抱《かか》へたまゝで、明るい月の下に黙つて立つてゐた。

関白殿から今までなんの沙汰もなかつたのは、玉藻が内《うち》から遮《さえぎ》つてゐたのであることを、千枝太郎は今初めて覚《さと》つた。名を聞くさへも恐ろしい鬼界ケ島へ遠流《おんる》──年の若い彼はさすがに悚然《ぞつ》とした。それを救はれたのは玉藻の情《なさけ》であることを考へると、千枝太郎も情《すげ》なく彼女を突き放すことも出来なくなつた。

玉藻は果《はた》して魔性の女であらうか──この疑ひが又もや彼の胸に芽《め》を噴《ふ》いた。彼はもとより師匠を信じてゐた。而《しか》も玉藻のいふ通り、彼女は果して魔性の者であるならば、日本《につぽん》一《いち》といふお師匠様が七十日の間も肝胆《かんたん》を砕《くだ》いた必死の祈禱《いのり》に、その正体をあらはさぬと云ふことはあるまい。彼女は怒るゝ色も無しに調伏の壇に登つたのである。それを悪魔の勝利と見るのが正しいのであらうか、あるひは悪魔でもない者を悪魔として無益《むえき》の祈禱《いのり》をつゞけてゐた此方《こつち》の眼違《めちが》ひであらうか。かう思ふと、彼の胸は急に暗黒《くらやみ》になつた。彼は自分の抱へてゐる女をどう処置して可《い》いか判らなくなつて来た。

「お前はまだわたしを疑《うたご》うてゐるのか。いや、お前ばかりでなく、お師匠様も屹《きつ》とわたしを疑うてゐるに相違あるまい。播磨守殿は情《じよう》の強《こわ》い人と聞く。恐《おそら》くこれには懲《こ》りもせいで、二度の祈禱など企《たく》まるゝことであらう。二度が三度でもわたしは厭《いと》はぬが、そのやうな罪に罪をかさねて、身の行末《ゆくすゑ》は何となることやら、思ひやるだに悼《いた》ましい。お師匠様が大事ぢやと思ふなら、お前からよく意見して既《も》うさつぱりと思ひ切らせては何《ど》うであらう。それともお前までがいつまでもお師匠様の味方して、わたしを悪魔と呪ふ気か」

玉藻は男の腕に手をかけて怨《うら》めしさうに彼をみあげた。その眼には白い露《つゆ》がきら〳〵と光つてゐた。

三

いかに玉藻に口説《くど》かれても、千枝太郎は師匠の使命を果《はた》さなければならない破目になつてゐた。無益《むえき》の祈禱《いのり》を幾たびもつゞけて、罪に罪をかさねるのは悼《いた》ましいことの限りであるが、今更そんな諫言《かんげん》を肯《き》くやうなお師匠様でないことは、彼にもよく判つてゐた。諫言を肯かないばかりでなく、あるひは心の弱い者として自分に勘当を申渡されるかも知れない。千枝太郎はそれも怖《おそ》ろしかつた。

第一の問題は、玉藻が果して魔性の者であるか無いかと云ふことで、それを確《たしか》に見きはめた上でなければ、あとへも先へも踏み出すことが出来ないのであるが、今の千枝太郎は不幸にして、それを見定《みさだ》めるだけの大きい強い眼を有《も》つてゐなかつた。彼は師匠を信じてゐながらも、師匠を疑はうとした。玉藻を疑つてゐながらも、玉藻を信じようとした。かうした悲しい矛盾《むじゅん》に責められて、彼はもう自分の立場が判らなくなつて来た。

相手もその苦悩《くるしみ》を察してゐるらしく、眼をふきながら徐《しずか》に云つた。

「お前の切ない破目もわたしはよく察してゐる。二度の祈禱をするもせぬも、所詮はお師匠様の心一つぢや。又それを仕損じて、どのやうな怖ろしい罪科に陥《お》ちやうとも、所詮はお師匠様の自業自得《じごうじとく》ぢや。わたしはお前のお師匠様に恨《うら》みこそあれ、恩もない、義理もない、由縁《ゆかり》もない。あの人がどうならうとも構《かま》はぬが、唯《ただ》くれぐ〵も案じらるゝはお前のことぢや。おまへは抑《そもそ》もお師匠様が大切か、わたしが愛《いと》しいか、それを聞きたい。お前の性根《しょうね》を確《たしか》に知りたい。それを正直に云うてくだされ」

その正直な返事をすることが、千枝太郎に取つては一生に一度の難儀であつた。かれは自分自身にもそれが確《たしか》に判つてゐないのである。玉藻はしばらく其返事をうかゞつてゐたが、相手は唯《ただ》うつむいて土に映《うつ》る二人の黒い影を眺めてゐるばかりであるので、彼女はやがて低い嘆息《ためいき》を吐《つ》きながら云つた。

「お前はどうでもお師匠様の味方と見た。この上はもうなんにも云ふまい。お師匠様と一つになつて、わたしを祈るとも呪ふとも勝手にしなされ。ぢやが、千枝ま。わたしは飽《あく》までもお前を愛《いと》しいものに思うてゐる。お師匠様にどのやうな災禍《わざわい》が降りかゝつても、お前ばかりは屹《きっ》と助けたいと念じてゐる。それだけのことはよく覚えてゐてくだされ」

かう云ひ切つて、彼女は明るい月をみあげた。きのふの稲妻《いなずま》に照された凄愴《ものすご》い顔とは違つて、今夜《こんや》の月を浴《あ》びた彼女の清らかな神々《こうごう》しい面《おもて》には、月の精が宿《やど》つてゐるかとも思はれた。千枝太郎は師匠を疑ふ心が又起《おこ》つた。しかも別れてゆく女を流石《さすが》に抑留《ひきと》める気にもなれなかつたので、彼はなんだか残り惜しいやうな心持でそのうしろ影を見送つてゐたが、やがて思ひ切つて信西の屋敷の門《もん》をくゞつた時には、彼の両袖は夜露《よつゆ》にしつとりと湿《しめ》つてゐた。

信西入道はすぐに逢つてくれた。千枝太郎が師匠の口上《こうじよう》を取次ぐと、信西は案外にこゝろよく承知した。

「お、、左《さ》もあらうよ。一度は仕損じても、身命を抛《なげう》つて二度の祈禱《いのり》を心がくる——泰親としては左もあるべきことぢや。信西もさうありたいと願うてゐた。左大臣どのも恐らく同じ心であらう。明日にも直《すぐ》に宇治へまゐつて、播磨守《はりまのかみ》の願意《がんい》は確《たしか》にそれがしが取次いで遣《や》る。左もなうても此度《このたび》の仕損じに就いて、播磨守一人《いちにん》に罪を負はすは我々も甚《はなは》だ快《こころよ》うないことぢやで、なんとか穏便《おんびん》の沙汰をと工夫《くふう》して居つたる折柄《おりから》ぢや。かれが二度の祈禱を願ふとあれば猶更《なおさら》のこと、なんとかして彼を救はねばなるまい。して、関白殿よりは今に何の沙汰もないか」

「なんの御沙汰もござりませぬ」

「それは重畳《ちようじよう》。関白殿も本来は賢い御仁《ごじん》ぢやで、無道の御沙汰もあるまいと存ずるが、なにを云うても今は悪魔に魅《みい》られてゐるので、いかやうの御沙汰もあらうかと、それがしも内々懸念《けねん》して居《お》つたが、今に何の御沙汰もなくば、存外《ぞんがい》穏便に済まうも知れぬ。いづれにしても信西が引受けた。播磨守にも安心せいと伝へてくりやれ」

関白殿からなんの沙汰も無いのは、彼《か》の玉藻の取りなしであることを知つてゐたが、千枝太郎はこの人の前でもそれを明白《あらわ》に云ふのを憚《はばか》つた。彼はうや〳〵しく礼を云つて、信西の屋敷を出ると、月はいよ〳〵明るくなつて、路傍《みちばた》になびく柳の葉も一々数へられる程《ほど》であつた。

姉小路《あねのこうじ》を出て、高倉《たかくら》の辻《つじ》へさしかゝると、ゆく先で犬の吠《ほ》える声がきこえた。気にも留めずに歩いてゆくと、犬の声はそこにも此処《ここ》にも聞えた。それは唯《ただ》ならぬ唸《うな》り声であつた。

「盗賊かな」と、千枝太郎はあるきながら考へた。併《しか》し彼は逞《たくま》しい若者である。盗賊の一人ぐらゐは取挫《とりひし》いでも呉《く》れようといふ息込みで、わざと大股《おおまた》に辻のまん中へ進んでゆくと、犬の声はだん〳〵に近くなつた。一匹でない、四方八方から群がつて来て、何者かを取巻いてゐるらしかつた。

見ると眼の前には一人の女が立竦《たちすく》んでゐた。被衣《かつぎ》を深くして、しかも此方《こっち》を脊《せ》にして立つてゐるので、その顔はもとより判らなかつたが、それが玉藻であるらしいことは直《すぐ》に千枝太郎の胸に浮んだ。彼女はまだ此処《ここ》らをさまよつてゐたらしく、あまたの犬は牙《きば》を剝《む》き出して彼女を遠巻きにしてゐるのであつた。犬のなかには熊のやうに大きいのもあつた。

虎のやうに哮《たけ》つてゐるのもあつた。併《しか》し彼等はなんの武器をも持たない女ひとりを嚙《か》み倒すほどの勇気も無いらしく、唯《ただ》すさまじい唸《うな》り声をあげて、いたづらに地上に映《うつ》る女の影に吠えてゐるばかりであつた。

孱弱《かよわ》い女子《おなご》が群がる犬に取巻かれてゐる。それが見ず識《し》らずの人であつても見過すことは出来ないのに、まして相手は玉藻であるらしいので、千枝太郎の胸は跳《おど》つた。かれは先《ま》づ路傍《みちばた》の小石を拾つて真先に進んでゐる犬の二三匹を目がけてばら〳〵と打付けながら、つか〳〵と駈け寄つて女を囲《かこ》つた。それでも犬はなか〳〵怯《ひる》まないらしく、一二間《けん》退《しさ》つたまゝでまだ執念《しゆうねん》ぶかく吠《ほ》えつゞけてゐるので、千枝太郎も焦《じ》れた。彼も扇のほかに何物をも持つてゐないので、そこらに転がつてゐる小石や、土塊《つちくれ》のたぐひを手当り次第に拾つて投げた。手近へ飛びかゝつて来る敵を扇で打払つた。

犬の声があまりに激しいので、宵寝《よいね》の都人《みやこびと》も夢をおどろかされたらしい、路傍《みちばた》の小さい商人店《あきうどみせ》では細目に戸をあけた。それが盗賊でない、犬の悪戯《いたずら》であると知つたときに、そこらの家から二三人の男が棒切れを持つて出て来た。彼等は千枝太郎に加勢して、群がる犬どもを叩き退《の》けてくれた。敵がだん〳〵に多くなつたので、犬もたうとう追ひ散らされてしまつた。

「かたじけなうござる」

千枝太郎は加勢の人達に礼を云つて、自分の囲つてゐる女を見かへると、女はいつか自分のうしろを離れて、ある家の軒下《のきした》の暗いかげに身を寄せてゐた。千枝太郎は彼女に声をかけた。

「さぞ怖ろしうござつたらう。犬どもはみな追ひ払ふた。心安う思《おぼ》されい」

女は黙つて軒下からすうと出て来た。彼女はまだ被衣《かつぎ》を深くしてゐるのを、千枝太郎は月明りで覗きながら訊いた。

「玉藻でないか」

云ひかけて彼は愕然《ぎよつ》とした。被衣《かつぎ》を洩《も》れた女の顔は譬《たと》へやうもないほどに凄愴《ものすご》いものであつた。彼女の眼は怪《あや》しく逆吊《さかづ》つて火のやうに燃えてゐた。彼女の口は獣《けもの》のやうに尖《とが》つてゐた。千枝太郎は再び眼を据《す》ゑて熟視《よくみ》ると、それは一時の幻影《まぼろし》で、月

に照らされた女の顔はやはり美しい玉藻に相違なかつた。

「犬に取巻かるゝは怖ろしいものぢや。男でも難儀することがある。別に怪我《けが》もなかつたか」と、彼は摺寄《すりよ》つて又訊いた。

玉藻はやはり唖のやうに黙つてゐた。異常の恐怖に囚はれて、彼女はまだ呼吸《いき》も出ないらしかつた。千枝太郎は加勢の人に頼んで、家《うち》から水を持つて来て貰《もら》つた。その水を嚥《の》んで、玉藻はやうやう我《われ》に復《かえ》つたらしく見えたが、それでも唯黙礼《ただもくれい》するばかりで、一言《ひとこと》も口へは出なかつた。人々に挨拶して別れて、千枝太郎は玉藻を送つて行つた。

「お前には色々恩になりました」と、玉藻は途中で初めて云ひ出した。「先度《せんど》も物に狂ふた法師に捕はれて、ほと〳〵難儀してゐるところを、お前に救うて貰ふたに、今夜もまた……。とりわけて今夜の怖ろしさ、わたしは生きてゐる心地もなかつた」

「関白殿の御屋形には犬を飼うて居られぬか」

「わたしは犬が大《だい》の嫌《きら》ひぢやで、殿《との》に願うて一匹も残さず追払うてしまふた」

「犬もおとなしければ可愛《かわゆ》いものぢやが、群がつて来て人を噛まうとする、そのやうな野良犬は憎いものぢやよ」と、千枝太郎も云つた。

「わたしがこのやうに夜歩きして、犬に悩まされたなどと云ふことを、誰《たれ》にも云うて下さるな」と、玉藻は頼むやうに云つた。

「おゝ、誰《たれ》にも云ふまい。このやうなことが他《ひと》に知れたら、わしも叱らるゝわ」

「お師匠様にか」

千枝太郎はだまつて月を仰いでゐた。

「思へば不思議なものぢや」と、玉藻は嘆息《ためいき》をついた。「かうしてお前と親《したし》うなりながら、お前のお師匠様はわたしを仇《かたき》のやうに呪うてゐるお人、そのお弟子なりやお前とわたしとも仇同士、二人の行末《ゆくすえ》はどうならうかなう」

千枝太郎も引き入れられるやうな寂しい心持になつた。玉藻は又云つた。

「くどくも云ふやうぢやが、お前のお師匠様は遅かれ速かれ破滅の身の上ぢや。宇治の左大臣殿がいかほど贔負《ひいき》せられても、理を非に狂《ま》ぐることは出来まい。その連坐《まきぞえ》を受けぬやうに能《よ》く心しなされ」

関白の屋形の門前で二人は別れた。千枝太郎が師匠の家へ戻り着いた頃には夜《よ》もよほど更《ふ》けてゐた。泰親はまだ眠らずに待つてゐたので、千枝太郎はすぐに師匠の前へ出て、今夜の使の結果を報告すると、泰親は笑《え》ましげに首肯《うなず》いた。

「少納言の御芳志は海山《うみやま》ぢや。泰親もよみがへつたやうな心地がする。お身も大事の使を果してくれて、苛《いこ》う大儀であつた」

かういふうちに、泰親の眉がだん〳〵陰《くも》つて来たのを、若い弟子はちつとも気が注《つ》かなかつた。彼は師匠に褒《ほ》められたのを誇《ほこ》りとして、自分の部屋へしづかに引退《ひきさが》つた。玉藻に就いて考へたいことが沢山あつたが、今夜の彼はあまりに疲れてゐたので、枕に就くとすぐに安らかに眠つてしまつた。

併《しか》しその安らかな夢が醒《さ》めると、彼は不意の落雷に驚かされたのである。夜があけると、彼は師匠の前に呼び出されて、突然に破門《はもん》を申渡《もうしわた》された。

「行末《ゆくすえ》の見込みある若者ぢやと思うて、わしもこれまで色々に丹精《たんせい》してみたが、お身は執念《しゅうね》く怪異《あやかし》に憑《つ》かれてゐる。お身の面《おもて》にあらはれた死相はどうでも離れぬ。かう云ふと、おのれの罪をひとに塗《まぶ》し付くるやうで甚《はなは》だ心苦しいことではあるが、泰親が今度の祈禱《いのり》を仕損じたも、五色《ごしき》に象《かたど》つた五人のうちにお身をまじへた為ではないかと疑《うたが》はるゝ節《ふし》もある。旁々《かたがた》いつまでもこゝに居《お》つては、泰親のためにも好《よ》うない。お身のためには殊《こと》に好《よ》うない。一旦は叔父のもとへ立戻つて昔の烏帽子折《えぼしおり》になつて見やれ。さうして、恙《つつが》なく一年二年を送つて、その禍《わざわい》が去つたとみえたらば、再び旧《もと》の弟子師匠ぢや。憎うて勘当するのでない。所詮はお身が可愛いからぢや。むごい師匠と恨むまいぞ」

噛《ふく》んで啣めるやうに云ひ聞かせて、泰親は幾《いく》らかの金をつゝんで呉《く》れた。千枝太郎は唯《ただ》夢のやうで、なんと云ひ返して好《い》いかを知らなかつた。彼はおのづと涙ぐまれた。

烏帽子折

一

「一昨日《おととい》のこと、頼長《よりなが》も近頃心外に存じ申すよ。泰親《やすちか》が一生に一度の祈禱《いのり》、よも仕損じはあるまいと頼もしう存じて居《お》つたに、あの通りの体たらく……いや、さん〴〵ぢや」

　堪《た》えぬ憤怒《いかり》の声に失望の嘆息《ためいき》をまぜて、頼長は自分とむかひ合つてゐる信西入道《しんぜいにゆうどう》のおちつき顔を睨《にら》むやうに見つめた。信西はゆうべ泰親の使《つかい》の口上を受取つて、今朝《けさ》は早朝から宇治の左大臣頼長をたづねたのである。泰親が一昨日の失敗に対して、頼長の憤怒《いかり》のおびたゞしいことは信西も大方推量してゐたが、その気色の想像以上にすさまじいのを見て、彼もさすがに少しく躊躇した。併《しか》しそのまゝに口を結んでは帰られないので、彼は朽葉色《くちはいろ》の直衣《のうし》の袖《そで》をかきあはせながら徐《しずか》に云ひ出した。

「その儀に就きましては、泰親も苛《いこ》う無念に存じて、いかやうの御咎《おとがめ》を受けうとも是非ないと申して居ります」

「勿論のことぢや。彼めが家の職《しよく》を剥《は》ぎ奪《と》つて、遠国《おんごく》へ流罪《るざい》申付けうと思うて居《お》る。泰親にもそれほどの覚悟はあらう。たとひ頼長が捨置《すてお》いても、兄の関白殿が免《ゆる》されう筈がない。まして兄のそばには彼《か》の玉藻《たまも》が附いて居る。所詮は逃れぬ彼の運ぢや」と、頼長は罵《ののし》るやうに云つた。

「実は昨夜、泰親の使《つかい》として、弟子の一人がそれがしの許《もと》へ忍んでまゐりました」

「赦免《しやめん》の訴へか」

「いや、今一度降魔《ごうま》の祈禱《いのり》を……」

「むゝ」と、頼長は烏帽子《えぼし》をかたむけた。「して、入道にはなんとお見やる」

「それがしの愚意を申さうならば、泰親の訴へを聞《きこ》しめされ、繰返して今一度、七十日の秘密の祈禱《いのり》を……」

泰親の不覚は重々《じゆうじゆう》であるが、さりとて今この都《みやこ》はおろか、日本国中《につぽんこくじゆう》を見渡しても、この役目を勤めるものは彼のほかにない。彼も今度の不覚を恥ぢて、定《さだ》めて懸命《けんめい》の秘法を凝《こ》らすに相違あるまいと考へられるから、枉《ま》げてもう一度、彼の願意《がんい》を聴きとゞけて遣《や》りたい。さて其上で、どうでも成らぬものは成らぬとあきらめて、更に工夫の仕様もあらう。兎もかくもう一度は——と、信西は根気よく繰返して説いた。

忙がしさうに目瞬《またた》きしながら、頼長はその長々しい説明をぢつと聴き澄ましてゐたが、やがて覚《さと》つたやうに首肯《うなず》いた。

「よい。泰親が願意、聴きとゞけて取らせ申さう。但《ただ》しこれを仕損じたら彼は重罪ぢや。それ等《ら》のことも入道より彼に篤《とく》と申含められい」

「早速の御聴許《ごちようきよ》、それがしも共々《ともども》にお礼申上げまする」と、信西も眉を開いて、うや〳〵しく会釈《えしやく》した。

　この問題は先《ま》づこれで一段落ついたので、頼長と信西とは打解けて、いつもの学問の話に移つた。そのうちに頼長は少し声を低めてこんなことを云つた。

「入道。兄弟牆《かき》に鬩《せめ》げども、外《ほか》その侮《あなど》りを禦《ふせ》ぐといふ。今や稀代《きたい》の悪魔がこの日本《ひのもと》に禍《わざわい》して、世を暗黒《くらやみ》の底に堕《おと》さうとする危急《ききゆう》の時節に、兄は兎《と》かくに弟を嫉《ねた》んで動《やや》もすれば敵対の色目を見する。浅ましいことぢや」

「それも関白殿の魂に、悪魔めが食ひ入つた為かとも存じ申す。われ〳〵が兎かう申すは恐れあれど、殿下この頃《ごろ》の御行状《ごぎようじよう》は……」

「それ、そのことぢやよ」と、頼長は待ちかねたやうに一膝《ひとひざ》乗り出した。「あらためて一々申さずともお身もみな知つてゐやう。むかしとは違うて驕奢《おごり》には耽《ふけ》らるゝ。我威《がい》には募《つの》らるゝ。あれが天下の宰相たるべき行状《ぎようじよう》であらうか。兄上が今の心を悛《あらた》めぬかぎりは、たとひ玉藻一人を打亡《うちほろ》ぼしても、やがて第二の玉藻が現《あらわ》れうも知れまい。国家まさに亡びんとする時はかならず妖孽《ようげつ》ありと申すは正《まさ》しく此事《このこと》ぢや。天下を治むる宰相にその器量《きりよう》無くして、国家将《まさ》にほろびんとすればこそ、もろ〳〵の妖異《あやかし》も出《い》で来《く》るのぢや。所詮は妖魔があらはれて国を傾《かたむ》くるのでない、国が已《すで》に傾かんとすればこそ妖魔が現るゝのぢやと、この頼長は批判する。入道の意見はどうであらうな」

信西は黙《だま》つて頼長の顔をながめてゐた。この返答は容易にできないと彼は思つた。なるほど頼長の意見にも一応の道理はある。寧《むし》ろそれが正しい批判であるかも知れない。而《しか》もその返事次第で、彼はどうでも頼長の味方に引入れられなければならないことを考へると、迂闊《うかつ》にこゝで自分の意見を発表するのを躊躇《ちゆうちよ》したのであつた。

頼長は玉藻をほろぼすと同時に、兄の忠通をも亡《ほろ》ぼさうとするのである。それは今の口《くち》吻《ぶり》に因《よ》つても確《たしか》に判《わか》る。頼長の議論からいへば、妖魔その物は抑《そもそ》もの末《すえ》で、その妖魔をよび起《おこ》した根本の罪人《つみんど》はほかにある。その罪人《つみんど》は兄の関白である。たとひ一旦《いつたん》は玉藻をほろぼしても、兄がそのまゝに世に立つてゐては、やがて第二の玉藻が出現するに相違ないと云ふのである。どう考へても、信西はその返答に困つた。彼はもとより頼長に親しんでゐた。その才学《さいがく》にも舌を巻いてゐた。しかし彼はそれがために、頼長の兄に対して敵意を有《も》つわけには行《ゆ》かなかつた。かれは頼長に対すると同じやうに、その兄に対しても同様の親《したし》みを有《も》つてゐた。大きくいへばそれが天下の為である。二つにはそれが自分の為であるとも思つてゐた。現在のところ、彼が専《もつぱ》ら頼長の方に傾いてゐるらしく見えるのは、悪魔を退治するが為である。玉藻をほろぼすが為である。頼長と忠通との不和を醸《かも》し成《な》すが為ではない。この点に於《おい》て、かれは頼長とその立場を異《こと》にしてゐるのであるから、今の議論を迂濶に賛成することは出来ない。一旦賛成した以上、頼長と合体して忠通に敵対しなければならない破目になるのは見え透《す》いてゐるので、彼はそれを恐れた。古入道《ふるにゆうどう》の彼としては寧《むし》ろそれを愚《おろか》しいとも思つた。

色紙短尺《しきしたんざく》に歌を書くよりほかには能《のう》の無い、又は緌《おいかけ》をつけて胡簶《やなぐい》を負《お》ふのほかには藝のない、青公家《あおくげ》原《ばら》や生官人《なまかんにん》どもとは違つて、少納言入道信西は博学宏才を以《もつ》て世に認められてゐる。殊更《ことさら》に党を組み、ひとに阿《おもね》つて、自分の地位にかぢり附いてゐる必要はない。忠通が勝つても、頼長が勝つても、或《あるい》はこの兄弟が相討《あいうち》になつても、自分の地位は容易に動かないものと彼はみづから信じてゐた。かうした強い自信を有《も》つてゐる彼の眼から観《み》れば、どちらの味方をして働くのも無用の努力であるやうに思はれた。彼はなるべく事勿《ことなか》れ主義を取つて頼長と忠通とのあひだを彌縫《びほう》するか、若《も》しそれが出来さうもないと見きはめた暁《あかつき》には窃《そつ》と手を引いて、両方の争ひを遠く見物してゐるのが、最も賢い、最も安全の処世法であるやうに思はれた。しかしこの場合、結局黙つては済まされないとみて、老獪《ろうかい》の彼は巧《たく》みに逃げを打つた。

「さりながら其の禍《わざわい》が已《すで》にあらはれましたる以上は、先《ま》づそれを鎮《しず》むる工夫《くふう》が先でござりまする。その禍を見て諸人が悔ひ悛《あらた》むれば天下はおのづから泰平《たいへい》、二度の禍のあらはれう筈《はず》はござりませぬ」

「それもさうぢやな」と、頼長は渋々うなづいた。彼も差当つてはそれを云ひ破るほどの理窟を有《も》つてゐないらしかつた。

二人はしばらく詞《ことば》が途切れた。秋草を画《えが》いた几帳《きちよう》が昼の風に軽くゆれて、縁先《えんさき》に置いてある美しい蒔絵《まきえ》の虫籠《むしかご》で蟋蟀《きりぎりす》が一声鳴いた。

「殿。唯今《ただいま》戻りました」

年頃は三十二三の、これも主人とおなじやうな鋭い眼を有《も》つた小賢《こざか》しげな侍が、縁先に行儀好くうづくまつた。

「ほう、兵衛《ひようえ》か。近う寄れ」

頼長に頤《あご》で招かれて、藤内兵衛遠光《とうないひようえとおみつ》は烏帽子の額《ひたい》をあげた。彼は信西入道を仰ぎ見て、更にうや〳〵しく色代《しきたい》した。

「どうぢや。洛中洛外《らくちゆうらくがい》に眼に立つほどの事共《ことども》もないか」と、頼長はしづかに訊いた。

遠光は頼長が腹心の侍で、宇治と京とのあひだを絶えず往来して、およそ眼に入《い》るもの、聞《きこ》ゆるもの、大小となく主人に一々報告する一種の物聞きの役目を勤めてゐた。頼長は彼の報告に因《よ》つて、居ながらに世のありさまを詳しく知つてゐるのであつた。

「玉藻の御が明日《あす》は三井寺参詣《みいでらさんけい》とうけたまはりました」

頼長と信西とは眼をみあはせた。

「山門《さんもん》と三井寺とは年来の確執《かくしつ》ぢや。その三井寺に参詣して法師輩《ほうしばら》をそゝのかし、世の乱れを起さうとてか」と、頼長は何事も見透したやうに冷笑《あざわら》つた。「さりながらこれは大事ぢや。山門の荒法師も手を束《つか》ねて観ても居《お》るまい。又しても山門と三井寺の闘諍《とうじよう》、思へばく浅ましさの極《きわ》みぢや」

叡山《えいざん》と三井寺の不和は多年の宿題で、戒壇建立《かいだんこんりゆう》の争ひのためには三井寺の頼豪阿闍梨《らいごうあじやり》が憤死《ふんし》して、その悪霊が鼠になつたとさへ伝へられてゐる。その三井寺へ魔女の玉藻が参詣《さん》していかなる禍《わざわい》の種を播《ま》かうとするのか。所詮は三井寺の僧徒を煽動《せんどう》して叡山に敵対させ、かれらを執念《しゆうね》く啖合《くいあ》はせて、仏法の乱れ、あはせて王法の乱れをひき起す巧《たく》みであらう。かう思ふと、信西の嶮《けわ》しい眉も食ひ入るばかりに顰《ひそ》んで来た。

「彼女《かれ》の悪業、弥《いや》が上に募《つの》つてまゐつては、いよく油断がなり申さぬ」

「さうぢや。まだ此上《このうえ》に何事を巧《たく》まうも知れぬ」と、頼長も奴袴《ぬばかま》の膝を強く摑んだ。「なう、入道。この上は重ねて七十日の祈禱《いのり》などおめくと待つてはゐられまい。泰親にも其《その》旨《むね》を申含めて早急《さつきゆう》に彼女《かれ》めを祈り伏《ふ》する手だてが肝要であらうぞ」

この点に就いては、信西も勿論同意であつた。

「仰《おお》せ御道理《ごもつとも》。それがしも肝胆を砕《くだ》いて、一日も早く妖魔をほろぼす手だてを案じ申さうよ」

二

八月十一日は晴れてゐた。それでも先日の大雨以来、明るい日の色も俄《にわ》かに秋らしくなつて、藍《あい》を浮《うか》べたやうな湖の上を吹き渡つて来る昼の風も袂涼《たもとすず》しくなつた。青糸毛《あおいとげ》の牛車《くるま》が三井寺の門前にしづかに停まると、それより先に紫糸毛《むらさきいとげ》の牛車《くるま》が繋《つな》がれてゐた。あとから来た青糸毛のうしろに、黒塗《くろぬり》の鷺足《さぎあし》の榻《しじ》が据ゑられて、後簾《うしろすだれ》がさや〳〵と巻きあげられると、内から玉藻の白い顔があらはれた。折からそよ〳〵と吹いて来る秋風に袴《はかま》の緋《ひ》を軽《かろ》くなびかせて、彼女は牛車《くるま》から裊《しな》やかに降り立つと、門前にたゝずんでゐた一人の侍がつか〳〵と歩み寄つて来た。侍は藤内兵衛遠光《とうないひょうえとおみつ》であつた。

「お身は三井寺御参詣《みいでらごさんけい》か」と、遠光は会釈しながら訊いた。

玉藻の供《とも》の侍には遠光を見識《みし》つてゐる者共《ものども》もあつた。関白家御代参《ごだいさん》として玉藻が参詣の旨《むね》を彼等が答へると、遠光は苦い顔をして云つた。

「唯今《ただいま》は宇治左大臣殿御参詣でござる。誰人《たれびと》にもあれ、山門《さんもん》の内へ罷《まか》り通ること少時《しばらく》御遠慮めされ」

ゆく手を遮《さえぎ》られて、玉藻の供も勃然《むっ》とした。この青糸毛が眼に入《い》らぬかと云ふやうに、かれらは牛車《くるま》を見かへつて答へた。

「唯今《ただいま》も申す通り、これは関白殿御代参でござるぞ。邪魔せられまい」

其方《そつち》の糸毛《いとげ》ばかりを衒《ひけ》らかして、こつちの紫糸毛が見えぬかと云ふやうに、遠光も自分の牛車《くるま》を頤《あご》で示しながら云つた。

「関白殿の御車《みくるま》と申されても、それは代参、殊《こと》に女性《によしやう》ぢや。しばらくの御遠慮苦《くる》しうござるまい」

口ではおだやかに云ひながらも、素破《すわ》と云はゞ相手の轅《ながえ》を引つ摑んで押戻しさうな勢ひで、遠光は牛車《くるま》の前に立はだかつてゐた。紫糸毛の牛車《くるま》のそばには、遠光のほかに逞《たくま》しい侍が七八人も控へてゐて、肉に食入《くいい》るほどに烏帽子の緒をかたく引締めた頤《あご》を反《そら》せて、こつちを屹《きつ》と睨《にら》みつめてゐた。中にはその手をもう太刀《たち》の柄頭《つかがしら》にかけてゐるものもあつた。その為体《ていたい》が最初から喧嘩腰《けんかごし》である。人数《にんず》は対等でも、玉藻の供は相手ほどに精《え》り抜《ぬ》いた侍共ではなかつた。不意にこの喧嘩を売り掛けられて、彼等はすこしく怯《ひる》んだ。

それに付けても、当人の玉藻がなんと云ひ出すかと、敵も味方も眼をあつめて其顔色をうかゞつてゐると、玉藻はやがて徐《しず》かに云つた。

「ほゝ、これは異《い》なことを承《うけたま》はりまする。御代参とあれば関白家も同じこと、弟御の左大臣どのから遠慮の御指図《おさしず》を受けう筈はござりませぬ」

彼女は供の侍を見かへつて、一緒に来いと扇でまねいた。招かれて彼等はそのあとに続かうとするのを、遠光は飽までも遮《さえぎ》つた。

「なり申さぬ。われ〳〵こゝを固めてゐる間は、一足《ひとあし》も門内へは……」

「ならぬと云はるゝか」

「くどいこと。なり申さぬ」

「どうでもならぬか」と、玉藻もすこし気色《けしき》ばんだ。

遠光はもう返事もしないで、相手の瞳を一心に睨《にら》んでゐると、玉藻はなんと感じたか、俄《にわか》に扇でその面《おもて》を隠しながら高く笑つた。彼女は眉をあげて山門の方を嘲《あざけ》るやうに見返りながら、再びしづ〳〵と牛車《くるま》の鞐《はこ》に這入つて、さうして、牛車《くるま》を戻せと低い声で命令すると、牛はやがてのそ〳〵と動き出して、轅《ながえ》は京の方角へ向つて行つた。

と思ふと、白羽《しらは》の矢が一つ飛んで来て、青糸毛の車蓋《やかた》をかすめて過ぎた。その響《ひびき》におどろかされて供の侍共はあつと見かへると、二の矢《や》がつゞいて飛んで来て、その黒い羽は後庇《うしろびさし》の青い総《ふさ》を打ち落して通つた。

「や、遠矢《とおや》ぢや。さりとは狼藉《ろうぜき》……」

立ちさわぐ侍どもを玉藻は簾《みす》のなかから制して、牛車《くるま》の大きい輪は京をさして徐《しず》かに軋《きし》つて行つた。その青い影のだん〳〵に遠くなるのを見送りながら、山門のかげから頼長が出て来た。あとに続いて弓矢を持つた二人の侍があらはれて、いづれも残念さうに口唇《くちびる》を嚙んでゐた。玉藻がけふの参詣を知つて、頼長は先廻りをして先刻《さつき》からこゝに待受けてゐたのである。遠光は主人の内意をうけて、わざと玉藻のゆく手を遮《さえぎ》つて無理無体に喧嘩を仕掛け、関白家の供のものを追払《おつぱら》つた上で玉藻をこゝで討果たしてしまはうと云ふ心組《こころぐみ》であつた。頼長のそばには藤内《とうない》太郎、藤内次郎といふ屈竟《くつきよう》の射手《いて》が附添うてゐて、手にあまると見たらばすぐに射倒さうと、弓に矢をはけて待構へてゐた。頼長は勿論、射手の二人も山門のかげに身を忍ばせてゐたのであるが、早くも玉藻に覚《さと》られたらしい、彼女は此方《こつち》の裏をかくやうに嘲弄《あざけり》の笑《えみ》をくれて、徐《しず》かにこゝを立去つた。この機会を取逃《とりに》がしてはならぬと、頼長の指図で二人はすぐ牛車《くるま》のうしろから射かけたが、二人ながら不思議に仕損じた。あわてゝ二の矢を番《つが》へようとすると、弓弦《ゆづる》は切れた。牛車《くるま》はそれを笑ふやうに、輪の音を高く軋《きし》らせながら行き過ぎてしまつた。

眼《ま》のあたりに此《こ》のおそろしい神通力《じんつうりき》を見せられて、射手の二人も遠光も呼吸《いき》を嚥《の》んで立《たち》竦《すく》んでゐた。頼長は一人で苛々《いらいら》してゐたが、驚愕《おどろき》と恐怖《おそれ》とに脅かされてゐる家来どもを如《い》何《か》に叱り励ましても、所詮その効《かい》はあるまいと思はれた。

「悪魔めをこの山門内に踏み入れさせなんだが切《せめ》てもの事ぢや」

かう諦《あきら》めて頼長も宇治へ帰つた。さきの雨乞ひと云ひ、けふの待伏せと云ひ、一度ならず二度までも仕損じた彼はさすがに胸が落付かなかつた。彼も悪魔の復讐を気配《きづか》つて、その夜から宿直《とのい》の侍の数を増して窃《ひそか》に用心してゐたが、直接には別になんの禍《わざわい》もなかつた。併《しか》し玉藻は決してそれを無事に済まさうとはしなかつた。彼女は京へ帰つて、三井寺の一条を忠通に逐一《ちくいち》訴へた。

「予の代参といふ其方《そち》に対して山門内へ通さぬと申し、あまつさへ此方《こちら》がおとなしう戻らうとするのを背後《うしろ》から遠矢を射かくるなど、言語同断《ごんごどうだん》の狼藉《ろうぜき》ぢや。頼長め、いよ〳〵気が狂ふたと見ゆる。もう一刻も捨置かれぬ。おのれ、おのれ、兄の足もとに踏みにじつて、宇治の屋形を草原《くさはら》にしてみせうぞ」と、忠通は自分も狂つたやうに罵《ののし》つた。

「ではござりませうが、今しばらくの御勘弁を……」

「又しても止むるか。仇《かたき》を庇《かば》ふか」

「庇ふのではござりませぬ。たとひ彼《か》の人々が如何《いか》やうにわたくし共《ども》を亡《ほろ》ぼさうと巧《たく》まれましても、邪《じや》は正《せい》に克《か》たずの例《ためし》で、正しい者にはかならず神仏《かみほとけ》の守がござります。現に曩《さき》の日の雨乞ひを御覧なされませ。われに誠の心があれば、神も仏も奇特《きどく》を見せられまする」

「さればとて既《も》う堪忍の緒が切れた。堪忍にも慈悲《じひ》にも程度《ほど》がある。頼長と忠通とは前の世からの仇同士であらう。弟を仆《たお》すか、兄が仆るゝか、所詮二人が列《なら》んでゆくことは出来ぬ定めぢや」

「では、どうでも左大臣どの御誅伐《ごちゆうばつ》でござりまするか」と、玉藻は不安らしく訊いた。

「勿論のことぢや」

「して、お味方は……」

この問題に出遇《であ》つて、忠通はいつも行《ゆ》き詰《づ》まるのであつた。この夏の引籠《ひきこも》り以来、自分の味方のだん〳〵に遠ざかつて行くのは、見舞の人の数が日増しに減るのを見てもよく判つてゐた。背《そむ》いた味方はみな頼長の傘の下にあつまるのであらう。それを思ふだけでも、忠通の胸は沸《わ》き返つた。

「きのふの味方もけふの仇《かたき》、頼もしうない世の中ぢや。忠通が頼長誅伐を触《ふ》れ出しても、味方にまゐる者は少ないかなう」と、彼はこの世を呪ふやうに物凄い嘆息《ためいき》を長く吐《つ》いた。

昨日の味方がけふの仇と変る世の中だけに、又都合《つごう》の好《い》いこともあると、玉藻は慰めるやうに云つた。さう云ふ人間が多いだけに、一旦こつちの羽振が好くなれば、昨日のかたきは又すぐに今日の味方に早変りをするのである。正直の所、現在の殿上人に骨のある人間は極めて少い。信西入道とても日和見《ひよりみ》の横着者《おうちやくもの》である。つまりが何等《なんら》かの方法で彼《か》の頼長の鼻を挫《くじ》いてさへ仕舞へば、余《よ》の人々は手の裏をかへしたやうに此方《こつち》の味方になるのは見え透いてゐる。なにも仰々《ぎようぎよう》しく誅伐の誅戮《ちゆうりく》のと騒ぎ立てるには及ばないのであると、彼女は事もなげに説明《ときあ》かした。

「就きましては彼《か》の采女《うねめ》に召されまするこ と、如何《いかが》でござりませうか」

「その儀ならば懸念すな。今度こそはかならず成就《じようじゆ》ぢや」と、忠通は得意らしい笑《えみ》を洩《も》らした。

先度《せんど》は頼長や信西の故障《こしよう》に出遇つて、結局は有耶無耶《うやむや》のうちに葬《ほうむ》られたのであるが、今度はさうはならない。玉藻が雨乞ひの奇特をあらはしたことは雲の上までも聞え渡つてゐる筈である。その玉藻を推薦するのになんの故障があらう。たとひ彼等が飽までも強情《じよう》を張つたところで、その理窟はもう通らない。彼等の理窟を蹴散《けち》らすだけの立派な理窟が此方《こつち》にもある。頼もしくもない味方を無理に駆集《かりあつ》めて、頼長等をほろぼさうと燥《あせ》り狂ふよりも、一人の玉藻を采女にすゝめて、その力で敵を押仆《おしたお》す方が安全で且《かつ》有効であらしいと、忠通もまた思ひ返した。

「予が受合《うけお》ふた。大納言など頼んでゐては埒《らち》があかぬ。近日のうちに、忠通が病《やまい》を押して昇殿する。兎《と》かうの故障を申立《もうした》つる者があつたら、予が直々《じきじき》に云ひ伏せて見する。は、、今度こそ……今度こそはぢや」

忠通は気味の悪いやうな声を出して、仰反《のけぞ》りながら高く笑つた。玉藻の瞳も怪《あや》しくかゞやいた。

三

「ほう、千枝《ちえ》まよ。いつ戻つたぞ」

陶器師《すえものつくり》の翁《おきな》は笑ひながら見返つた。彼は手捏《てづく》ねの壺をすこし片寄せながら、狭い仕事場の入口に千枝太郎を招き入れた。

「この頃は家《うち》に戻つてゐるとかいふ噂を聞いたが、なぜ早《はよ》う訪ねて来てはくれぬ。婆《ばば》めは死ぬ。隣の藻《みくず》の家《うち》は引越してしまうて馴染《なじみ》の薄い人が移つて来る。こゝらでも四年五年といふ中《うち》には、住む人がだん〳〵に移り変つて、昔馴染の減るのが寂しい。して、お前はなぜお師匠様の屋敷から戻つて来た。都《みやこ》の奉公は辛《つら》いかの」

千枝太郎は黙つて、簾《すだれ》の隙間からさし込む秋の日が仕事場の湿《ぬ》れた土を白つぽく照《てら》してゐるのを眺めてゐたが、やがて沈んだ声で云つた。

「わしはお師匠様から勘当《かんどう》された」

「勘当……」と、翁も白い眉に浪を打たせた。「なんぞ過失《あやまち》でもお為《し》やつたか」

「お師匠様のおそばにゐては私《わし》のためにならぬ。家《うち》へ帰れと仰せられた」

「なぜか喃《のう》」と、翁は再び首をかしげた。「ぢやが、お師匠様がさう云はるれば、それも是非ない。して、これからはどうお為《し》やる。叔父御も次第に年《とし》が寄つて、この頃は思ふやうに稼業もならぬと云うてゐた。お前の戻つて来たは丁度幸ひかも知れぬ。若い者はせい〴〵働いて、叔父御や叔母御に孝行おしやれ。喃《のう》」

「おゝ、わしも其積りで此頃は稼ぎに出る。あれをお見やれ」

彼は表《おもて》を指さすと、門口《かどぐち》に烏帽子折の荷がおろしてあつた。翁はうなづいた。

「おゝ、よい、よい。昔の千枝まとは違うて、今では立派な若い男ぢや。まして子供の時から習ひおぼえた職もある。怠《おこた》らず稼いだら不自由はせぬ筈ぢや」

物に屈托《くつたく》しない翁は心から打解けたやうな笑顔を見せて、昔の千枝まと懐《なつか》しさうに話してゐた。千枝太郎もなつかしさうな眼をして家《いえ》の中を見まはすと、今向ひ合つてゐる小さい窯《かま》も、奥に切つてある大きい炉も、落ちか丶つてゐるやうに傾いた棚も、すべて昔のさまと些《ちつ》とも変つてゐなかつた。秋の日を浴《あ》びてゐる翁の寂《さ》びた額《ひたい》にも皺の数が殖《ふ》えてゐないらしかつた。物静かな山科郷《やましなごう》の陶器師の家には、月日の推移《うつりかわり》といふものが無いやうにも思はれた。それにひきかへて、久安《きゆうあん》四年から仁平《にんぺい》二年——この足かけ五年のあひだに、自分の身の上はどう変つたか。千枝太郎は振返つて考へた。

　叔父の職を見習つて、烏帽子折になる筈の彼は、藻《みくず》に振放《ふりはな》されたのが動機となつて、日本に隠れのない陰陽博士《おんようはかせ》の弟子となつた。さうして、師匠にも可愛がられた。自分が未来の出世も眼に見えるやうであつた。その幸福も長くは続かないで、この三月に偶然彼《か》の玉藻にめぐり逢つてから、今まで消えか丶つてゐた思ひの火が再び胸に燃えあがつた。師匠にも諭《さと》され、自分も戒《いまし》めて、魔性の疑ひある彼《か》の女《おんな》と努めて遠ざからうと試みたが、その因縁《いんねん》は不思議にからみ付いて、幾たびか彼女にめぐり逢ふ機会が偶然に作られた。その度《たび》ごとに怪《あや》しく掻《か》き乱される自分の心を危《あやう》くも取留めようとしながら、所詮は一足づ丶に彼女の方へ引寄せられて行《ゆ》くらしいのを、神のやうな師匠の眼に観破《みやぶ》られて、彼は遂《つい》に慈悲の勘当を云ひ渡された。今更詫《わ》びても肯《き》き入れる師匠でないのを知つてゐるので、彼は悄々《すごすご》そこを立退《たちの》いて昔の山科の家に戻つた。

戻つてみると、叔父や叔母の老《おい》の衰《おとろ》へが今更のやうに彼の眼についた。千枝太郎は悲しくなつた。師匠の勘当をうけて来た甥を叔父や叔母は左《さ》のみ叱《しか》りもしないで、却つて懐しさうに迎へてくれたので、彼はいよ〳〵涙ぐまれた。足かけ五年の間、師匠の教《おしえ》をうけた学問はありながら、勘当された今の身の上ではそれを表向《おもてむき》の職として世に立つことは出来ない。さりとて既《も》う一人前《いちにんまえ》の若い者が、手を袖にして叔父や叔母の厄介にもなつてゐられないので、差当《さしあた》つてはむかしの烏帽子折に立復《たちかえ》つて、ちつとでも叔父の手助けをしたいと彼は思つた。叔父も喜んで承知した。千枝太郎はその以来、叔父と一緒に商売に出ることもある。自分ひとりで出ることもある。かうしてもう小一月《こひとつき》を送つてゐるうちに、彼もだん〳〵に仕事に馴れて来て、朝に家《うち》を出て暮方《くれがた》に戻れば、屹《きつ》と幾らかの銭《ぜに》を持つて来るので、年を老《と》つた叔父や叔母は好い稼ぎ人《にん》の戻つたのを寧ろ喜んでゐるくらゐであつた。

これがおれの運かも知れない。せめて斯《こ》うしてゐるあひだに精々《せいぜい》働いて、叔父や叔母に孝行を尽さうと、かれも此頃では諦《あきら》めた。師匠のこと、玉藻のこと、それが胸一ぱいに支《つか》へてゐるのを、彼は努《つと》めて忘れようとしてゐた。

今日もそれをうつかりと考へてゐると、翁は日影がだん〳〵映込《さしこ》んで来るのに眼眩《まぶし》くなつたらしい、倦《だる》さうに起《た》ちあがつて入口の蒲簾《がますだれ》をおろした。

「千枝まよ。なにを思案してゐる。叔父御や叔母御もお前が戻つたので喜んでゐやう。むかし馴染が帰つて来てわしも嬉しい。これからは今までのやうに遊びに来ておくりやれ。よいか。あれ、お見やれ。隣の門《かど》の柿の実は年ごとに粒《つぶ》が大きくなつて、この秋も定めて美ごとに熟することであらうよ」

「さうであらうなう」

こゝの門《かど》に立つた時に、千枝太郎もすぐに隣の梢《こずえ》を仰いだのであつた。実がまだ青いので、そこに大きい鴉《からす》の影はみえなかつたが、彼は藻と一緒になつて其梢の憎らしい鴉を逐《お》つた秋を思ひ出さずにはゐられなかつた。今も翁からそれを云ひ出されて、彼は蒲簾の外をのぞきながら低い嘆息《ためいき》を洩《も》らした。

「月日の経《た》つのは早いものぢやなう」

「ほんに早い。婆めが死んでからもう四年目になる」と、翁はすこし寂しさうな顔をして云つた。

自分と仲悪《なかわる》の白癩婆の死――それが藻と何かの因縁があるらしく考へられるので、千枝太郎は何げなく翁に訊いた。

「婆どのが死んで四年目になるか。婆どのはあのやうな怪しい死様《しにざま》をして、今にその仔細《しさい》は判らぬかの」

その後になんの不思議もなかつたかと云ふ問に対して、翁はかう答へた。

「さあ、不思議といふほどのことは……。いや、唯《た》つた一度あつた。おゝ、たしか去年の秋――やはり丁度今頃のことぢやと覚えてゐる。お前も識《し》つてゐるであらう。この村の彌《や》五六《ごろく》といふ男……。あの男が暗い夜に、小町《こまち》の水の近所を通ると、こゝらには珍しい美しい上臈《じょうろう》が闇のなかを一人で辿《たど》つてゆく。いや、不思議なことには、その女のからだから薄い光が映《さ》して、遠くからでも其姿がぼんやりと浮いて見えたさうな。彌五六もあまりの不思議にそつと後《あと》を尾《つ》けてゆくと、女の姿はあの古塚の森の奥へ消えるやうに隠れてしまふた」

千枝太郎は呼吸《いき》をつめて聴いてゐた。

「彌五六も悚然《ぞつ》として逃げて帰つた。あくる日近所の者に其話をすると、皆も唯《ただ》不思議ぢやと云ふばかりで其仔細は誰にも判らなんだ。すると、その晩のことぢや。彌五六は急に死んでしまふた。丁度わしの婆と同じやうに、喉《のど》を喰ひ裂かれて……」

「その上臈はどんな顔容《かおかたち》であつたかな」と、千枝太郎は忙《いそ》がはしく訊いた。

「それは知らぬ。わしが見たのでない、唯《ただ》その話を人から聞いたまでぢや」と、翁はおちつき顔に答へた。「しかし私《わし》の考へでは、それが古塚の主《ぬし》であらうも知れぬ。うかと出逢ふたが彌五六の不運ぢや。それに懲《こ》りてこの頃では、日が暮れてから彼《あ》の森の近所を通り過ぎるものは一人《ひとり》もないやうになつた」

「不思議ぢやなう」

「不思議といふよりも怖ろしい。お前も心してその祟《たたり》に逢はぬやうにお為《し》やれ。婆や彌五六がよい手本ぢや」

その上臈がもしや玉藻ではないかと云ふ疑ひが千枝太郎の胸にふと湧き出した。果してさうならば藻は塚《つか》の主に祟《たた》られて、その魂《たましい》はもう入れ替つてゐるのである。たとひその形はむかしの藻でも、今の玉藻の魂には悪魔が宿《やど》つてゐるのである。彼はその疑ひを解く為にこれから毎晩その森のあたりに徘徊《はいかい》して、怪しい上臈の姿を見とゞけたいと思つた。さうして、それを一つの手柄にして、彼は師匠の勘当を赦《ゆる》されようと考へたのであつた。

翁との話はこゝらで打切つて、千枝太郎は早々《そうそう》にこゝを出た。出る時に、彼は再び隣の柿の梢《こずえ》をみあげると、その高い枝は青い大空を支へてゐるやうに大きく拡がつて、ところ〴〵には既う薄紅い光沢《つや》を有《も》つた木実《このみ》が大きい鈴のやうに生《な》つてゐた。幼い藻の顔と臈䕨《ろうた》けた玉藻の顔とが一つになつて、彼の眼さきを稲妻のやうに閃《ひらめ》いて通つた。

「商売《あきない》が遅うなる」

千枝太郎は京の方角へ足を向けた。むかしの相弟子《あいでし》や知人《しりびと》に顔をあはせるのが流石《さすが》に辛いので、彼はこれまで京の町へは商売《あきない》に出なかつたが、商売はどうでも京の町にかぎると叔父からも教へられ、自分もさう悟《さと》つたので、けふは思ひ切つて繁華な町の方へ急いで行つた。その目算《もくさん》は案外に狂つて、顔馴染のない若い職人をどこでも呼び込んでくれないので、彼はひどく失望した。一日根気よく呼びあるいても、彼は京の町で一文《いちもん》も稼《かせ》ぐことは出来なかつた。

九月はじめの秋の日は吹き消すやうにあわたゞしく暮れかゝつて、薄ら寒い西山下《にしやまおろ》しが麻の帷子《かたびら》にそよ〳〵と沁みて来たので、千枝太郎はいよ〳〵心寂しくなつた。かうと知つたら京の町々へ恥《はじ》がましい顔を晒《さら》して歩くのでなかつたものをと悔《くや》みながら、疲れた足を引摺《ひきず》つてとぼ〳〵と戻らうとすると、六条の橋の袂《たもと》で呼び止められた。

「烏帽子折か、頼みたい」

振返ると、それはもう六十に近い、人品《ひとがら》のよい武士で、引立烏帽子《ひきたてえぼし》をかぶつて、萌黄《もえぎ》と茶との片身替りの直垂《ひたたれ》を着て、長い太刀《たち》を佩《は》いてゐた。かれは白い口髯《くちひげ》の下から坂東声《ばんどうごえ》で云つた。

「それがしは此頃上《このごろのぼ》つた者ぢやで、都の案内はよう存ぜぬが、見るところ烏帽子折であらう。頼まれてくれぬか」

「心得ました」

そこですぐに荷をおろすと、武士は一人の家来を見かへつて、その烏帽子が折れたら受取つて来いと云ひ付けて、自分はそのまゝに行き過ぎてしまつた。

「手もとが暗《くろ》うはないかな」と、あとに残された家来は千枝太郎の手許《てもと》を覗《のぞ》きながら云つた。

「いえ、烏帽子一つ折るほどの間《ひま》はございませう」と、千枝太郎は手を働かせながら答へた。「して、お前様方は坂東《ばんどう》の衆《しゆう》でございまするか」

「おゝ、相模《さがみ》の者ぢやよ」と、家来は立はだかつたまゝで誇るやうに云つた。「それがしの御主人は三浦介殿《みうらのすけどの》ぢや」

「三浦介殿……。では、衣笠《きぬがさ》の三浦介殿でござりまするな」

「よう存じて居《お》る。唯今《ただいま》まゐられたのが其の三浦介殿ぢや」

烏帽子の誂《あつら》へ手は相州《そうしゅう》　衣笠の城主で三浦介《みうらのすけ》　源《みなもとの》　義明《よしあきら》であることを家来は説明した。

三浦介は上総介《かずさのすけ》　平《たいらの》　広常《ひろつね》と共に京都の守護として、このごろ坂東から召上《めしのぼ》されたのであった。

「そのやうな武将の冠《かぶ》り物を折りまするは、わたくしの職の誉《ほま》れでござりまする」と、千枝太郎は追従《ついしょう》でも無いらしく云つた。

「さう存じたら、念を入れて仕《つか》まつれ」と、家来は直垂の袖で鼻をこすつた。坂東武者も初の上洛《じょうらく》に錦《にしき》を飾つて来たとみえて、その直垂には藍《あい》の匂ひがまだ新しいやうであつた。

三浦の娘

一

その時に三浦の家来はかういふことをも自慢さうに話した。主人三浦介《みうらのすけ》の孫娘に衣笠《きぬがさ》といふのがある。自分の代々住んでゐる城の名を呼ばせるくらゐであるから、その寵愛《ちようあい》は云ふまでもない。今年十六で相模一国《さがみいつこく》にならぶ方《かた》もない美女である。祖父《じい》の義明《よしあきら》がこのたびの上洛について、可愛い孫娘にも一度は都《みやこ》の手振《てぶり》をみせて置きたいと云ふ慈愛から、遠い旅をさせて一緒に連れて来たが、なるほど花の都にもあれほどの美女は少《すくな》い。自分も主人の供をして、毎日洛中洛外《らくちゆうらくがい》を見物してあるいてゐるが、衣笠殿ほどの美しい女子《おなご》には殆《ほとん》ど出逢つたことがない。当時都で噂の高い玉藻《たまも》の御《ご》といふのはどんな人か知らないが、恐《おそら》くそれにも劣るまいとのことであつた。

田舎武士《いなかざむらい》の主人自慢はめづらしくない。併《しか》しその話を半分に聴いても、三浦の孫娘がすぐれた美女であるらしいことは千枝太郎にも想像された。年の若い烏帽子折はその美しい相模女《さがみおんな》を一度見たいやうな浮かれ心《ごころ》にもなつた。

「三浦殿の御家来衆《ごけらいしゆう》は大勢でござりまするか」と、彼は訊いた。

「上下二十人で、ほかに衣笠殿と附添の侍女《こしもと》が二人ぢや」

「二十人の御家来衆とあれば、烏帽子の御用もござりませう。して、お宿は……」

「七条《しちじよう》ぢや。とき〴〵に来て見やれ」

「その折にはよろしく願ひまする」

千枝太郎は彼と約束して別れた。家《うち》へ帰つてけふの話をすると、商売《あきない》に馴れた叔父の大《だい》六《ろく》は云つた。

「そりや誰《たれ》とても同じことで、顔馴染《かおなじみ》のうすい間《あいだ》は商売《あきない》も薄いものぢや。これを飽きずに堪《こら》えねば、職人も商人《あきうど》も世は渡られぬ。まして三浦介殿が家来の衆と馴染になつたは仕合せぢや。坂東の衆は気前がよい。ぬけ目なく其宿所《そのしゆくしよ》へ立ち廻つて、一廉《ひとかど》の得意先にせねばならぬぞ」

古塚《ふるづか》のことも気にかゝりながら、今日は京中を一日あるき廻《まわ》つて、千枝太郎も流石《さすが》に疲れたので、そのまゝに寝てしまつた。あくる日は早く起きて再び京の町へ出た。

七条へ行つて、三浦の宿所を探してゐると、きのふの家来に丁度出逢つた。家来はきのふと違つた直垂《ひたたれ》を着てゐた。千枝太郎は馴々《なれなれ》しく話しかけて、彼の名が小源二《こげんじ》といふことまでも訊いてしまつた。

「失礼ながら、お前は服装《みなり》に似合はぬ、烏帽子の折様《おりざま》が田舎《いなか》びてゐるやうな。わたくしが都風《みやこふう》に折つて進ぜませう」

彼は新しい烏帽子を折つて遣つた。さうして、その価《あたい》を受取らなかつた。その代《かわ》りにお前の宿《やど》へ案内して、ほかの人達の仕事を頼まれるやうに口添へをしてくれと相談すると、小源二はこゝろよく受合つた。

「では、一緒に来やれ。屋敷はすぐ其処《そこ》ぢや」

誰《たれ》やらの空屋敷《あきやしき》を仮の宿所にあてゝゐるらしく、構《かま》への大きい割には屋敷の内もひどく荒れて、うす暗い庭には秋草がおどろに乱れて戦《そよ》いでゐた。遠侍《とおざむらい》らしいところに、七八人の家来が武者《むしゃ》あぐらを掻《か》いてゐた。小源二は千枝太郎を彼等に引合はせて、再び表へ出て行つた。

主人は留守で、用のない家来どもは退屈してゐるらしく、千枝太郎を相手にして京の名所や風俗《ふうぞく》の噂などを聴いた。そのなかには烏帽子をあつらへる者もあつた。千枝太郎は仕事をしながら一生懸命に彼等の機嫌《きげん》を取つてゐると、正直な坂東の男どもは馴染のうすい烏帽子折をひどく信用してしまつて、何《なに》も彼《か》も打明けて話した。そのうちに衣笠《きぬがさ》の噂も出た。

「その娘御は世に美しいお方ぢやさうに承《うけたま》はりました。けふもお宿《やど》でござりまするか」

と、千枝太郎は訊いた。

「お丶、奥にござるよ」と、一人が云つた。「どうぢや。そちも奥へまゐつてお目見得せぬか。女儀《によぎ》のことぢやで毎日出歩きもならぬ。さりとて初度《はじめて》のお上《のぼ》りぢやで別に親しい友達もない。侍女《こしもと》どもばかりを相手にして、毎日退屈さうに送つてゐらる丶のは見るも気の毒ぢや。そちが参つて都のめづらしいお話などお聴かせ申したらお慰《なぐさ》みにもならうに……」

それは千枝太郎が待設《まちもう》けてゐるところであつたので、彼は是非お目通りが願ひたいと頼むと、家来の一人は奥へ起《た》つて行つたが、やがて一人の侍女《こしもと》らしい女を連れて来て、彼女の案内で庭口へまはれと云つた。その案内に連れて、千枝太郎は草ぶかい庭伝ひに奥の方へ進んでゆくと、昼でも薄暗い座敷のなかに、神々《こうごう》しいやうに美しい若い女が坐つてゐた。そのそばには一人の侍女《こしもと》が控へてゐた。

「烏帽子折を連れてまゐりました」と、千枝太郎を案内して来た侍女は云つた。彼女は千枝太郎を庭先に残して、自分だけは縁《えん》にのぼつて主人のそばに行儀よく坐つた。

「初めてお目通り仕《つか》まつりまする」

千枝太郎は、草に手をつきながら窃《そっ》とみあげると、正面に坐つてゐる若い女——無論それが三浦の孫娘の衣笠であらう——年こそ少し若いが、その顔容《かおかたち》は彼《か》の玉藻に生写《いきうつ》しであつた。彼はあつと云はうとする呼吸《いき》を嚥《の》み込《こ》みながら、少し伸び上つて無遠慮にその顔をぢつと覗き込むと、女の顔は不思議なほどに玉藻によく似てゐるので、彼はなんだか薄気味悪くなつて来た。化生《けしょう》の物がこの空屋敷の奥にかくれ住んでゐて、自分を誑《たぶら》かすのではないかとも疑はれた。白昼《まひる》の秋の日は荒れた庭の草叢《くさむら》を薄白《うすじろ》く照らして、赤い蜻蛉《とんぼう》が二つ三つ飛んでゐる。それを横眼にみながら彼は黙つて俯向《うつむ》いてゐると、侍女《こしもと》どもは交《かわ》る〴〵に京の名所などを訊いた。

彼を呼込《よびこ》んだのは主人の娘の料簡《りょうけん》ではなく、侍女《こしもと》どもが自分の退屈凌《しの》ぎに京の男と話して見たさに、娘をそゝのかして呼ばせたものらしい。娘は始終《しじゅう》つゝましやかに唯黙《ただだま》つて聴いてゐた。それが千枝太郎には物足らなかつた。彼は玉藻によく似たその娘の口から何かの詞《ことば》を聴き出したいと念じてゐたが、口の軽い侍女共ばかりに物を云はせて、娘の結んだ口はなか〳〵解《ほぐ》れなかつた。それでも彼が渡辺綱《わたなべのつな》に腕《かいな》を斬られたといふ戻橋《もどりばし》の鬼女の話をした時に、娘の美しい眉はすこし顰《ひそ》められた。

「そのやうな不思議が真《まこと》にあつたか喃《のう》」

それは若い女にあり勝ちの恐怖の弱い声ではなかつた。優しいなかにも一種の勇気を含んでゐるやうな、冴え渡つた声であつた。千枝太郎は驚かされたやうに再びその顔をぢつとみあげると、この衣笠といふ娘の顔容《かおかたち》が玉藻によく似てゐるとは云ふものゝ、その艶色におのづからの相違が見出された。玉藻は妖麗《ようれい》であつた。衣笠は端麗《たんれい》であつた。千枝太郎はこの相違を比較して考へた。さうして、今までは玉藻のほかに殆《ほとん》ど女といふものに眼をくれたことの無かつた彼の若い魂が、眼に見えない糸にひかれて衣笠の方へだん〳〵に吸ひ寄せられて行つた。

「いろ〳〵の話を聴いて面白かつた。あすも又来やれ」と、侍女《こしもと》どもは云つた。

「明日も又御機嫌伺ひにあがりまする」

一晌《いつとき》ほどの後《のち》に千枝太郎は暇乞《いとまご》ひをして帰つた。それから京の町を一巡《ひとめぐ》りしたが、けふも都《みやこ》の人は些《ちつ》とも彼に商売《あきない》をさせてくれなかつた。それでも三浦の屋敷で幾らかの仕事をしたのに満足して、彼は軽い心持で山科へ戻つた。

あくる日も早く起きて、千枝太郎は京へ行つた。さうして、真直《まつすぐ》に三浦の屋敷をたづねると、彼は小源二《こげんじ》から意外の話を聴かされた。衣笠はゆうべ物怪《もののけ》に襲はれたと云ふのであつた。

「おれはその場に居合はせたのでないが、侍女《こしもと》どもの話はかうぢや」と、小源二は烏帽子の緒を締め直しながら囁《ささや》いた。「きのふの夕暮ぢや。衣笠どのが端近《はしぢこ》う出て虫の音《ね》に聞き惚れてゐらるゝと、庭の秋草の茂みから烟《けむり》のやうに物の影があらはれた。見る〳〵中《うち》に、それが美しい上臈《じようろう》の姿になつて、檜扇《ひおうぎ》に面《おもて》をかくしながら涼しげな声で斯《こ》う云つた。お身は京に長くとゞまつてゐたら必ず禍《わざわい》がある、早う故郷《ふるさと》へ戻られいと……。しかし衣笠どのは気丈の生まれぢやで、眼も動かさずにぢつとその怪しい物を見つめてゐらるゝと、上臈は又云つた。わらはの申すことを用《もち》ひねば命はない、その期《ご》に及んで後悔お為《し》やるなと、云ふかと思ふと、その檜扇の蔭《かげ》から怖ろしい……人か幽霊か鬼か獣《けもの》か判らぬやうな、世に凄愴《ものすご》い変化《へんげ》の面《おもて》が……。侍女どもは流石《さすが》にあつと怯《おび》えて、思はず顔を掩《おお》つて俯伏《うつぶ》してしまつたが、衣笠殿は飽《あく》までも気丈ぢや、懐刀《ふところがたな》に手をかけて寄らば討たうと睨《にら》みつめてゐらるゝと、怪しい上﨟は嘲《あざけ》るやうにほゝゝと軽く笑ひながら、再び草叢《くさむら》へ消えるやうに隠れてしまつた。大殿にはそれを聞《きこ》しめされて、この古屋敷は変化《へんげ》の住家《すみか》とみゆるぞ、疾《と》く狩出せよとの下知《げち》にまかせて、われわれ一同が松明《たいまつ》振り照らして、床《ゆか》の下から庭の隅々《すみずみ》まで隈《くま》なく猟《あさ》り尽したが、鼬《いたち》一匹の影すらも見付らなんだ。思へば不思議のことよ喃《のう》。気の弱い侍女共ばかりでなく、衣笠殿の眼にまでも、あり〳〵と見えたとあるからは、臆病者の狼狽《うろた》へた空目とばかりも云はれまいよ」

夢のやうな心持で、千枝太郎はこの話を聴いてゐると、小源二は又云つた。

「就いては大殿《おおとの》のお使《つかい》で、おれは今朝早う土御門《つちみかど》へ行つて、安倍泰親殿《あべのやすちかどの》の屋敷をたづねた」

「おゝ、土御門へ行かれたか。して、播磨守殿《はりまのかみどの》はなんと占《うらな》はれた」と、千枝太郎は訊いた。

「播磨守殿は謹慎《つつしみ》の折柄《おりから》ぢやとて、直々《じきじき》の対面はかなはなんだが、弟子の取次でこれだけのことを教へてくれた。御息女には怪異《あやかし》が憑《つ》いて居《お》る。三七日《さんしちにち》のあひだは外出は勿論、何者にも御対面無用とのことぢや。右様の次第ぢやで、見識《みし》らぬ者どもは当分御門内《ごもんない》へ入《い》るゝなと大殿《おおとの》からも申渡《もうしわた》された。気の毒ぢやが、そちも当分は出入りするな」

千枝太郎は失望した。さりとて何《なん》と争ふことも出来ないので、すご〳〵と別れてこゝを立去ると、青糸毛《あおいとげ》の牛車《くるま》がこの屋敷の門前をしづかに軋《きし》らせて通つた。彼がそれと摺違《すれちが》つたときに、物見の簾《すだれ》が少し掲《かか》げられて、女の白い顔がちらりと見えた。その顔が玉藻であるらしく思はれたので、千枝太郎は一足戻つて覗かうとする途端に、簾《すだれ》は音もなしに卸《おろ》されてしまつた。

強い嫉妬《ねたみ》に燃えてゐるやうな女の凄愴《ものすご》い眼の光だけが、千枝太郎の記憶に残つた。

二

小源二《こげんじ》から聴かされた不思議の話を、千枝太郎は途々《みちみち》かんがへながら歩いた。衣笠に逢へなかつたといふ失望もあつた。その怪しい上臈《じようろう》が何者であらうかといふ疑ひもあつた。疑ひは先づ彼《か》の玉藻《ま》の上に置かれた。

三浦の門前で出逢つた牛車《くるま》の主《ぬし》は、どうも玉藻であるらしく思はれた。たとひ玉藻であるとしても、往来《おうらい》で人に逢ふのは不思議でない。併《しか》しそれが偶然のめぐりあひでは無いやうに千枝太郎には疑はれた。その疑ひをだん〳〵押拡げてゆくと、ゆうべ衣笠を脅《おびや》かした怪しい上臈も、若《も》しや玉藻ではないかといふ結論に到着した。

それにしても、玉藻はなぜ三浦の娘を脅かさうとしたのか。しかも小源二の物語から想像すると、彼女の振舞はどうしても尋常の人間ではないらしい。彼は曩《さき》の夜《よ》、犬の群に取囲まれた時の玉藻のおそろしい顔を思ひ出した。きのふの朝、陶器師《すえものつくり》の翁《おきな》から聴かされた古塚参詣《ふるづかさんけい》の怪しい女の姿を思ひ泛《うか》べた。これ等の事実を綜合《そうごう》してかんがへると、彼《か》の古塚のあたりにさまよつてゐる女も、三浦の屋敷に入込《いりこ》んだ女も、すべて玉藻ではあるまいかとも思はれた。彼はその実否《じつぷ》を確《たしか》めるために、今夜こそは小町の水の近所に忍んで、怪しい光を放つてゆく女の正体を見定めようと決心した。

けふも思はしい商売《あきない》も無しに、彼はいつもよりも早く帰つた。さうして、夜の更《ふ》けるのを待つて、彼《か》の古塚をつゝんだ大きい杉の森の近所へ忍んで行つた。雨気《あまけ》を含んだ暗い夜で、低い空の闇を破つて啼《な》いてゆく五位鷺《ごいさぎ》の声がどこやらで聞えた。彼は二晌《ふたとき》ほどもそこらに立迷つて、自分の眼を遮《さえぎ》る何物かのあらはれるのを待つてゐたが、その夜はなんの獲物も無しに帰つた。

あくる日、彼はかさねて京へ出て、三浦の屋敷の門前に立つた。衣笠が其後の様子を知りたいので、彼は根《こん》よく門前にさまよつてゐると、顔を識《し》つてゐる家来の一人が出て来た。よび止めて窃《そつ》と訊くと、その後《ご》には何《なん》の怪異《あやしみ》もない。衣笠も無事である。三浦介はその怪異《あやしみ》を鎮《しず》めるために蟇目《ひきめ》の法《ほう》を行つてゐるとのことであつた。それを聞いて千枝太郎はすこし安心したが、衣笠に逢へないで帰るのが矢はり心寂しかつた。彼は何物にか引止められるやうな心持で、門前に少時《しばらく》たゝずんでゐた。

思ひ切つてそこを立去つた彼は、更に土御門《つちみかど》の方角へ足を向けた。きのふの小源二の話で、師の泰親《やすちか》の無事であることが判ると共に、彼は俄《にわか》に師匠がなつかしくなつて、直々《じきじき》の対面は許されずとも、せめてよそながら屋敷の姿を窺《うかが》つて来たいと思ひ立つたのである。彼は屋敷の前に近《ちか》づいて、忍ぶやうに内を覗くと、軒《のき》に張渡された注連縄《しめなわ》が秋風に寂しく揺《ゆら》いで、見おぼえのある大きい桐の葉が蝕《むし》ばんだやうに枯れて乾いて、折々にかさこそと鳴つてゐた。それを仰《あお》いでゐるうちに、云ひ知れない悲しさと懐しさとが胸一杯になつて、彼の眼はおのづと湿《うる》んで来た。彼は思はず土にひざまづいて、よそながらに師匠に無沙汰《ぶさた》の罪を詫《わ》びてゐると、その頭《あたま》の上で不意に彼の名を呼ぶ者があつた。おどろいて振仰《ふりあお》ぐと、それは兄弟子《あにでし》の泰忠《やすただ》であつた。

「お身がもとの烏帽子折になつたと云ふことはよそながら聴いてゐた。どうぢや、変ることはないか」

久振《ひさしぶ》りで兄弟子の優しい声を聞いて、千枝太郎はいよ〳〵悲しくなつた。彼は滲《にじ》み出す涙を両袖《りょうそで》で拭きながら答へた。

「お身も変ることが無《の》うて何よりぢや。御勘当の身では何をすべき様《よう》もないので、よんどころなしに旧《もと》の生業《なりわい》、むかしの朋輩《ほうばい》に顔を見らるゝも恥かしい。して、お師匠様はどうしてござる」

「その後も悪魔調伏《ちょうぶく》に心を砕《くだ》いて、夜も碌々《ろくろく》にお眠りなさらぬ」と、泰忠も声を陰《くも》らせて云つた。「それに付けても口惜しのは、悪魔のいよ〳〵蔓延《はびこ》ることぢや。お身はまだ知らぬか、玉藻はいよ〳〵采女《うねめ》に召さるゝと云ふぞ」

先頃関白忠通《ただみち》から正式に玉藻を采女に推薦した。それに対して、頼長《よりなが》は相変らず強硬に反対したが、忠通は頑《がん》として肯《き》かなかつた。何分《なにぶん》にもこの前とは違つて、玉藻は雨乞ひの奇特《きどく》を世に示して、その名はもう雲の上までも聞えてゐる。相手にはさういふ強味がある上に、頼長が唯一の味方と頼む信西《しんぜい》入道がなぜか今度は不得要領《ふとくようりよう》で、木にも付かず草にも付かぬといふ曖昧《あいまい》の態度を取つてゐるので、味方はいよ〳〵影が薄い。蔭では兄の文弱《ぶんじやく》を日ごろ罵《ののし》り卑《いやし》めてゐる頼長も、さすがに殿上で顔を向き合はせては、有甲斐《あるがい》無しに兄を云破《いいやぶ》るわけにも行《ゆ》かない。もう一つには、玉藻の三井寺詣を待受けて、遠矢に掛けようとしたことも忠通に知られてゐる。さういふ事情が色々絡《から》んでゐるので、彼も肚《はら》のなかでは苛々《いらいら》しながらも、正面の論戦ではどうも思ふやうに闘《たたか》ふことが出来ない。旁々《かたがた》殿上の形勢は相手方の勝利にかたむいて、玉藻はいよ〳〵采女に召さるゝことに決まるらしいと、泰忠は残念さうに話した。

「もう此上はお師匠様の力一つぢやと左大臣どのも仰《おお》せらるゝ。お師匠様も昼夜《ちゆうや》の祈禱《いのり》に、やがては精《せい》も根《こん》も尽き果てられうかと案じらるゝほどぢや。我等とても同様の苦労、察しておくりやれ」と、泰忠は蒼ざめた口唇《くちびる》を歪《ゆが》めながら云つた。

「そりや容易《ようい》ならぬことぢや」と、千枝太郎も肺腸《はらわた》から絞り出すやうな嘆息《ためいき》をついた。

「それに就いてわしも思ひ当ることがある。仔細《しさい》はかうぢや」

彼は兄弟子の耳に口をよせて、彼《か》の古塚《ふるづか》のことや三浦の屋敷のことを囁《ささや》くと、泰忠は眼をみはりながら聴いてゐた。

「むゝ、よいことを教へてくれた。三浦のことはお師匠様もわれ〳〵も承知ぢやが、古塚の怪異《あやかし》はまだ聞かぬ。よい、よい、屹《きっ》とお師匠さまに申上ぐる。お身もこれを功《こう》に御勘当が赦《ゆ》りやうも知れぬ。この上にも心をつけて働いておくりやれ。頼んだぞ」

兄弟子から鋭《するど》く励《はげ》まされて、千枝太郎の萎《しお》れた魂も俄に勇《いさ》んだ。かれは屹《きっ》とその怪異《あやかし》を探り出すことを泰忠に誓つて別れた。彼はもう悠々《ゆうゆう》と京の町などを彷徨《うろつ》いてはゐられないので、山科の家《うち》へ急いで帰つた。

「けふも草臥《くたびれ》れ儲《もう》けか」と、なんにも知らない叔母は笑つてゐた。「したが、そのうちには自《おの》づと生業《なりわい》の道も覚えて来る。必ず倦《あ》きてはならぬぞよ」

気の好《い》い叔母は彼の不働《ふはたら》きを責めようともしないので、千枝太郎は幾《いく》らか気安く思つた。さうして、今夜こそは自分の務《つとめ》を果さなければならないと、張りつめた心を抱へて夜の更けるのを待つてゐたが、どうも落付いてはゐられないので、彼はゆうべよりも早く家《うち》を出て、陶器師の翁をたづねた。

「翁《おきな》よ。少し頼みがある。わしを小町《こまち》の水の森へ案内してくれぬか。身内から光を放つた女が通り通ぎたといふのは何《ど》のあたりか、案内して教へてくれ」

途方もないと云ふやうに、翁はしばらく黙つて相手の顔を見つめてゐたが、やがて思ひ出したやうに其手を緩《ゆる》く掉《ふ》つた。

「ならぬことぢや。諄《くど》くも云ふ通り、塚の祟《たたり》がおそろしいとは思はぬか」

「いや、それを見とゞけたら私《わし》も出世する。翁にも莫大《ばくだい》の御褒美《ごほうび》を貰《もろ》うて遣《や》る。どうぢや、それでも頼まれてくれぬか」と、千枝太郎は迫つた。

「はて、出世も御褒美も命があつての上のことぢや。ましてわしも人づてに聞いたばかりで、詳しいことは何にも知らねば、いくら頼まれても其案内が出来やうぞ。どんな出世になるか知らぬが、お身も止《や》めい。あのやうなところへは行《ゆ》くものでないぞ」

いくら強請《せが》んでも動きさうもないので、千枝太郎もあきらめて其処《そこ》を出た。今夜は薄い月が行手を照して、もう木枯《こがらし》とでも云ひさうな寒い風がとき〴〵に木葉《このは》を吹きまいて通つた。千枝太郎はその風に逆《さか》らつて森の方へ急いで行つた。大きい杉のかげに身を寄せて、彼はゆうべと同じやうに二晌《ふたとき》ほども待暮《まちくら》したが、をり〳〵に落葉の転《ころ》げてゆく音ばかりで、土の上には犬一匹も通らなかつた。

「今夜も無駄か」

彼は失望してもう引返《ひつかえ》さうかと思つてゐる時に、京の方角から牛車《くるま》の軋《きし》る音がぎい〳〵と遠く聞えた。木蔭《こかげ》から窃《そつ》と首をのばして窺《うかが》ふと、牛飼《うしかい》もない一輛《いちりよう》の大きい車が牛の牽《ひ》くまゝに此方《こつち》へ徐《しずか》に軋《きし》つて来た。薄い月は高い車蓋《やかた》を斜めにぼんやりと照してゐるばかりで、低く這《は》つて来る牛の影も、月に背《そむ》いた車の片側も、遠くからはつきりとは見えないので、さながら牛のない片輪車《かたわぐるま》が自然に揺《ゆら》めいて来るかとも怪《あやし》まれた。千枝太郎は身を固くして、この怪しい車の音に耳を澄ましてゐた。

　車はだん〳〵に近《ちかづ》いて、棟《むね》の金物《かなもの》の薄く燦《きら》めくのも見えるほどになつた時に、もう待切れなくなつた千枝太郎は木のうしろから衝《つ》とあらはれて、覚束《おぼつか》ない月の光で其車の正体を見届けようとすると、不思議に車の轅《ながえ》は方向をかへた。彼を追ふ牛飼もないのに、牛はおとなしく向き直つて、元来《もとき》た京の方へのろ〳〵と歩んで行くのであつた。千枝太郎はおどろいた。驚くと共に彼の疑ひはいよ〳〵募《つの》つて、なんの分別も無しに車のあとを追つた。歩みの遅い牛の尻へ彼はすぐに追付いて、右の轅《ながえ》に取付きながら前簾《まえすだれ》を無遠慮に颯《さつ》と引き剝《めく》ると、薄い月は車のなかへ夢のやうに流れ込んで、床《とこ》に坐つてゐる女の顔を微《かすか》に照らした。

　その顔を一目見て、千枝太郎は立竦《たちすく》んだ。車の主《ぬし》は三浦の孫娘の衣笠《きぬがさ》であつた。衣笠が今頃たゞ一人で何《ど》うしてこんな所へ来たのか。千枝太郎は自分の眼を疑ふやうに、呆《あき》れてしばらく眺めてゐると、簾《すだれ》はおのづからさらりと落ちて、車は再び揺《ゆる》ぎ出した。

「妾《わらわ》に恋するなど及ばぬことぢや。思ひ切れ。思ひ切らぬと命がないぞ」

　簾のなかでは朗《ほがら》かな声で云つた。

三

何の祈願《ねがい》か、なんの呪詛《のろい》か。殊《こと》に外出《とおで》を封じられてゐる衣笠《きぬがさ》が、この夜更けに一人の供をも連れないで何処《どこ》へゆく積《つも》りであつたらう。千枝太郎には到底《とても》その想像が付かなかつた。更に不思議なのは、その車が彼の姿をみると俄《にわか》に方向《むき》を変へてしまつたことである。もう一つ彼を脅《おびや》かしたのは、簾《すだれ》のうちから響いた女の声であつた。

妾《わらわ》に恋するなど及ばぬこと——それが強い意味を含んで千枝太郎の胸に堪《こた》えた。恋か何か知らないが、彼は初めて衣笠の名を聞いたときから——初めて衣笠の顔を見た時から——彼の心はその方へ怪《あや》しく引寄せられてゆくやうに思はれた。彼の心は知らず〳〵に妖《よう》麗《れい》の玉藻を離れて、端麗《たんれい》の衣笠の方へ移つて行つた。その秘密、彼自身すらもまだはつきりとは意識してゐない内心の秘密を、車の主《ぬし》は疾《と》うに看破《みやぶ》つてゐるらしい。一種の羞恥《しゅうち》心《しん》と恐怖心とが一つになつて、千枝太郎はもう其車を追ひかける勇気を失つた。かれは石のやうに突つ立つて、だん〳〵に遠ざかつてゆく車の黒い影をいたづらに見送つてゐた。

車の主《ぬし》は確《たしか》に衣笠であらうか。あるひは自分の見損《みそん》じで、彼女はやはり玉藻ではあるまいか。衣笠の顔と玉藻の顔と、衣笠の声と玉藻の声と、それが一つに綯《こぐ》かつて、混乱した千枝太郎の頭にはもう其区別が付かなくなつて来た。どう考へても衣笠が今頃こゝへ来る筈がない。それがやはり玉藻であるらしくも思はれて来たので、彼はもう一度その正体を見極めたくなつて、大胆に再びそのあとを追はうとすると、彼の踏み出した足は忽《たちま》ち引き戻された。何者かに其袖をしいかりと摑まれてゐるのであつた。

「千枝太郎、待ちやれ」

それが師匠の声であることは、この場合にもすぐに覚《さと》られたので、彼はあわてゝ捻《ね》ぢ向くと、自分の袖を摑んでゐるのは兄弟子の泰忠であつた。その傍《そば》には播磨守泰親も立つてゐた。

「千枝太郎。あつぱれの働きをしてくれた」と、泰親は自分の足下《あしもと》にひざまづいてゐる弟子をみおろしながら云つた。「もう追ふには及ばぬ。正体はたしかに見とゞけた。お身の訴へを泰忠から聴いて、泰親自身に様子を探りにまゐつた。よう教へてくれた、忝《かたじ》けないぞ。これで正体もみな判つた」

師匠はひどく満足したらしい口吻《くちぶり》であるが、弟子にはそれがよく判らなかつた。千枝太郎は怖る怖る訊いた。

「して、あの車の主は何者でござりませう」

「お身の眼にはなんと見えた。あれは紛《まぎ》れもない玉藻ぢや」

「玉藻でござりませうか」

「彼女《かれ》でなうて誰《たれ》と見た。三浦の娘などと思ふたら大きな僻目《ひがめ》ぢや」と、泰親は意味ありげに微笑《ほほえ》んだ。

千枝太郎は再び脅かされた。師匠も自分の胸の奥を見透《みすか》してゐるらしいので、彼は重い石に圧付《おしつ》けられたやうに、頭《かしら》を垂れたまゝで小さく蹈《うずく》まつてゐた。

「もう夜が更《ふ》けた」と、泰親は陰《くも》つた月の影を仰いだ。「私《わし》はすぐに屋敷へ帰る。千枝太郎も一緒に来やれ」

改めてなんの云渡しは無くとも、これで彼の勘当は赦《ゆる》されたのである。千枝太郎は蘇生《よみがえ》つたやうに喜んで、泰忠と一緒に師匠の供をして京へ帰つた。帰るとすぐに、泰親はこの二人のほかに優れた弟子の二人を奥へ呼び入れた。いづれも河原の祈禱《いのり》に幣《へい》をさゝげた者共である。師匠は四人の弟子達に云ひ聞かせた。

「千枝太郎の訴へで何《なに》も彼《か》もよく判つた。彼《か》の古塚へ夜な〱詣《まい》る怪《あや》しの女はまさしく玉藻に極《きわ》まつた。察するところ、彼《か》の古塚の主《ぬし》が藻《みくず》といふ少女《おとめ》の体内に宿《やど》つて、世に禍《わざわい》をなすのであらう。就いては泰親に存ずる旨《むね》あれば、夜があけたら宇治の左大臣殿に其旨を申立て、彼《か》の古塚のまはりに調伏《ちょうぶく》の壇を築いて、かさねて降魔《ごうま》の祈禱《いのり》を試むるであらう。鳥を逐《お》はんとすれば先づ其巣を燔《や》くといふは此事ぢや。今度こそは大事の祈禱《いのり》であるぞ。ゆめ〱油断すまいぞ」

有明《ありあけ》のともしびに照らされた師匠の顔は、悽愴《ものすご》いほどに神々《こうごう》しいものであつた。昼夜を分《わか》たぬ連日の祈禱《いのり》に痩せ衰へた彼の顔も、今夜は輝くばかりに光つてゐた。四人の弟子も感激して師匠の前を引退《ひきさが》つたが、泰親の居間《いま》には明るい灯《ひ》の影が暁《あかつき》まで消えなかつた。

弟子達は自分の部屋へ戻つてうと〳〵したかと思ふと、忽《たちま》ち師匠の声がきこえた。

「もう夜が明けたぞ。泰忠は仕度して宇治へまゐれ。早う行け」

「心得ました」

泰忠はすぐに跳《は》ね起きて屋敷を出て行つた。いつもならば此使《このつかい》は自分に云ひ付けられるものをと、千枝太郎は羨《うらや》ましいやうな心持で門《かど》まで見送つて出た。東がすこし白んだばかりで、深い霧の影が大地を埋《う》めてゐるなかを、泰忠が力強く踏みしめて歩んでゆくのが、いかにも勇ましく頼もしく思はれて、千枝太郎も一種の緊張した気分になつた。

この時代の人が京から宇治まで徒歩《とほ》で往《ゆ》き戻りするのであるから、帰りの遅いのは判り切つてゐるので、千枝太郎は彼の戻つて来るまで山科へ一度帰りたいと思つた。

「ゆうべ出たぎりで、叔父や叔母も定《さだ》めて案じて居りませう。昼のうちに立帰つて、この次第を語り聞かせたう存《ぞん》じまするが……」と、彼は師匠の前に出て願つた。

「道理《もつとも》のことぢや。叔父叔母にもよう断《ことわ》つてまゐれ」

師匠の許可《ゆるし》をうけて、千枝太郎は土御門《つちみかど》の屋敷を出た。その途中で彼は又、あらぬ迷ひが湧《わ》いて来た。自分も一旦はさう疑ひ、師匠は確《たしか》にさう云ひ切つたのであるが、車の主は果して彼《か》の玉藻であらうか。自分の見た女の顔はどうも衣笠に肖《に》てゐるらしく、殊《こと》にその身内からは何の光をも放つてゐなかつた。勿論、この場合には、自分の眼よりも師匠の明《あきら》かな眼を信じなければならないと思ひながらも、彼はまだ消え遣らない疑ひを解くために、その足を七条の方角へ向けた。

三浦の屋敷へ行つて、彼は家来に逢つて訊くと、やはり昨日と同じ返事で、その後なんにも変つたことはないと云つた。

「娘御《むすめご》はゆうべ何処《どこ》へかお忍びではござりませぬか」と、千枝太郎はそれとなく摸索《さぐり》を入れてみた。

「なんの、御《お》慎《つつし》みの折柄《おりから》ぢや。まして夜陰《やいん》にどこへお越しなされうぞ」と、家来は最初《はじめ》から問題にもしないやうに答へた。

これを聞いて千枝太郎も安心した。もう疑ふまでもない。車の主を衣笠と見たのは自分の僻目《ひがめ》で、彼女はやはり玉藻であつたに相違ない。それにしては、妾《わらわ》に恋するなど及ばぬこと――この一句《いつく》の意味がよく判《わか》らなかつた。玉藻は自分の方から一度首尾《しゆび》して逢うてくれと度々《たびたび》迫《せま》り寄つて来るのでないか。それが真《まこと》の恋であるか無いかは別問題として、思ひ切らねば命を取るとまで云ひ放《はな》すのは余りにおそろしい。千枝太郎は色々にその意味をかんがへた。

三浦の屋敷にあらはれた怪《あや》しい上臈《じようろう》は、衣笠にむかつて早く故郷《ふるさと》へ帰れと云つた。ゆうべの怪しい女は、自分にむかつて恋を思ひ切れと云つた。それとこれとを綴《つづ》りあはせて考へると、玉藻は自分の心が衣笠の方へひかれてゆくのを妬《ねた》んで、色々の手だてを以《もつ》て彼女を嚇《おど》し、あはせて自分を嚇さうとするのであらう。ゆうべも衣笠の姿を自分にみせて、衣笠の口真似《くちまね》をして自分を嚇したのであらう。

斯《こ》うだん〳〵に煎《せん》じつめて来ると、玉藻はどう考へても魔性の者である。もう寸分《すんぶん》も疑ふ余地はないのである。千枝太郎はあらん限りの勇気を奮《ふる》ひ起して、師匠と共におそろしい悪魔をほろぼさなければならないと決心した。彼は男らしい眉をあげて、高く晴れた大空を仰ぎながら、今朝の泰忠と同じやうに大地を力強く踏みしめながら歩いた。

叔父は商売《あきない》に出て留守であつた。叔母に逢つて勘当の赦《ゆ》りた訳《わけ》を手短かに話して、千枝太郎はすぐに京へ引返して来た。土御門の屋敷へ帰ると、泰忠はもう先に戻つてゐた。彼は宇治へゆく途中で頼長に逢つて、一つ車に乗せられて来たのであつた。

「いよ〳〵明日は彼《か》の古塚にむかつて最後の祈禱《いのり》を行《おこな》ふことに決めた。左大臣殿は塚を発《あば》けと申さるる。それもよからう。いづれにしても明日は大事ぢや。怠るな」と、泰親はかさねて儼《おごそ》かに云ひ渡した。「千枝太郎。お身は今度の功によつて、祈禱《いのり》の数に加へて遣るぞ」

千枝太郎は涙に咽《むせ》んで、師匠の恩を感謝した。その夜なかに彼は怪しい夢を見た。

場所はどこだか判らないが、彼は三浦の孫娘と連れ立つて広い草原《くさはら》をあるいてゐた。そこには野菊や桔梗《ききよう》が咲き乱れて、秋の蝶がひら〳〵と舞つてゐた。二人は手を把《と》つて睦《むつま》じくあるいて来ると、草の中には陥穽《おとしあな》でもあつたらしい。衣笠のすがたは忽《たちま》ち消えるやうに沈んでしまつた。と思ふと、入れ替つて玉藻の形があり〱と現れた。

「三浦の娘に心を移さうとしてもそれは成らぬ。おまへと藻《みくず》とは前《さき》の世からの約束がある。いかにわたしを仇《かたき》にしようと思うても、所詮むすび付いた羈絆《きずな》は離れぬ。今別れても再びめぐりあふ時節があらう。これを覚えてゐてくだされ」

彼女は草の奥にある大きい怪しい形の石を指さして消えた。千枝太郎の夢もさめた。夜があけると、彼は急に胸苦《むなぐる》しくなつて、湯も米も喉《のど》へは通らないやうに思はれた。しかし今日は大事の日であるので、彼は努めて早く起きて、ほかの弟子達と一緒にけふの祈禱《いのり》の仕度《したく》に取りかゝつた。謹慎《つつしみ》の身である泰親が、白昼《はくちゆう》に京の町を押歩くといふことは憚《はばか》りがあるので、かれは頼長から差廻《さしまわ》された牛車《くるま》に乗つて、四方の簾《すだれ》を垂れて忍びやかに屋敷を出た。ほかの弟子達は笠を深くして其後《そのあと》について行つた。

頼長の指図をうけて、源氏の武士《さむらい》どもは彼《か》の森のまはりを厳重《げんじゆう》に取囲んでゐた。そのなかには三浦介義明《みうらのすけよしあきら》も木蘭地《もくらんじ》の直垂《ひたたれ》に紺糸《こんいと》の下腹巻《したはらまき》をして、中黒籐《なかぐろどう》の弓を持つて控《ひか》へてゐた。三浦の党は上洛以来けふが初めての勤《つと》めであるので、かれも家来共も勇気が満ちてゐた。千枝太郎に折らせた新しい烏帽子の緒を固く引きしめて、小源二《こげんじ》も大きい長巻《ながまき》を引きそばめてゐた。

この物々しい警固《けいご》のなかを分けて、泰親の群は昼でも薄暗い森の奥へ這入つた。邪魔になる立木《たちき》は武士《さむらい》どもに伐倒《きりたお》されて、そこには祈禱《いのり》の壇が築かれた。陰《くも》つた秋の空は低く垂《た》れて、森には鳥一羽《いちわ》の鳴く声もきこえなかつた。

壇に登つたのは河原の祈禱《いのり》とおなじやうに四人であつた。彼等《かれら》はやはり五色《ごしき》に象《かたど》つた浄衣《じようえ》をつけてゐた。泰親の姿は白かつた。落葉に埋《うず》められた円《まる》い古塚を前にして、祈禱《いのり》は午《うま》の刻《こく》（正午十二時）から始められたが、それが呼吸《いき》もつかずに夜まで続いたので、そこらには篝火《かがり》が焚《た》かれた。木の間《こま》へ忍び込む夜風にその火がゆれて靡《なび》いて、五色の影をとき〴〵に暗く隠すかと思ふと、又明るく浮き出させるのも物凄《ものすご》かつた。警固《けいご》の人々も草木も呼吸《いき》を潜《ひそ》めて、このすさまじい祈禱《いのり》の結果をうかゞつてゐるらしかつたが、夜《よ》の亥《い》の刻《こく》（午後十時）を過ぎた頃に、梢《こずえ》をゆする夜嵐《よあらし》が一としきり烈《はげ》しく吹いて通つたかと思ふと、今まで黙つてゐた古塚が地震《ない》ふるやうにゆら〳〵と揺《ゆる》ぎ出した。

この時である。壇のまん中に坐つてゐた泰親は忽《たちま》ち起《た》ち上つて、額《ひたい》にかざしてゐた白い幣《へい》を高くささげながら、塚を目がけて礑《はた》と投げつけると、大きい塚は一と揺《ゆ》れ烈《はげ》しくゆれて、柘榴《ざくろ》を截《た》ち割つたやうに真二《まつぷた》つに裂けた。

殺生石

一

その夜《よ》であつた。関白の屋形には大勢の女房達《にようぼうたち》があつまつて、玉藻の前を中心に歌の莚《むしろ》が開かれてゐた。明日は十三夜《じゆうさんや》といふ今夜の月は白い真玉《またま》のやうに輝いて、さすがに広いこの屋形も小さく沈んで見えるばかりに、秋の夜の大空は千里の果までも高く澄んで拡がつてゐた。

今夜《こんや》の題は「月不宿《つきやどらず》」といふのであつた。この難題には当代の歌詠《うたよ》みと知られた堀川や安藝《あき》や小大進《こだいしん》の才女達もうつむいた白い頸《うなじ》をみせて、当座の思案に打傾《うちかたむ》いてゐた。一座は咳《しわぶ》きの声もなくて、鳴き弱つた蜱《こおろぎ》が真垣の裾に悲しく咽《むせ》んでゐるのが微《かすか》に聞えるばかりであつた。

その沈黙は玉藻が嘆息《ためいき》の声に破られた。

「おもへば思ふほど、これは難題ぢゃ」

「ほんにさうでござりまする」と、堀川もその声に応じて、案じ悩んだ顔をあげた。「関白殿も酷《むご》いお人や。これほどの難題にわたくしどもを苦しめようとは……」

「さりとて斯《こ》うなれば女子《おなご》の意地ぢや。どうなりともして詠《よ》み出《だ》さいでは喃《のう》」と、安藝《あき》も額《ひたい》を皺《しわ》めながら云つた。

縁先《えんさき》で忽ちに笑ふ声がきこえた。

「は丶、予を酷《むご》いと云ふか。久安百首《きゆうあんひやくしゆ》にも選《えら》まれたほどの人々がこれほどのことを詠《よ》み煩《わずら》うては後《のち》の世の聞《きこ》えもあらうぞ」

女達は今こ丶へ這入つて来た人にむかつて、その星のやうな眼を一度にあつめた。人はあるじの忠通であつた。忠通は半晌《はんとき》ほども前にこの難題を女達の前に提出して置いて、しばらく自分の居間へ立戻つてゐたが、もう好《よ》い頃と思つて又出直して来ると、どの人の色紙にも短尺《たんざく》にも筆のあとは見えなかつたので、彼は堪らないほどに興あるもの丶やうに反《そり》返《かえ》つて笑つた。

「玉藻はどうぢや」

「わたくしにも成《な》りませぬ」と、玉藻は面《おも》はゆげに答へた。

「玉藻の御にも成らぬほどのもの、わたくし共にどうして成りませうぞ」と、堀川は倦《あぐ》ね果てたやうに云つた。

「玉藻にならぬとて、お身達にならぬとも限るまいに、そりや卑怯《ひきよう》ぢやぞ」と、忠通は又笑つた。

併《しか》し忠通の心の奥にはつゝみ切れない満足と誇りとが忍んでゐた。この女達はみな玉藻よりも先輩で、早くから才名《さいめい》を知られてゐる者共である。したがつて、玉藻に対する一種の嫉妬《ねたみ》から、今日《こんにち》まで余り打解《うちと》けて彼女と交《まじ》はる者はなかつた。それが玉藻の雨乞ひ以来、殊《こと》に今度いよ〳〵采女《うねめ》に召さるゝことに決定してから、誰《たれ》も彼《かれ》も争つて彼女の影を慕《した》ひ寄つて来る。勢《いきお》ひに附くが世の習《ならい》とは承知してゐながら、忠通は決して彼等を卑《いやし》む心にはなれなかつた。彼は努めてそれを善意に解釈して、あらゆる才女もいよ〳〵我《が》を折つて玉藻の裳《もすそ》をさゝげに来たものと認めようとしてゐた。その意味から、今夜の歌の莚《むしろ》も玉藻を主人として催《もよお》させたのであつたが、どの女房《にようぼう》達も遅滞《ちたい》なしに集まつて来て、いづれも年の若い玉藻に敬意を表してゐるのを見ると、忠通は此頃におぼえない愉快《ゆかい》と満足とを感じた。この夏以来の気鬱《きうつ》も一度に晴れて、かれの胸は今夜の大空のやうに明るく澄み渡つて来た。

「玉藻、どうぢや。皆もあれほどに云うてゐるぞ。お身が先づその短尺《たんざく》に初筆《しよふで》を着けいでは……。予が披講《ひこう》する。早《はよ》う書け」

玉藻はやはり打傾《うちかたむ》いてゐたが、やがて低い声で上《かみ》の句《く》を口吟《くちずさ》んだ。

宿《やど》すべき池は落葉《おちば》に埋《うず》もれて——

これだけ云つて彼女は急に呼吸《いき》を嚥《の》み込んだ。彼女は逆吊《さかづ》るばかりに眼眦《まなじり》をあげて、衝《つ》と起《た》ち上《あが》つて縁先《えんさき》へする〱と出ると、今までは気が注《つ》かなかつたが、明るい月は俄《にわか》に陰《くも》つて、重い大空はこの世を圧潰《おしつぶ》さうとするかのやうに暗く低く掩《おお》ひかゝつて来た。難題を出して得意でゐた人も、この難題に屈托《くつたく》してゐた人達も、今更のやうに眼を働かせて陰つた大空と暗い広庭とを眺めた。虫も声を潜《ひそ》めたやうにその鳴音《なくね》を立てなかつた。

　玉藻は眼瞬《まじろ》ぎもしないで、だん〱に圧懸《おしかか》つて来るやうな暗い空を屹《きつ》と睨《にら》みつめてゐると、忠通も端近《はしぢか》く出て、尋常《ただ》ならぬ夜の気配をおなじく窺《うかが》つてゐた。

「ほう、やがて夜嵐《よあらし》でも吹き出しさうな。この春の花の宴《うたげ》のゆふべにも、このやうな怪しい空の色を見たよ」

　かれの予言《よげん》は外《はず》れなかつた。弱い稲妻が彼の直衣《のうし》の袂《たもと》を青白く染めて走つたかと思ふと、庭中の草や木を一度に揺《ゆす》つて、おびたゞしい嵐がどつと吹き巻いて来た。大きい屋形は地震《ない》ふるやうにぐら〱と揺《ゆ》れるので、忠通は危《あやう》く倒れかゝつて玉藻の手を把《と》つた。

「物怪《もののけ》の仕業《しわざ》であらうも知れぬ。端近《はしぢこ》う出てゐて過失《あやまち》すな」

　引き立てられて、玉藻はよろめきながら元の座に戻つた。しかも彼女は何物かを恐れるやうに、蒼ざめた顔を両袖に埋《うず》めてそこに俯伏《うつふ》してしまつた。夜嵐《よあらし》は一《ひ》としきりで歇《や》んだらしい。それでも暗い空はいよ〱落ちかゝつて来て、なにかの怪異《あやかし》がこの屋形の棟の上に襲つて来るかとも怪まれた。

「侍《さむらい》やある。早うまゐれ」と、忠通は高い声で呼び立てた。

立つた。

宿直《とのい》の侍どもは庭伝ひにばら〳〵と駈けあつまつて来た。そのなかでも近頃筑紫《つくし》から召し上《のぼ》された熊武《くまたけ》といふ強力《ごうりき》の侍が、大きい鉞《まさかり》を掻い込んで庭先にうづくまつたのが眼に

「すさまじい夜のさまぢや、警固を怠《おこた》るな」と、忠通は云つた。

女達は身を固くして一つ所に寄り集《こぞ》つて、誰《たれ》も声を出す者はなかつた。それを脅《おびや》かす稲妻が又走つて、座敷の燈火《ともしび》を奪ふやうに四辺《あたり》を明るくさせた。と思ふと、云ひ知れない一種の怪しい匂ひ、たとへば女の黒髪を燃《もや》したやうな怪しい匂ひがどこからとも無しに湧き出して、無言の人々の鼻に泌《し》みた。

「あ、玉藻の御は……」と、熊武は床《ゆか》の下から伸び上つて叫んだ。

玉藻は毒薬を飲んだやうに身を顫《ふる》はせて苦しんでゐるのであつた。彼女の長い髪は幾千匹の長蛇《くちなわ》が怒《いか》つたやうに逆立《さかだ》つて乱れ狂つてゐた。忠通もおどろいて声をかけた。

「玉藻。左《さ》のみは恐るゝな。予《よ》もこれに居《お》る。強力《ごうりき》の者共もそこらに控《ひか》へて居《お》るぞ」

彼女はなんとも答へなかつた。いや、答へることが出来ないのかも知れなかつた。彼女は骨も肉も焼け爛《ただ》れてゆくかとばかりに、左《さ》も苦しげに身を藻掻《もが》いて、再び顔を擡《もた》げようともしなかつた。

「玉藻、玉藻」と、忠通は又呼んだ。

夜嵐が又どつと吹きおろして来て、座敷の燈火《ともしび》も侍共の松明《たいまつ》も一度に打消されたかと

思ふと、玉藻の苦しみ悶《もだ》えてゐる身のうちから怪しい光が迸《ほとばし》出つて輝いた。それは花の宴《うたげ》の夕《ゆうべ》にみせられた不思議と些《ちつ》とも変らなかつた。その光のなかに玉藻は矗《すつく》然と起《た》ち上つた。おどろに乱れた髪のあひだから現れた彼女の顔の悽愴《ものすご》さ——忠通は思はず悚《ぞつ》然として眼を伏せると、彼女は裊《しな》やかな肩に大きい波を打たせて、燃えるやうな仄白《ほのじろ》い息を吐きながら、あたりを凄《すさ》まじく睨《ね》めまはして縁先《えんさき》へよろ〳〵と蹌踉《よろめ》き出た。筑紫育ちの熊武はまさしく彼女を魔性の者と見て、猶予《ゆうよ》なく鉞《まさかり》を取り直して縁《えん》のあがり段に片足踏みかけると、その一刹那《いつせつな》である。彼を盲にするやうな強い稲妻が颯《さつ》と閃《ひらめ》いて来て、彼のすがたは鷲《わし》に掴まれた温《ぬく》め鳥《どり》のやうに宙へ高く引揚げられた。

世はむかしの常闇《とこやみ》に復《かえ》つたかと思はれるばかりに真暗《まつくら》になつて、大地は霹靂《はたたがみ》に撃《うた》れたやうにめり〳〵と震動した。忠通も眼が眩《くら》んで俯伏《うつふ》した。女達は呼吸《いき》が詰《つ》まつて気を失つた。侍共も顔を掩《おお》つて地に伏してゐると、黒い雲の上から庭先へ真逆《まつさか》さまに投げ落されたのは彼《か》の熊武《くまたけ》の亡骸《なきがら》であつた。その身体《からだ》は両股《りようもも》のあひだから二つに引裂《ひきさ》かれてゐた。

この怪異《かいい》に脅《おびや》かされた人達が初めて蘇生《いきかえ》つたやうに呼吸《いき》をついたのは、それから小半晌《こはんとき》の後《のち》であつた。松明《たいまつ》は再び照されて、熊武のおそろしい死骸を諸人の眼前に晒《さら》したときに、気の弱い女達は再び気を失つたのもあつた。忠通も唖のやうになつて少時《しばらく》は声も出なかつた。玉藻の姿はどこへか消え失《う》せてしまつた。

「宇治の左大臣殿お使《つかい》でござる」

早馬《はやうま》で屋形の門前へ乗付けたのは、頼長の家来の藤内《とうない》兵衛《ひようえ》遠光《とおみつ》であつた。彼は玉藻の様子を見とゞけるために、山科からすぐに都《みやこ》へ馳《は》せ付けたのである。かれは忠通の前に召《め》出《だ》されて、けふの祈禱《いのり》の結果を報告すると、重ね〴〵の怪異におどろかされて、忠通も大《おお》息《いき》を吐《つ》いた。

「ほう、その古塚は二つに裂《さ》けたか。して、塚の底には何物が埋《うず》められてあつたぞ」

「人の骨、鏡《かがみ》、剣《つるぎ》、曲玉《まがたま》のたぐひ、それ等は一つも見付かりませぬ。たゞ一つ素焼《すやき》の壺《つぼ》があらはれました」と、遠光は説明した。

「素焼の壺……」

「打砕《うちくだ》いて検《あらた》めましたら、そのなかには一束《ひとたば》の長い

た。

黒髪が秘めてござりました」

「女子《おなご》のか」

「勿論のことでござりまする。泰親はその黒髪を火に焼いて、更に秘密の祈禱《いのり》を試みました」

「ほう、それか」と、忠通は思ひ当つたやうに首肯《うなず》いた。「その黒髪の焼失《やけう》すると共に、玉藻の形も消え失《う》せたのであらうよ」

その時には雲もだん〳〵に剝《に》げて来て、陰《くも》つた大空には秋の星が二つ三つ燦《きらめ》き出してゐた。

二

玉藻のゆくへは無論に判らなかつた。恐らく彼女は熊武《くまたけ》を引つ摑んで虚空《こくう》遥かに飛び去つたのであらう。いづれにしても魔女は姿を隠したのであるから、頼長の一党は勝鬨《かちどき》をあげて祝つた。安倍泰親《あべのやすちか》は妖魔を退散せしめた稀代《きたい》の功《こう》によつて従三位《じゆさんみ》に叙せられた。

「泰親もこれで務《つとめ》を果したわ」

彼は初めて鏡にむかつて、俄《にわか》に鬢鬚《びんひげ》の白くなつたのに驚いた。しかも彼に取つては一代《いちだい》の面目《めんぼく》、末代《まつだい》の名誉《めいよ》である。今まで閉ぢられた屋敷の門は、その明日《あした》から大きく開かれて、祝儀の人々が門前に群がつて来た。

その賑々《にぎにぎ》しい屋敷の内に唯《ただ》ひとり打沈んでゐる若い男があつた。それは千枝太郎泰清《ちえたろうやすきよ》である。彼は当日の朝から俄《にわか》に胸苦《むなぐる》しいのを努めて、祈禱《いのり》の供に加《くわ》はつた。祈禱《いのり》が終ると、彼はもう魂がぬけたやうに疲れ果てゝしまつた。あくる日もやはり胸が一杯に塞《ふさ》がつてゐるやうで、湯も喉《のど》へは通らなかつた。

「張詰めた気が弛《ゆる》んだせゐぢや。おちついて少し休息せい」と、兄弟子の泰忠《やすただ》が親切に勦《いた》はつてくれた。張詰めた気が弛む――どうもそればかりでは無いらしく彼自身には思はれてならなかつた。

悪魔が形を消した――それは勿論喜ばしいことに相違なかつたが、それと同時に藻《みくず》といふ美しい女の形がこの世界から全《まった》く消え失せてしまつたと云ふことが、千枝太郎には悲しく思はれた。かうなると、たとひ悪魔の精を宿《やど》してゐるにもせよ、藻といふ女の姿をもう少し此世《このよ》にとゞめて置きたかつた。彼は俄《にわか》に藻《みくず》が恋しくなつた。世の禍《わざわい》を鎮《しず》めるためとは云ひながら、彼は古塚の秘密をみだりに兄弟子に口走《くちばし》つたのを今更悔むやうな気にもなつた。それは愚《おろか》であると知りながらも、彼はやはり藻《みくず》が恋しかつた。その形を仮りてゐた玉藻が恋しかつた。

この埒《らち》もない心の悩みを癒《いや》すために、彼は三浦の娘をたづねようと思ひ立つた。祈禱《いのり》から三日目の午《ひる》すぎに、千枝太郎は七条へ忍んで行つて三浦の宿所の門前《もんぜん》に立つと、彼は小《こ》源二《げんじ》から思ひも寄らない報告をうけ取つた。

「お身はまだ知らぬか。衣笠殿《きぬがさどの》は一昨日《おととい》の夜《よ》に空《むな》しくなられた」

「衣笠どのが亡《う》せられた……」

千枝太郎は声も出ないほどに驚いた。小源二の話によると、祈禱《いのり》の夜《よ》の亥《い》の刻頃《こくごろ》、泰親が彼《か》の黒髪を火に燃やしたと恰《あたか》もおなじ頃に、彼女は暴《にわか》にこの世を去つたと云ふのであつた。屋敷中の男どもはみな主人の供をして山科郷へと向つてゐた留守であるから、詳しいことは確《たしか》にわからないが、そのとき彼《か》の怪《あや》しい上臈《じょうろう》が再び庭先に姿をあらはしたと侍女《こしもと》どもは囁《ささや》いてゐた。

「ぢやに因《よ》つて、われ等が案ずるには、彼《か》の玉藻めが殿様《とのさま》のお留守を窺《うかが》つて、衣笠殿に祟《たた》つたのではあるまいか。彼女《かれ》めが正体を顕《あらわ》して飛び去るときに、憎《にく》いと思ふものを憑殺《とりころ》してゆく。それは左《さ》もありげなことぢやが、なぜそれほどに衣笠どのに執念《しゅうね》く禍《わざわい》するか、それが判らぬ。殿様以《もっ》てのほかの御愁傷《ごしゅうしょう》で、よその見る目もお傷《いた》はしい。かうと知らば大切の孫娘をわざ〳〵都《みやこ》までは連れまいものをとの御悔《おんくや》みも、さら〳〵御無理とは思はれぬよ」と、小源二もさすがに鼻をつまらせて語つた。

千枝太郎は新しい悲しみに囚《とら》はれた。玉藻がなぜ衣笠の命を奪《うば》つて行つたか、それは誰《たれ》にも判らう筈はないが、彼には思ひ当ることが無いでもなかつた。玉藻のおそろしい嫉妬《ねたみ》――それが禍《わざわい》の本《もと》であるらしく思はれてならなかつた。三浦介が孫娘を連れて来たのを悔むとは又違つた意味で、彼は三浦の宿所《しゆくしよ》へ出入りしたのを切《しき》りに悔んだ。かれは祈禱《いのり》の前夜の怪しい夢を今更のやうに思ひ出した。

「思へばほんにお傷《いた》はしいことぢや」と、千枝太郎も湿《うる》んだ眼瞼《まぶた》をしばたゝいた。「方々《かたがた》の御心中《ごしんちゆう》もお察し申す。われ等《ら》がお悔《くや》み申上ぐると、三浦の殿にもよろしうお取次ぎくだされ」

小源二にわかれて、彼は暗い心持で土御門の屋敷に帰つた。それでも日を経《ふ》るにしたがつて、彼の元気もだん〳〵に回復して来た。師匠やほかの弟子達の晴やかな顔を見てゐると、彼の結《むす》ぼれたやうな胸もおのづと開けて来た。十日ほどの後《のち》に、かれは師匠の許可《ゆるし》を得て山科へゆくと、叔父も叔母も彼の手柄を喜んでくれた。それと同時に、彼はこゝでも思ひも寄らない話を聞かされた。

「お前の久しい馴染《なじみ》であつた陶器師《すえものつくり》の翁《おきな》が俄《にわか》に死んだよ」と、叔父は気の毒さうに囁《ささや》いた。

「おゝ、あの翁《おきな》が死んだかよ」と、千枝太郎は又驚かされた。

「丁度あの祈禱《いのり》の明《あく》る朝であつた。いつも早起きのあの翁が日の高《たこ》うなるまで戸をあけぬのを不審がつて、近所のものが戸の隙間から窃《そつ》と覗いてみたら、翁は紙衾《かみぶすま》から半身這ひ出して、両手に空《くう》をつかんだまゝで……。あゝ、善《よ》い人であつたがなう」

「ほんに善《よ》い人であつたがなう」と、千枝太郎も鸚鵡返《おうむがえ》しに云つて、深い嘆息《ためいき》をついた。

古塚へ夜まゐりの女をみたといふ彌五六は、何物にか喉《のど》を食ひ裂かれて死んだ。それを千枝太郎に教へた陶器師の翁も三浦の孫娘とおなじ夜《よ》に死んだ。それ等を一々思ひあはせると、彼は一種の強い恐怖に襲はれた。玉藻といふ女を中心にして、色々の悲哀と恐怖とが再び千枝太郎の胸に重い石を置いた。かれは翁の墓に一束《ひとたば》の草花《くさばな》をそなへて帰つた。

あくる月のはじめである。野州《やしゆう》の那須《なす》の住人那須八郎宗重《なすのはちろうむねしげ》から早馬《はやうま》で都《みやこ》へ注進《ちゆうしん》して来た。それは九月のなかばから白面金毛九尾《はくめんきんもうきゆうび》の狐《きつね》が那須の篠原《しのはら》にあらはれて、往来の旅人を取喰《とりくら》ふは勿論、あたりの在家《ざいけ》をおびやかして見当《みあた》り次第に人畜《じんちく》を屠《ほふ》り尽《つく》すので、宗重は早速に自分の人数《にんず》を駆りあつめて幾たびか狐狩を催《もよお》したが、神通自在《じんつうじざい》の妖獣はこゝに隠れ彼処《かしこ》にあらはれて、どうしても彼等の手には負へないので、結局それを上聞《じようぶん》に達すると云ふのであつた。頼長はすぐに泰親を召して占《うらな》はせると、その金毛九尾の妖獣はまさしく玉藻の真《まこと》の姿であることが判つた。玉藻は東国《とうごく》へ遠く飛び去つて、那須野《なすの》が原《はら》をその隠《かく》れ家《が》としてゐるのであつた。

「おそらく宗重一人《いちにん》の力では及び申すまい。それがしは都《みやこ》にあつて再び調伏《ちようぶく》をこゝろみ申す間《あいだ》、源平《げんぺい》両家の武士のうちより然《しか》るべき者どもを東国へ下され、宗重に力をあはせて悪獣退治の御計《おんはか》らひ然《しか》るべう存じまする」と、泰親は申上げた。

玉藻の正体があらはれてから、関白忠通は世間に面目《めんぼく》を失つた。大納言師道《もろみち》も病気と申立て、官職を辞した。ことに忠通は魔性の者にたぶらかされて、彼女を采女《うねめ》に申勧《もうしすす》めたのであるから、その責任はいよ〳〵重大であつた。かれも関白の職を去つて桂《かつら》の里《さと》の山荘に引籠《ひきこも》ることになつた。したがつて当時の殿上《でんじよう》は頼長の支配である。頼長は泰親の意見を容《い》れて、源平両家の武士のうちから然るべきものを萃《すぐ》り出さうとしてゐると、それを洩《も》れ聞いて、第一に願ひ出たのは三浦介義明《みうらのすけよしあきら》であつた。

三浦は東国の生まれである。老年ではあるが、弓矢の業《わざ》にも長《た》けてゐる。ことに彼は最愛の孫娘を悪魔の手に奪はれてゐる。それ等の事情をかんがへて、殿上の議論も彼を選《えら》むことに一致した。頼長は彼一人《いちにん》に命ずる積《つも》りであつたが、源平両家がならび立つてゐる以上、源氏《げんじ》の三浦に対して平家《へいけ》からも相当の武士一人《いちにん》を選《えら》み出さなければ権衡《けんこう》をうしなふといふ議論が勝《かち》を占めて、平家からは上総介広常《かずさのすけひろつね》を選《えら》むことになつた。広常はまだ二十五歳で、これも東国の生まれであつた。

三浦上総《みうらかずさ》の両介《りようすけ》はすぐに仕度を整へて東国に走《は》せ下つた。泰親はかさねて屋敷のうちに調伏《ちようぶく》の壇をしつらへた。泰忠その他の弟子達も壇にのぼる人になつた。千枝太郎も無論その一人《いちにん》に加へられたが、彼は不思議に魂が弛《ゆる》んで、どうしても今までのやうな張詰《はりつ》めた気分になれなかつた。彼は日々の儼《おごそ》かな祈禱《いのり》に倦《う》んで来た。

十月もやがて終りに近い日である。都《みやこ》には今年の冬が俄《にわか》に押寄せたやうに、陰《くも》つた底寒い日が幾日もつゞいて、今朝《けさ》はめづらしく青々した空をみせたかと思ふと、どこからか忽ちに時雨雲《しぐれぐも》を運び出して、大粒の霰《あられ》がはら〳〵と落ちて来た。那須の篠原に狩り暮らしてゐる三浦上総の小手《こて》の上にも斯《こ》うした霰《あられ》がたばしつてゐるかと千枝太郎は遠く思ひ遣つた。

さうして、やがては彼等の矢鏃《やじり》に貫《つらぬ》かれなければならない玉藻の運命をも思ひ遣つた。かうした考慮《かんがえ》に心を迷はせてゐる間に、かれの祈禱《いのり》はおのづと等閑《おろそか》になつた。その懈怠《おこたり》がすぐに師匠の眼についた。

「千枝太郎。けふは大事の日ぢや。おのれはならぬ。下《さが》れ」

泰親は激しく彼を叱りつけて、祈禱《いのり》の壇から追ひ落した。さうして泰藤《やすふじ》といふ他《ほか》の弟子に代《かわ》らせた。その日の未《ひつじ》の刻《こく》(午後二時)である。泰親に四人の弟子達から青、黄、赤、黒の幣《へい》を取りあつめ、自分の持つてゐた白い幣とを一つに束《つか》ねて、壇を降《くだ》つて縁先《えんさき》に出た。折から音を立てゝ降つて来た霰《あられ》のなかに、彼は東国の空を仰《あお》いで五色《ごしき》の幣《へい》を一度に投げあげると、四つの幣は宙を舞つて元の庭に落ちたが、唯ひとつの白い幣はさながら白い鳥の飛ぶやうに、高い空をどこまでも走つて行つた。泰親は躍《おど》りあがつて其《そ》のゆくへを見送つた。

「あの幣《へい》の落つるところに妖魔は確《たしか》に封じられた」

恰《あたか》もこの日の此時《この》刻である。三浦と上総とは霰のなかで那須の篠原を狩立てゝ、金毛《きんもう》の狐を射倒したのであつた。三浦の黒い矢は狐の頸筋《くびすじ》を射た。上総の白い矢は狐の脇腹《わきばら》を射た。その注進《ちゆうしん》はわづかに五日の後《のち》、早馬を以て都に伝へられた。

播磨守泰親は再び面目《めんぼく》を施《ほどこ》した。しかし重ね〴〵の心労で、彼はその後十日ばかりは病《やまい》の床《とこ》についた。その間《あいだ》のある夕《ゆうべ》に千枝太郎は看病の枕もとを抜け出して行方《ゆくえ》が知れなかつた。病が癒《い》えてから泰親はそれを知つて、嘆息《ためいき》をつきながら弟子達に云ひ聞かせた。

「彼はおそらく那須野《なすの》へさまよつて行つたのであらう。所詮かれの面《おもて》に怪異《あやかし》の相《そう》は消えぬ。救はうとしても救はれまい。これも逃《のが》れぬ宿世《すくせ》の業《ごう》ぢや」

弟子達ももう彼のゆくへを探さうとはしなかつた。

三

「その狐は顔だけが雪のやうに白うて、胴体や四足《しそく》の毛は黄金《こがね》のやうに輝いて、しかも其《その》尾《お》は九つに裂《さ》けてゐたさうな」

四十前後の旅人は額を皺《しわ》めて怖ろしさうに語つた。それを黙つて聴いてゐる若い旅人は千枝太郎であつた。それを語つてゐる旅人は陸奥《みちのく》から戻つて来た金売《かねうり》の商人《あきうど》であつた。大きい利根川《とねがわ》の水もこの頃《ごろ》は冬に痩せて、限りもない河原の石が青い空の下に白く光つてゐた。ふたりの旅人はその石に腰をかけて、白昼《まひる》の暖かい日影を背《せな》に負《お》ひながら列《なら》び合つてゐた。

「それほどの狐であつたら、容易に狩り出されさうもないものぢやに……」と、千枝太郎は独語《ひとりごと》のやうに云つた。

「なんでも七日《なぬか》あまりはその隠れ場所も知れなんだが、朝から折々に陰《くも》つて大きい霰《あられ》が降《ふ》つて来た日の午過《ひるす》ぎぢや」と、金売《かねうり》の商人は語りつゞけた。「どこからとも知れずに一本の白い幣束《へいそく》が宙を飛んで来て、薄叢《すすきむら》の深いところに落ちたかと思ふと、人も馬も吹倒《ふきたお》すやうな怖ろしい風がどつと吹き出して、その薄叢《すすきむら》の奥から彼《か》の狐があらはれた。それを三浦と上総の両介殿《りようすけどの》が追ひ縋《すが》つて、犬追物《いぬおうもの》のやうにして射倒されたと云ふことぢやが、その執念《しゆうねん》は怖ろしい。その弓に射られて倒れたかと思ふと、その狐の形は忽《たちま》ちに大きい石になつたさうな」

「石になつた……」と、千枝太郎は眼をみはつた。

「おゝ、不思議な形の石になつた」と、旅商人《たびあきうど》は首肯《うなず》いた。「いや、そればかりでない。その石のほとりに近寄るものは人も忽ちに眼が眩《ま》うて倒れる。獣もすぐに斃《たお》れる。空飛ぶ鳥ですらも其上を通れば死んで落つる」

「それは定《じよう》か。まことの事か」

「何《なん》でいつはりを云はうぞ。わたしは彼《か》の地を通り過ぎて土地の人から詳《くわ》しう聞いて来たのぢや。石は殺生石《せつしようせき》と恐れられて、誰《たれ》も近寄らうとはせぬほどに、そのあたりには人の死屍《しかばね》や、獣《けもの》の骨や、鳥の翅《つばさ》や、それが堆高《うずたか》く積み重なつて、まるで怖ろしい墓場の有様《ありさま》ぢやといふ。お身も陸奥《みちのく》へ旅するならば、心して那須野が原を通られい。忘れてもその殺生石のほとりへ近寄つてはならぬぞ」

「そのやうな怖ろしい話はわしも初めて聞いた」と、千枝太郎は深い考慮《かんがえ》に沈みながら云つた。「ではその石に魂《たましい》が残つてゐるのかなう」

「おそろしい執念《しゅうねん》が宿《やど》つてゐるのぢや。どの人も皆《みな》さう云うてゐる。旅に馴れた私ですらもその話を聞くと身毛《みのけ》が悚立《よだつ》て、傍眼《わきめ》も振らずに駈けぬけて通つて来た。お身たちは年が若いで、物珍しさにその殺生石のそばへなど迂濶に近寄らうも知れぬが、それは命が二つある人のすることぢや。わしの意見を忘れまいぞ」

その親切な意見も耳に沁みないやうに、千枝太郎は大きい眼をかゞやかして川向ふの空を眺めてゐた。師匠の泰親が見透《みとお》した通り、彼は都《みやこ》の屋敷をぬけ出して、この東国《とうごく》まで遥々《はるばる》とさまよひ下《くだ》つたのであつた。なんのために此処《ここ》までたづねて来たか。彼は玉藻が魔女であることをよく知つてゐた。彼はもうそれを疑《うたが》ふ余地はなかつた。異国から飛び渡つた金毛九尾の悪獣が藻《みくず》といふ少女《おとめ》の身体《からだ》を仮りて、世に禍《わざわい》をなさうとしたのを、師匠の泰親に祈り伏せられて、三浦と上総とに射留められたのである。それを一切《いっさい》承知してゐながらも、彼はやはり昔《むかし》の藻《みくず》が恋しかつた。今の玉藻《たまも》が慕《した》はしかつた。

魔女でもよい、悪獣でも好《よ》い。せめてその死場所を一度たづねて見たい。――かうした思ひに堪え切れないで、彼は師匠の家《いえ》をたうとう迷ひ出た。寂しい一人旅の日数《ひかず》も積《つも》つて、茅萱《ちかや》の繁つた武蔵《むさし》の里《さと》をゆき尽して、利根《とね》の河原に辿り着いたときに、彼は陸奥《みちのく》から帰る金売《かねうり》の商人《あきうど》に遇《あ》つて、那須野の怪しい物語を聞かされたのであつた。しかし彼の心はその奇怪に驚かされるよりも、寧《むし》ろ一種の心強い感じに支配されてゐた。玉藻は空《むな》しくほろび失《う》せても、その魂は石に宿つて生けるやうに残つてゐる。それが事実である以上、彼は際涯《はてし》も知れない那須野が原にさまよつて、そことも分《わか》らない玉藻の死場所をあさり歩くには及ばない。彼女の魂のありかは確《たし》かにそこと見極められたのである。千枝太郎はわざわざたづねて来た甲斐があつたやうに嬉しく感じた。

「色々のお心添《こころぞ》へ忝《かたじけ》なうござつた」

彼はこゝで都へ帰る商人《あきうど》にわかれた。さうして、再び北へ向つて急いで行つた。それから幾日の後《のち》に野州の土を踏んで、土地の人に訊いてみると、殺生石の噂は嘘でなかつた。彼はわざと真夜中を撰《えら》んで、那須野の奥へ忍んで行つた。

十一月なかばの夜《よる》も更《ふ》けて、見果てもない那須の篠原には雪のやうに深い霜が降つてゐた。凄愴《ものすご》いほどに高く冴え渡つた冬の月が、その霜《しも》に埋《うず》められた枯薄《かれすすき》を無数の折れた剣《つるぎ》のやうに燦《きらめ》かせてゐるばかりで、そこには鳥の啼《な》く声もきこえなかつた。獣《けもの》の迷ふ影も見えなかつた。野州から陸奥《みちのく》につゞく大きい平原は、大きい夜の底に墓場のやうに静《しずか》に眠つてゐた。

事実に於《おい》て、そこは怖ろしい墓場であつた。金売《かねうり》の商人《あきうど》が話した通りに、原の奥には大きい奇怪な石が横たはつて、そのあたりには無数の骨や羽が累々《るいるい》と積《つ》み重《かさな》つてゐた。千枝太郎は笠の檐《のき》も隠されるほどの高い枯薄《かれすすき》を泳ぐやうに掻きわけて、そこらに堆高《うずたか》い骸骨《がいこつ》の山を踏み越えながら、やうやうのことでその石と向ひ合つて立つた。風のない夜で、かれを取巻いてゐる薄《すすき》も茅萱《ちがや》もそよりとも動かなかつた。石も動かなかつた。

千枝太郎は玉藻のたましひを宿した其石を月明りでしばらく眺《なが》めてゐた。彼は玉藻のために後世《ごせ》を祈らうとも思つてゐなかつた。畜生《ちくしやう》にむかつて菩提心《ぼだいしん》を発《おこ》せと勧《すす》めようとも思つてゐなかつた。彼は唯《ただ》、藻《みくず》と玉藻《たまも》とを一つにあつめた其《その》魔女が恋しいのである。石をぢつと見つめてゐる彼の眼からは禁《とど》め難《がた》い涙がはら〳〵と零《こぼ》れた。彼は堪《たま》らなくなつて、石にむかつて呼んだ。

「藻よ。玉藻よ。千枝太郎ぢや」

石は彼の思ひなしか、それに応《こた》へるやうにゆら〳〵と揺《ゆら》ぎはじめた。彼はつゞけて呼んでみた。

「藻よ。玉藻よ……。千枝太郎がたづねて来たぞ」

石は又ゆらめいた。さうして、一人《ひとり》の艶《あで》やかな上臈《じようろう》の立姿がまぼろしのやうに浮き出して来た。柳《やなぎ》の五《いつ》つ衣《ぎぬ》に紅《くれない》の袴《はかま》をはいて、唐衣《からごろも》をかさねた彼女の姿は、見おぼえのある玉藻であつた。

「千枝太郎どの、ようぞ訪ねて来てくだされた。そのこゝろざしの嬉《うれ》しさに、再び昔の形を見せまする」

寒月《かんげつ》に照らされた彼女の顔はむかしのやうに光り輝いてゐた。千枝太郎は夢心地で走り寄らうとするのを、彼女は檜扇《ひおうぎ》で払ひ退《の》けるやうに遮《さえぎ》つた。

「それほどのこゝろざしがあるならば、なぜ今までにわたしの親切を仇《あだ》にして、御師匠様の味方をせられた。又一時《ひととき》なりとも三浦の娘に心を移《うつ》された。それが憎い、怨《うら》めしい。今更なんぼう恋しう思はれても、お前とわたしとの間には大きい関《せき》が据《す》ゑられた。寄らうとしても寄られませぬぞ」

「それはわしの過失《あやまち》ぢや。免《ゆる》してたもれ」と、千枝太郎は枯草《かれくさ》の霜《しも》に身をなげ伏して泣いた。「今までお身を疑《うたご》ふたはわしの過失《あやまち》ぢや。お身を恐《おそ》れたは猶更《なおさら》のあやまちぢや。魔女でも鬼女《きじよ》でも畜生《ちくしやう》でも、なつかしいと思ふたら疑《うたが》はぬ筈、恋しいと思ふたら恐《おそ》れぬ筈《はず》。それを疑ひ、それを恐れて、仇《あだ》に月日を過したばかりか、お師匠様に味方してお身をかたきと呪《のろ》ふたは、千枝太郎が一生の過失《あやまち》ぢや。この通りに詫《わ》ぶる。堪《こら》えてたもれ」

　彼は早く悪魔の味方にならなかつたことを今更に悔《くや》んだ。悪魔と恋して、悪魔の味方になつて、悪魔と倶《とも》にほろびるのが寧《むし》ろ自分の本望《ほんもう》であつたものをと、彼は膝《ひざ》に折《お》り敷《し》いた枯草《かれくさ》を掻《か》きむしつて、遣瀬《やるせ》もない悔恨《かいこん》の涙《なみだ》に咽《むせ》んだ。その熱い涙の玉の光るのを、玉藻はぢつと眺《なが》めてゐたが、やがて優しい声で云つた。

「お前はそれほどにわたしが恋しいか。人間を捨てゝもわたしと一緒に棲みたいか」

「お、、一緒に棲《す》むところあれば、魔道へでも地獄へも屹《きつ》とゆく」と、彼は堪《た》えられない情熱に燃える眼を輝《かがや》かして云つた。

玉藻は美しく笑つた。彼女は徐《しず》かに扇《おうぎ》をあげて、自分の前にひざまづいてゐる男を招いた。

　一人の若い旅人が殺生石《せつしようせき》を枕《まくら》にして倒れてゐるのを、幾日かの後《のち》に発見した者があつた。その旅人は微笑《びしよう》を含みながら平和の永い眠《ねむり》に就いてゐるらしかつた。しかし怖ろしい墓場へ踏み込んで、その亡骸《なきがら》を取片附《とりかたづ》ける者もなかつたので、彼はそのまゝにいつまでも捨て、置かれた。そのうちに寒い冬が奥州の北から押寄せて来て、那須野が原も一面の雪の底に埋《うず》められた。あくる年の春が来て、殺生石は雪の底から再びその奇怪な形をだん〳〵に露《あら》はしたが、旅人の姿はもう見えなかつた。彼は融《と》ける雪と共に消えてしまつたのかも知れない。

　それから十年と経《た》たないうちに、都《みやこ》には二度の大きい禍《わざわい》が起つて、みやこは焚《や》かれた。大勢の人は草を薙《な》ぐやうに斬《き》り殺された。保元《ほうげん》と平治《へいじ》の乱である。しかも古来の歴史家は、この両度《りようど》の大乱《たいらん》の暗いかげに魔女の呪詛《のろい》の附絆《つきまつ》はつてゐることを見逃《みのが》してゐるらしい。

玉藻をほろぼした頼長は保元の乱の張本人となつて、主《ぬし》の知れない流れ矢に射《い》られた。

　信西入道《しんぜいにゆうどう》は飽《あく》までも狡獪《こうかい》なる態度を取つて、前度の乱には恙《つつが》なく逃《のが》れたが、後《のち》の平治の乱には彼が正面の敵と目指《めざ》された。かれは逃れない運命を観《かん》じて、みづから土の中に生《いき》埋《う》めとなつたのを、再び敵に掘り出されて、その老いたる法師首《ほうしくび》を獄門《ごくもん》にかけられた。玉藻のかたきは斯《こ》うしてみな酷《むご》たらしく亡《ほろ》ぼされてしまつた。忠通は法性寺《ほうしようじ》にかくれて剃《てい》髪《はっ》した。泰親《やすちか》だけは無事で子孫繁昌《はんじょう》した。

那須野の殺生石が玄翁和尚《げんおうおしょう》の一喝《いっかつ》によって砕《くだ》かれたのは、それから百年の後《のち》であったと伝へられてゐる。

附録

狐武者

一

太平記第十一の巻《まき》にかういふ記事がある。

（上略《じょうりゃく》）――主上《しゆじょう》いまだ船上《ふなのうえ》に御座ありしとき少弐《しょうに》入道妙慧《にゅうどうみょうえ》、大伴《おおとも》入道具簡《ぐかん》、菊池《きくち》入道寂阿《じゃくあ》、三人同心《どうしん》して、御方《みかた》にまゐるべき由《よし》を申し入れける間《あいだ》、すなはち綸旨《りんし》に錦《にしき》の御旗《みはた》をそへてぞ下されける。その企《くわだ》てかれら三人が心中《しんちゅう》に秘して、いまだ色に出《いだ》さずといへども、さすがに隠れなかりければ、この事やがて探題英時《たんだいひでとき》――九州の探題、北条英時である。――が方《かた》へきこえければ、英時、かれらが野心の実否《じっぴ》をよく〳〵窺《うかが》ひ見んために、先《ま》づ菊池入道寂阿を博多へぞ呼びける。

　菊池、この使《つかい》に肝《きも》ついて、これはいかさま彼《か》の陰謀露顕《ろけん》して、われらを討たんためにぞ呼び給《たま》ふらん。さらんに於《お》ては、人に先《さき》をせられては叶《かな》ふまじ。こよひより遮《さえぎ》つて博多へ押寄《おしよ》せて、覿面《てきめん》に勝負を決せんと思ひければ、かねての約諾《やくだく》にまかせて、少弐大伴が方《かた》へ触れ遣《つか》はしけるところに、大伴、天下の落居《らつきよ》いまだ如何《いか》なるべしとも見定《みさだ》めざりければ、分明《ぶんみやう》の返事におよばず。少弐は又、そのころ京都の合戦《かつせん》に、六波羅《ろくはら》毎度勝《かち》に乗る由《よし》きこえければ、おのれが咎《とが》を補《おぎな》はんとや思ひけん、日ごろの約を変じて菊池が使《つかい》八幡《やはた》彌四郎《やしろう》宗安《むねやす》を討つて、その首を採題の方《かた》へぞ出《いだ》したりける。——（下略《げりやく》）

その時のことである。委《くわ》しく云へば、元弘《げんこう》三年三月のはじめの夕暮に、馬上の侍《さむらい》二騎と従《かち》のもの五人が筑後川《ちくごがわ》のほとりに差しかゝつた。かれらは肥後《ひご》の菊池から太宰府《だざいふ》の少弐の屋形《やかた》へ出向いて行《ゆ》く使者の一行《いつこう》であつた。交通不便のこの時代に、菊池が本城としてゐる肥後国《ひごのくに》菊池郡《ごおり》の隈府《わいふ》から筑前《ちくぜん》の太宰府まで行《ゆ》き着くには、そのあひだに筑後の国が横《よこた》はつてゐて、真直《まつすぐ》にその一国を突きぬけて通らなければならないのであるから、その道中は容易でない。その筑後の国に入込《いりこ》んでかれらは急ぎに急いで二日目の夕方、やうやくこの川端《かわはた》まで辿り着いたのであつた。

騎馬の侍は彼《か》の八幡彌四郎宗安と真木小次郎重治《まきこじろうしげはる》のふたりで、彌四郎は三十五六、小次郎はまだ十八の若者であつた。大河《たいが》を前にひかへて、一行はしばらくそこに休息してゐるあひだに、小次郎は大きい櫨《はじ》の木のかげに彌四郎をまねいて囁《ささや》いた。

「彌四郎どの。この河を渡らせられるか」

彌四郎は不思議さうな眼をして、小次郎の顔をぢつと視た。渡るも渡らないも問題ではない。この河を渡らなければ、太宰府への使《つかい》の役目は果《はた》されないのである。かれはすぐに答へた。

「勿論《もちろん》のことぢや。それが何《なん》とした」

「併《しか》しそれがしの考へまするには……」と、小次郎はやゝ躊躇《ちゆうちよ》しながら云つた。「今度のお使《つかい》、どうも首尾《しゆび》好《よ》ささうには思はれませぬが……」

「それは判《わか》らぬ」と、彌四郎はうなづいた。「このごろの人心《ひとごころ》、まして少弐はその日その日の風向《かざむ》きで心の変《かわ》る奴、味方に取つてあまりに頼《たの》もしいとは思はれぬが、兎《と》もかくも領分は広い、人数《にんず》も沢山に持つてゐる、かれを敵にしては何かに難儀《なんぎ》ぢや。どうでもこのお使を首尾よう相勤《あいつと》めて、かれを味方にたのまねばならぬ。なにを云ふにも今は大事の時節ぢやで……」

「その大事の時節なればこそ、猶々心許《なおなおこころもと》なう存じられます」と、小次郎は考へるやうに云つた。「如何《いかが》でござりませう。いつそこれから引返《ひつかえ》しては……」

「これから引返してなんとする。太宰府へは行《ゆ》かずに戻るといふのか」

「あやまちの無《な》いうちに戻つた方《ほう》が、われ〳〵の為《ため》、第一には殿のお為《ため》ではござりますまいか。かやうなことを申すも如何《いかが》と、実は唯今《ただいま》まで差控《さしひか》へてをりましたが、この河をわたらぬ前に一度お耳に入れて置きたいと存じまして……」と、小次郎は思ひ入つたやうに云ひ出した。「昨夜《さくや》それがしは夢を見ました」

「夢をみた。それはどのやうな夢であつたな」

「昨夜の夢はそれがしの母があらはれて、このたびのお使は凶《きよう》ぢや。油断したら命《いのち》も危《あやう》い。早々《そうそう》に戻れとのことでござりました。いや、かう申したら、武士たるものが泡沫無幻《ほうまつむげん》の夢を信じて——とのお笑ひもござらうが、それがしの母はかねてそれがしの父に申残してわが子が危急の時にはかならず救うて遣《や》るとのことでござりました。昨夜の夢は屹《きつ》とそれであらうと存じられます」

「ふむう」と、彌四郎は首をかしげた。「して、お身《み》の母といふのはもう此世《このよ》には居《お》らぬのか」

「はい」と、小次郎はすこしく声を陰《くも》らせた。

彌四郎はしばらく黙《だま》つて考へてゐた。かれもこの時代の人間であるから、一図にこの夢話《ゆめばなし》を笑はうとはしなかつた。とは云つても、所詮は夢である。大事のお使をうけたまはつて出て来ながら、年のわかい小次郎の夢話に動かされて、途中から空《むな》しく引返《ひつかえ》すなどといふことが出来るわけのものでない。彼はやがて笑ひながら云つた。

「お身の意見も一応もつともぢやが、くどくも云ふ通り、これは大事のお使ぢや。成ると成らぬとは時の運として、兎《と》もかく、太宰府までは行《ゆ》かねばならぬ。われらは武士ぢや。凶《きよう》を恐れてゐては戦場へは出られまい。命を惜《おし》んでゐては武家の奉公はならぬ。さあ、日のくれぬ間《ま》に早《はよ》う渡らう」

かれは腰にしてゐる竹の鞭《むち》を把《と》つてあるき出すと、小次郎は追ひ縋《すが》つて又云つた。

「では、どうでも渡られますか」

「お身がなんと云うても、このまゝでは戻られぬ。それともお身はこれから戻るか」

「いや、お身が押切つて行《ゆ》かるゝと云ふに、それがし一人があとへ戻らう筈はございませぬ。お供申します」

「一緒に行《ゆ》くか。河を渡るか」

ふたりは連れ立つて元の川端へ帰ると、水の上はもう薄暗くなつてゐた。彌四郎は家来《けらい》に云ひつけて渡し船を探させた。


真木小次郎の夢は正夢であつた。この一行《いつこう》が太宰府へゆき着いて、少弐の屋形《やかた》をたづねると、少弐はあつく彼等を款待《もてな》した。彌四郎が使者の口上を述べ、あはせて主人の書状を差出すと、少弐はそれをも快《こころよ》く承諾した。思ひのほかに諸事が首尾よく運んだので、彌四郎等《ら》も先《ま》づほつと安心して、長途《ちようと》の疲れと酒の酔とで正体もなく寝入つてゐるところを、少弐の家来どもが取り囲んで一々にその寝首を掻いてしまつた。彌四郎と家来五人はかうして無残《むざん》の最期《さいご》を遂《と》げたが、そのなかで小次郎一人は無事であつた。彌四郎等が首をうしなつた頃には、かれは敵の屋形から二里あまりも遠く立退《たちの》いてゐた。

今までは他の人たちと同じ足並で歩いてゐたが、かれは自分ひとりになると俄《にわか》に足が疾《はや》くなつた。かれは一日に三十里を走りつゞけて肥後の菊池の城へかけ戻つた。

二

真木小次郎は母に救はれたのである。その母は何者であるか、それを説明しなければならない。かれはその苗字《みようじ》が示す通り肥後国菊池郡《ひごのくにきくちごおり》の真木と云ふ山里に生れたのである。真木の里は矢護山《やごさん》、鞍《くら》ケ嶽《たけ》などの山々に囲まれた小さい村で、そこに真木十兵衛《じゆうべえ》といふ武士が住んでゐた。十兵衛もむかしは菊池の家に仕《つか》へてゐたのであるが、剛直な武士気質《かたぎ》から他の朋輩《ほうばい》と折合ひが悪く、自然に主君からも疎《うと》まれて、かれは遂《つい》に退身することになつた。その後《ご》はこの真木の里に隠れ住んで、一種の郷士《ごうし》のやうな姿で世を送つてゐるうち、妻にも死別れて、與一郎《よいちろう》といふ唯《ただ》ひとりの忰《せがれ》と共にさびしく暮してゐた。

郷士といふのであるから、彼は武士の姿でありながら鋤《すき》や鍬《くわ》を把つて、小さい田畑を耕《たがや》して、親子ふたりが食つて行かれるだけの収穫を求めなければならなかつた。與一郎も十二三の時《とき》から父と一緒に耕作に出てゐた。かうして幾年の春秋《はるあき》をこゝに送つて、與一郎は廿歳《はたち》の男になつた。

肥後は米のよく実る国であるが、こゝらの山里では多く蕎麦《そば》を栽《う》ゑてゐるので、十兵衛の家《いえ》の畑にも蕎麦の花が秋ごとに白く咲いてゐた。その秋のある宵《よい》である。與一郎が月に浮かれて裏手の畑《はた》に出ると、白い花のあひだから白い女の姿があらはれた。女は與一郎になれ〳〵しく話かけて、ふたりは明るい月の下を列《なら》んであるいた。女はこゝらに見馴れない美しい娘で、どこから来たと與一郎がたづねても、女は笑つて答へなかつた。

　その夜《よ》はそれで別れたが、與一郎はあすの夜再び畑《はた》へ出てみると、ゆうべの白い女が又もや何処《どこ》からか現れて来た。かういふ逢瀬《おうせ》が幾夜《いくよ》かつゞいてゐるうちに、白い女と若い郷士とのあひだには恋が成立《なりた》つて、秋が過ぎても白い女の影は蕎麦畑に絶えなかつた。

「おのれ等《ら》はなんと云ふざまぢや」

　老《お》い郷士は若い二人を引つ捉《とら》へて、はげしく叱りつけた。それは冬の月の冴《さ》えた宵《よい》の出来事で、與一郎は自分達の密《ひそ》かごとを父の十兵衛に発見されたのであつた。

「今こそ鋤鍬《すきくわ》を手にしてゐても、われらは代々の弓取《ゆみとり》ぢや。その血筋をひいた者が親の目をぬすみ、人の目をぬすんで、不義いたづらは言語道断《ごんごどうだん》の振舞。日ごろの教訓をなんと聞いたぞ」と、父は先《ま》づわが子を叱つて置いて、更《さら》に女の方に向き直つた。「悴《せがれ》めも悴めぢやが、お身《み》もお身ぢや。いづ方《かた》のむすめか知らぬが、若い男をさそひ出して畑中《はたなか》の媾曳《あいびき》とは、年《とし》にも顔にも似合はぬ大胆なものぢや。そのやうな女子《おなご》をわが子に添《そ》はせるなど思ひもよらぬ。今宵《こよい》かぎり再びこゝらに立ち迷ふこと必ず無用ぢや。二度とこの畑《はたけ》に足踏《あしぶ》みしたら免《ゆる》さぬぞ」

かう云ひすてゝ十兵衛は立ち去つた。生憎《あいにく》に明るい月のひかりが蒼白い二人の顔を照《てら》して、男も女もしばらくは黙《だま》つてゐた。

「もうこの上は是非《ぜひ》がございませぬ。わたしはお別れ申します」と、女はなみだを拭《ふ》きながら起《た》ちあがつた。

「いや、待たれい」と、與一郎は未練らしく引きとめた。「父はむかし気質《かたぎ》の一徹《いってつ》で、一《いっ》旦《たん》はあのやうに酷《むご》たらしう云ふたものの、わしとは親ひとり子一人の仲ぢや。わしがもう一度縋《すが》つて頼んだら、かならず心も解《と》くるに相違ない。あすの晩もいつものやうに来てくだされ。何かのことは其時《そのとき》に話します。よいか。これぎりにして下さるなよ」

女は再び俯向《うつむ》いて黙つてゐたが、やがて涙にぬれた顔をあげた。

「折角《せっかく》のお詞《ことば》ぢやが、所詮《しょせん》お前とわたしとは添はれぬ仲ぢや。それを知つて、今まで逢瀬をかさねてゐたのは、わたしの未練、おまへの悪縁《あくえん》、これを機《しお》にさつぱりと別れるが二人の為でござります。もうなんにも云うてくださるな」

かれは捉《と》られた袖《そで》をふり切つて行《ゆ》きかけたが、また立ち戻つて男にさゝやいた。

「かうして互ひに別れたら、再びこの世で逢ふ時はござりますまい。併《しか》し一旦の縁を結んだ以上、おまへは勿論、おまへの子供にも、なにかの禍《わざわい》のあるときには、わたしが必ず救ひに来ます。さう思うてゐてくだされ」

それを名ごりの詞《ことば》にして、かれは消えるやうに何処《どこ》へか立去つてしまつた。與一郎はたましひの抜けた人のやうに唯《ただ》ぼんやりと家《うち》へ帰つたが、彼《か》の白い女のことが何《ど》うしても忘れられないので、もしやと思つて明くる晩も、いつもの畑に出て行つてみたが、女は再びその影をみせなかつた。次の晩も、又その次の晩も、與一郎は根《こん》よく毎晩出てみたが、女はやはり訪ねて来ないので、かれはもう諦《あきら》めるより外《ほか》はなかつた。その当座は明けくれに思ひこがれてゐたが、去るもの日に疎《うと》しといふ諺《ことわざ》の通りで、白い女のおもかげも次第に與一郎の胸から消えて行つたときに、他《た》の新しい縁談が湧《わ》いて来た。

それは明《あく》る年の夏のはじめで、女は真木から遠くない平川《ひらかわ》といふところに住んでゐる瀧《たき》路《じ》といふ若い娘であつた。瀧路の父も貧《まず》しい郷士であつたが、その家筋《いえすじ》の悪くないのと、その親子の心柄《こころがら》が良いといふのを見込んで、十兵衛はそれをわが家《いえ》の嫁に貰《もら》ふことにきめた。與一郎も別に異存はなかつた。その輿入《こしい》れの夜《よ》に彼《か》の蕎麦畑に狐火《きつねび》が一つ青く燃えてゐるのを見た者があつた。

新しい夫婦はむつまじく暮してゐるうちに、瀧路の父といふ人は間《ま》もなく病死した。瀧路も間もなく懐妊《かいにん》して、うみ落《おと》したのは男の児《こ》で、十兵衛は可愛い初孫《ういまご》を小次郎と呼ばせた。

その年の秋である。ある夜《よ》、十兵衛は裏の蕎麦畑へ出て行つたが、やがて俄《にわか》に引返《ひっかえ》して来て、弓矢を持ち出して行《ゆ》かうとするので、赤児《あかご》を抱いてゐる瀧路が訊《き》いた。

「もし、どこへお出《い》でなされます」

「畑で狐をみつけた。射殺《いころ》して皮をはぐ」

　それがなんだか不安に思はれて、瀧路もつゞいて出てゆくと、畑のなかには白い狐のすがたが見えた。十兵衛が鳥や獣《けもの》を射《い》るのは今に始まつたことではなかつたが、今夜にかぎつて瀧路はその狐を舅《しゅうと》の矢先にかけるのが悼《いた》ましく感じられてならなかつた。かれは慌てて十兵衛の手に縋《すが》つた。

「もし、お待ちなされませ」

　矢をつがへて今や引き絞《しぼ》つたところを、不意にその手に縋《すが》られたので、十兵衛の拳《こぶし》は狂つた。弦《つる》をはなれた矢は空《くう》を射《い》て、そこにうづくまつてゐる狐の尾より一尺《いっしゃく》ほども距《はな》れた土に縫ひ込んでしまつた。狐はしづかに蕎麦の花のかげに隠れて、その姿を見失つた。

「なぜ邪魔をした」

「なんだか不憫《ふびん》でなりませぬので――」と、瀧路は詫《わ》びるやうに云つた。

「はゝ、女ぢやな」

　かう云つたぎりで、十兵衛は深くも彼女《かれ》を咎《とが》めなかつた。日ごろから瀧路の優しい気《き》性《しょう》を、十兵衛もよく知つてゐるからであつた。その後、畑には狐のすがたも見えなかつた。

　與一郎はあとでその話を聞いて、一種不思議の暗《くら》い心持になつた。彼《か》の白い女と白い狐とそのあひだに何かの関係があるのではないかなどとも思はれたが、それも日を経《ふ》るにしたがつて忘れてしまつた。

明《あく》る年の春である。瀧路は今年二つになる小次郎を抱いて、父の墓まゐりにゆくと、その途中で四十前後の侍に逢つた。侍はふたりの家来を連れて、手には大きい桃の枝を持つてゐた。瀧路はその侍の顔をよく識《し》らなかつたが、こゝらでは身分のあるらしい人柄とみたので、かれは路《みち》ばたに立つて避《よ》けてゐると、侍は小次郎を見て笑つた。

「おとなしさうな子ぢや。これを遣《や》らう」

かれは桃の一枝《ひとえだ》を折つて小次郎の手に持たせてくれたので、赤児も嬉しさうにに〳〵笑つた。瀧路も丁寧に礼を云つた。その日はそのまゝに別れたが、それから一月《ひとつき》あまりも過ぎた後《のち》に、大いなる禍《わざわい》が瀧路の上に落ちかゝつて来た。

春もう末《すえ》になつて、こゝらの桜も乱れて散る或日《あるひ》の午《ひる》すぎに、瀧路は近所の小娘と一緒に隣村まで用達《ようた》しに出たが、夕方になつて小娘だけがあわたゞしく帰つて来て、瀧路は何者にか引攫《ひっさら》つてゆかれたと注進した。ふたりが隣村から帰る途中、さびしい藪際《やぶぎわ》の小道を通りかゝると、藪のなかから三四人の覆面《ふくめん》した大男があらはれた。かれらは矢庭に瀧路に飛びかゝつて、その口に猿轡《さるぐつわ》をはませて、宙に引つかついで何処へか逃げ去つた。連《つれ》の小娘はあまりの驚きに声を立てる元気もなく、命から〴〵逃げ帰つたのである。

その報告におどろかされて、與一郎はすぐに駈け出さうとするのを、父の十兵衛は止めた。

「いや、おまへはこの児《こ》の番をしてゐろ。おれが行つてくる」

虫が知らしたといふのか、瀧路は小次郎を舅にあづけて出たのである。その子供を與一郎に渡して、十兵衛は弓矢を把《と》つて表《おもて》へ出た。

三

與一郎はふだんから余り強健《きようけん》の質《たち》でなかつた。年は取つてゐても父の方が剛気《ごうき》でもあり、力量もある。かういふ場合には、せがれを出してやるよりも、自分が出て行つた方がいゝと思つたので、十兵衛は與一郎に子供の番をさせて、すぐにその場へ駈けて行つたのである。與一郎もつゞいて出ようかと思つたが、足手まとひの赤児をかゝへてゐては何《ど》うにもならないので、不安ながらも宿《やど》に残つてゐると、その日が暮れても父は戻らなかつた。與一郎の不安はいよ〳〵募《つの》つて来たので、近所の人たちを頼んで父のゆくへを探しに出ることになつた。與一郎も赤児をかゝへて、片手に松明《たいまつ》を持つて出た。ほかの人たちも弓矢や松明を用意して、彼《か》の藪際の小道を目ざして行つた。

かれらはまだ半道《はんみち》と行かないうちに、路《みち》ばたに倒れてゐる十兵衛の死骸を発見した。十兵衛は黒い羽の矢に胸を射られてゐた。かれに闘《たたか》つたらしい形跡のないのを見ると、不意の遠矢《とおや》に急所を射られて、そのまゝ倒れてしまつたらしい。一日のうちに妻を奪はれ、父を殺され、與一郎はたゞ夢のやうにぼんやりしてゐるのを、他《た》の人々が慰《なぐさ》めて、兎もかくも十兵衛の死骸をわが家《や》へ運んで帰つた。

十兵衛を殺したのも彼《か》の瀧路を奪つた徒《やから》の仕業《しわざ》に相違ないと認められた。かれらは誰かが加勢に駈けつけて来ることを予想して、途中に待ち伏せをしてゐたのであらう。その矢が猟矢《さつや》でなく、征矢《そや》であるのを見ると、射手《いて》はおそらく武士であらうと想像されたが、さてその本人はわからなかつた。與一郎は泣く〳〵に父の葬式を済ませたが、乳呑児《ちのみご》をかゝへてその始末に困つた。それでも山家《やまが》の人はみな親切であるのと、かれの不幸に同情する人が多いのとで、與一郎は兎もかくも男の手ひとつで、妻が形見の小次郎を養育して、そのあひだには妻のゆくへを尋ね暮してゐたが、瀧路の消息は更《さら》に知れなかつた。

五月になつて、雨のふる日がつゞいた。今夜も仏前に燈明《とうみょう》をそなへて、與一郎はさびしく回向《えこう》してゐると、戸をたゝいて案内を乞ふ人があつた。この雨の夜《よ》に誰が来たのかと思つて出てみると、簑笠《みのかさ》を着た大男が表に突つ立つてゐた。

「與一郎殿はこなたか」と、かれは訊いた。

見馴れない人ではあるが、兎もかくも内へ招じ入れると、男は先づ仏前に線香を供《そな》へて回向した。

「このごろの打ちつゞく御不幸、お察し申す」と、男は云つた。「して、御内室《ごないしつ》のゆくへは知れましたか」

「まだ一向《いっこう》に知れませせぬ」と、與一郎は萎《しお》れながら答へた。

「大方《おおかた》はさうであらうと存じて、われらが今宵おたづね申した。瀧路どのを奪ひ去つた者、十兵衛どのを射殺した者、われらは一々存じて居る。お知らせ申さうか」

「おしらせ下され。おねがひでござる」と、與一郎はあわたゞしく訊き返した。

男も一《ひ》と膝《ひざ》すゝめて小声になつた。

「その大悪人は陣内兵衛《じんのうちひょうえ》ぢや」

與一郎はその男の顔を見つめて、しばらく黙つてゐた。陣内兵衛といふのは矢はり菊池の家来で、一種の代官のやうにこゝらの地方を支配してゐる。したがつて、家柄もよく、勢力もある。その陣内が人妻を奪ひあはせてその父を殺すといふやうな非道《ひどう》を行《おこな》はうとはあまりに意外にも感じられるので、與一郎は半信半疑でその返答に躊躇してゐると、男はそれを説明するやうに又云つた。

「お身《み》は知らぬか。彼《か》の兵衛は先年妻をうしなうて、今は独身《ひとりみ》ぢや。先ごろ野あるきの途中、お身の妻を見て、彼めは俄《にわか》に気が狂ふた。それから色々に手をわけて詮議すると、女の身許《みもと》もわかり、お身の妻といふことも判《わか》つたが、扨《さて》なか〳〵に思ひ切られぬ。煩悩《ぼんのう》の犬となつた彼めは、もう理非の眼《まなこ》も眩《くら》んで、ひそかに女の出入りを尾《つ》けさせた揚句《あげく》の果《はて》があの始末ぢや。舅《しゅうと》の十兵衛は剛気《ごうき》の男、所詮そのまゝには済ますまいと、伏せ勢《ふぜい》をして遠矢《とおや》にかけた。――と斯《こ》う云ふたら何《なに》も彼《か》も判《わか》つた筈《はず》ぢや。さあ、この上はお身どうする」

その説明を聞かされて、與一郎もだん〳〵にかんがへた。陣内兵衛がひとり身であるといふことは予《かね》て聞いてゐる。先ごろ瀧路が墓まゐりに行つた途中で、桃の花を小次郎にくれたといふ侍が彼であつたかも知れない。こゝらには彼を除《のぞ》いて、大勢の家来を持つてゐるものはない。父を射た矢は征矢であつた。それらを思ひ合せると、なるほどそれが本当であるかも知れないと思つたが、一体この男は何者で、どうしてそれを自分のところへ教へに来てくれたのか。その疑《うたが》ひがまだ解けないので、與一郎は押返して訊いた。

「御親切忝《かたじ》けなうござる。併《しか》しお身はいづこの御仁《ごじん》でそれらのことを詳しく御存知でござるな」

「いや、そのやうな詮議は無用ぢや。それよりも訊きたいはお身の覚悟ぢや。父の仇《あだ》、妻のかたきの陣内兵衛を唯《ただ》このまゝに見逃して置くか。但《ただ》しは恨みを報《むく》ふ所存《しよぞん》か」

男は腕をまくりあげて、與一郎の顔を睨《にら》むやうに視《み》た。

「くどくも申すやうぢやが、お身はどうしてあの顚末《てんまつ》を知つてゐらるゝか」と、與一郎はまだ渋つてゐた。「陣内どのは菊池殿の御内《みうち》でも知られた武士ぢや。取留めた證拠もなくて仇討はなるまいに……」

男は焦《じ》れるやうに舌打した。

「はて、なにを猶予《ゆうよ》する。お身の妻ももう死んだぞ」

與一郎はまた驚かされた。男の説明によると、瀧路は兵衛の屋敷へかつぎ込まれて、嚇《おど》しつ賺《すか》しつ挑《いど》まれたが、かれは飽《あく》までも貞節を守つてそれを拒《こば》んだ。しかも警戒が厳重で、とても逃《のが》れ出る隙《すき》はないと見て、かれは自分の舌を咬《か》み切つて自殺したと云ふのであつた。こゝまで話して、男は起《た》ちあがつた。

「さて〳〵お身は弱い男ぢや。これほどの話を聞かされても、まだ〳〵かたき討《うち》の決心は付かぬか。さりとは歯痒《はがゆ》い、お身の心一つで、今夜にも手引きして仇《かたき》を討たさうと思ふたが、その分では覚束《おぼつか》ない。陣内兵衛がそれほどに怖ろしいか。かたきが討たれずば寧《いつ》そのこと、お身も舌でも食ひ切つて女房《にようぼ》のあとを追うてはどうぢや。いやお身のやうな弱虫にはそれも出来まいな。はゝゝゝゝ」

あざけり笑つて、かれは降《ふ》りしきる雨のなかを出て行つた。そのあとで、與一郎はまた色々にかんがへた。陣内兵衛が妻を奪ひ去つたのは事実であるとしても、彼《か》の男がどうしてそれを知つてゐるのか、或《あるい》は兵衛のまはし者で、自分をうまく釣り出して、だまし討《うち》にでもする巧《たく》みではあるまいか。いづれにしても迂闊《うかつ》なことをしてはならないと、その夜《よ》はそのまゝに寝床に這入《はい》つたが、彼は迚《とて》も安々と眠られる筈はなかつた。

與一郎は寝ながら又かんがへた。かたきは陣内兵衛であるとして、さて彼を討取《うちと》るにはどういふ手だてを用ゐるか、用心のきびしい彼の屋敷へ自分ひとりで忍び込むのはむづかしい。かれの出入りをうかゞつて、途中で遠矢で射留めるより外《ほか》はあるまい。それで首尾よく兵衛を討ち果すとしても、自分の身が無事であらうとは思はれない。多勢《たぜい》に取り囲まれて討死《うちじに》したあかつきには、幼い小次郎はなんとならう。與一郎はわが子の寝顔をながめて又躊躇した。

五月《さつき》の雨は夜《よ》もすがら降りしきつてゐた。

四

あけ方《がた》まで考へつめた末に、與一郎はいよ〳〵陣内兵衛をかたきとして討つことに決心した。ゆうべの男が何者であらうとも、かれの教へは何《ど》うも嘘ではないらしく思はれて来たのである。それにしても、幼い小次郎をどうするか、與一郎は死ぬるも生きるも親子一緒と覚悟をきめた。

かれは兵衛を途中に待ち受けて、遠矢にかけることにした。その場合、かれは小次郎を背負つて出て、首尾よくば親子一緒に落ち延びる。もし多勢《たぜい》に囲まれたら、親子一緒に討たれる。かう覚悟して、彼はひそかに兵衛の出入りをうかゞつてゐると、兵衛は六月朔日《ついたち》の朝、隈府《わいふ》の城へゆくと云ふことが判つた。その登城の途中を大津《おおつ》の宿《しゆく》の松原《まつばら》に待ち受けて、狙《ねら》ひ撃《うち》にすることに決めて、與一郎はその前日から窃《ひそ》かに用意に取りかゝつた。

六月の朔日は朝霧《あさぎり》が深かつた。前日の夜半《やはん》から宿《やど》を出て、與一郎が大津の宿にたどり着いたのは、夜のまつたく明け放《はな》れない頃であつた。松原と云つても、まん中に細い道が通《かよ》つてゐるだけで、あたりは一面の草むらであるのを幸ひに、與一郎は丈高い夏草《なつぐさ》のしげみに身をかくして、小次郎を脊負《せお》つたまゝで伏《ふ》し屈《かが》んでゐた。かれは太刀《たち》を着けて、弓矢を持つてゐた。

巳《み》の刻《こく》（午前十時）を過ぎたかと思ふ頃に、一群《ひとむれ》の人馬《じんば》が近《ちか》づいた。馬上《ばじよう》にあるのは陣内兵衛で、三十人あまりの家来がその前後を囲んでゐた。かれらが矢頃《やごろ》に近《ちか》づくのを待ち受けて、與一郎は先《ま》づ馬上の兵衛を目ざして切つて放すと、矢は風を剪《き》つて飛んで行つて見事にその脇腹を射透《いとお》したので、あつと叫ぶ間もなしに、兵衛は鞍《くら》から転《ころ》げ落ちた。

「や、曲者《くせもの》ぢや」

家来共はおどろき騒いで、その四五人が主人を介抱するあひだに、他《た》の者共《ものども》はめい〳〵の得物《えもの》を閃《ひらめ》かして、草叢《くさむら》のなかへ駈《か》け向《むか》つて来た。與一郎は手早《てばや》く二の矢をつがへて、先に立つてくる一人を射倒したが、それが却《かえ》つて自分のかくれ家《が》を敵に覚《さと》らせるやうになつて、敵はそこらの夏草《なつぐさ》を押倒して進んで来たので、與一郎も逃れぬところと覚悟して、弓矢を投げすて、太刀《たち》を引きぬいた。

その時、矢《や》はりその草叢《くさむら》の奥から一人の大男があらはれた。彼はさきの夜《よ》、與一郎の家《うち》へたづねて来て、陣内兵衛が仇《かたき》であると教へてくれた男であつた。かれも今日《きよう》は身軽に扮装《いでた》つて、手には大きい鉞《まさかり》のやうなものを持つてゐて、今や與一郎を目がけて駈け向つてくる多勢《おおぜい》のまん中へ躍り込んだ。かれの鉞《まさかり》は水車《みずぐるま》のやうに回転して、群がる敵を片端《かたはし》から薙《な》ぎ倒《たお》した。思ひもよらない加勢に力を得て、與一郎も飛びかゝつて手当り次第に斬りまくつた。

主人を討たれた上に、相手が意外に手剛《てごわ》いので、兵衛の家来共もみな四方《しほう》へ逃げ散つてしまつた。これで與一郎も先《ま》づほつと一息つくと、加勢の男もどこへか姿を隠した。あとに残つてゐるのは陣内兵衛の死骸ばかりである。與一郎は立ち寄つて、その首を掻《か》き落《おと》した。

思ふがまゝに仇《かたき》を仕留めて、與一郎はすぐに立退《たちの》かうとしたが、又俄《またにわか》に思ひ直した。自分がこのまゝ姿を隠してしまつては、兵衛が何のために殺されたか判《わか》るまい。寧《いっ》そこれから隈府《わいふ》の城へ行つて、かたき討の事情を申し立て、あはせて彼の罪を訴へる方がよい。菊池殿は義理堅い人であると聞いてゐる。たとひ我が家来であらうとも、非義非道の者を免《ゆる》す筈《はず》はあるまい。なまじかに自分が逃げ匿《かく》れて、空《むな》しく罪名《ざいめい》を蒙《こうむ》るよりも、その方が男らしくてよい。かう思つて、かれは兵衛の首を小脇にかゝへた。

隈府の城へ行《ゆ》きついて、與一郎はこの次第を訴へ出ると、城の者も兵衛の首を見ておどろいた。與一郎を一先《ひとま》づ獄屋《ごくや》に押籠《おしこ》めて置いて、さてそのおもむきを主君の菊池武時に訴へると、菊池はその與一郎といふ者を呼び出せと云つた。かれは與一郎の口から仇討《かたきうち》の次第を直々《じきじき》に聞き糺《ただ》した上で、更《さら》に兵衛の屋敷の者を呼び出して吟味《ぎんみ》すると、一切《いっさい》の事情は明白になつた。菊池はすぐに與一郎を釈《ゆる》した。

それに就《つい》て、老臣等《ろうしんら》のあひだには多少の異論があつた。與一郎の仇討は道理至極《どうりしごく》とはいふもの、、なぜその次第を訴へ出ないのか、領内に住みながら領主の家来を狙ひ討にする──それをその儘《まま》にして置いては他の見せしめになるまいと云ふのである。それに対して菊池は斯《こ》う云つた。

「人の妻を奪ひ、あはせてその父を殺す。かれは武士でもない、人でも無い、獣《けもの》ぢや。獣を殺したとて咎《とが》むるには及ぶまい」

與一郎は釈《ゆる》されたばかりでなく、亡き父の縁《えん》によつて再び帰参を命ぜられて、もとの武士に立復《たちかえ》つた。かれが帰参の夜《よ》である。蕎麦畑《そばばたけ》で契《ちぎ》つた白い女がその夢のうちに現れて、別れるときの約束を今果《はた》したと云つた。さうして、白い狐になつて姿を消した。

「さては彼《か》の男は狐の使《つかい》か」

與一郎も初めて覚《さと》つた。かれはもう二度の妻を迎《むか》へなかつた。それでも小次郎は男の手で恙《つつが》なく生長した。しかも子供のときから不思議に利口で、その起居《ききよ》も素捷《すばや》いので、それを見聞きする人々はみな舌をまいて、ゆく〳〵は必ず上《かみ》のお役にも立つ天晴《あつぱ》れの侍になるであらうと噂してゐた。さうしてゐるうちに又こんな噂が伝へられた。

小次郎が六つの秋である。かれが城下の草原へひとりで遊びにゆくと、そこに同じ年ごろの女の児《こ》に出逢つた。女の児は秋草《あきぐさ》の花などを摘《つ》んでくれて、小半日《こはんにち》も仲よく一緒に遊んで別れた。その時そこを通りかゝつた者は、小次郎が狐と遊んでゐるのを見たといふのである。

「小次郎があまりに賢いのは不思議ぢやと思ふたが、あれは狐を友達にして遊んでゐる。あれには狐が附いてゐるのかも知れぬ」

そんな噂が父の耳にもきこえたので、與一郎はわが子を呼んで詮議《せんぎ》すると、小次郎はありのまゝに答へた。かれの眼には矢《や》はり普通の女の児《こ》に見えたらしいのである。與一郎はなにか思ひあたることがあると見えて、その上《うえ》には深くも詮議しなかつた。

小次郎が十四の春に與一郎は半月ほど煩《わずら》つて死んだ。その死ぬ前に、かれはわが子を枕辺《まくらべ》へ呼んで、過去の秘密を一切語り聞かせた。自分が蕎麦畑で契つた白い女は、おそらく狐であらうといふことも話した。それを聞いて、小次郎も不思議に感じた。自分は瀧《たき》路《じ》といふ女の腹から生《うま》れたもので、勿論その狐とはなんの関係もないのであるが、父との昔の契りを忘れずに、その狐が矢はり自分にも附き纏《まと》つてゐるのであらうか。武士に狐が附きまとつてゐる。それが自分に取つて仕合《しあわ》せであるか不仕合せであるか判らないとも思つた。

父の三七日《さんしちにち》に、小次郎が墓まゐりにゆくと、このごろ毎晩その墓のあたりに狐火《きつねび》が飛ぶといふ話を寺の僧から聞かされた。その夜の夢に、白い女が彼の枕辺にあらはれた。

「わたしはお前の母ではない。しかしこの後《のち》は母と思うてくだされ、父様《ととさま》とおなじやうに、屹《きっ》とおまへの身を守ります」

五

真木小次郎重治《しげはる》はかういふ経歴を持つてゐるのであつた。かれは父の跡目《あとめ》を相続して、おなじく菊池家へ仕《つか》へてゐたが、その賢いのと素捷《すばや》いのを主君に認められて、今度の使《つかい》にもまだ十八歳の若侍でありながら、八幡彌四郎《やはたやしろう》の副役《ふくやく》として遣《つか》はされたのである。果《はた》して彼ひとりは危《あやう》い場を逃れて、無事に本城《ほんじよう》へ帰り着いて、一切の事情を報告したので、菊池はおどろいて怒《いか》つた。菊池武時《たけとき》はその時すでに剃髪《ていはつ》して、寂阿入道《じやくあにゆうどう》と呼んでゐたのである。その後のことを太平記には斯《こ》う書いてゐる。

——菊池入道大いに怒つて、日本一の不当人《ふとうじん》どもを頼んで、この一大事を思ひ立ちけるこそ越度《おちど》なれ。よし、よし、その人々の与せぬ軍《いくさ》はせられぬかとて、元弘《げんこう》三年三月十三日の卯《う》の刻《こく》に、わづかに百五十騎にて探題《たんだい》の館《うち》へぞ押寄せかける。菊池入道、櫛日《くしび》の宮《みや》のまへを打ち過ぎけるとき、軍《いくさ》の凶をや示めされけん、また乗打《のりうち》にしたりけるをや御咎《おんとが》めありけん、菊池が乗つたる馬、俄《にわか》にすくみて一足も前へ進み得ず、入道、大きに腹を立て、、いかなる神にてもおはせよ、寂阿が戦場へ向《むか》はんずる道にて、乗打を咎《とが》めたまふべきやうやある。その儀《ぎ》ならば矢ひとつ参らせん。うけて御覧ぜよとて、上差《うわざ》しの鏑《かぶら》をぬき出《いだ》し、神殿の扉を二矢《ふたや》までぞ射たりける。矢を放つと、ひとしく馬のすくみ直《なお》りにければ、さぞとよとあざ笑うて、すなはち打ち通りける。その後《のち》、社壇《しやだん》を見ければ、二丈《にじよう》ばかりなる大蛇《だいじや》菊池が鏑《かぶら》にあたつて死したりけるこそ不思議なれ――

歴史にはかう書いてあるが、その時、菊池の馬のそばには彼《か》の小次郎重治が控《ひか》へてゐて、これは神のおん咎《とが》めではない、社壇のうちに怪《あや》しいものが潜《ひそ》んでゐるに相違《そうい》ないから、ひと矢射《やい》て御覧《ごらん》なされと勧《すす》めたのであると伝へられてゐる。

この戦ひに菊池は負けて、寂阿入道は討死《うちじに》したが、小次郎は無事であつた。かれは寂阿の嫡子《ちやくし》肥後守武重《ひごのかみたけしげ》と共に本国《ほんごく》の肥後へ引きあげて、その後度々《ごたびたび》の合戦《かつせん》に狐武者として功《こう》名《みよう》をあらはした。その子孫は八州《はつしゆう》の某藩《あるはん》に仕へて、代々その飛脚方《ひきやくかた》を勤《つと》めてゐたが、九州から江戸の屋敷まで僅《わず》かに半月ぐらゐで往復した。それには狐が附いてゐるのだと云ふことであつた。

解　題

千葉俊二

『半七捕物帳』を読んでいると、お稲荷《いなり》さまがしばしば描きだされ、それが実に効果的に使われていることに気づかされる。たとえば、「半鐘の怪」では、火事でもないのに夜半に半鐘をついたり、物干しの着物を攫《さら》ったり、女の傘に飛びついたりという悪さを繰り返す犯人――猿芝居の小屋から逃げ出した猿公――の隠れ家が、路地の奥にある「古い稲荷の社」であったり、「三河万歳《みかわまんざい》」では下谷の稲荷町を舞台に、火事で焼けた長屋の隣りの「稲荷の祠《ほこら》」に隠れた「野良狐」ならぬ、「頭から煤を浴びた五十前後の男」の口から事件の全容が語られる仕組みになっている。

伊勢屋稲荷に犬の糞といわれるほど江戸にはお稲荷さまが多かった。『半七捕物帳』にも多くの稲荷が点綴《てんてい》されているが、同時に綺堂はよほど狐に関心が深かったようで、「小女郎狐」「狐と僧」「洋狐伝」といったタイトルからもうかがわれるような、当時の狐にまつわる迷信や俗信をトリックとした作品もいくつか書いている。また「柳原堤の女」では「九尾の狐」に言及しており、「菊人形の昔」には細い管のなかに管狐《くだぎつね》を飼い、その狐がいろいろなことを教えてくれるので占いをしたり、時にはその狐を人に憑けたりする狐使いの市子《いちこ》を描き出している。

一九二九年（昭和四）七月に平凡社から刊行された『現代大衆文学全集第十一巻　岡本綺堂集』の巻末に掲げられた「小伝」で、綺堂は「明治五年十月十五日、東京芝区高輪の泉岳寺畔に生まる。江戸時代の与力にして読本作者たりし高井蘭山翁の旧宅なり」と記している。高井蘭山は一七六二年（宝暦十二）生まれの江戸中期に活躍した読本作者である。名は伴寛、字は思明、通称は文左衛門。江戸芝伊皿子組屋敷の与力で、文筆の才と和漢の学があり、一八〇三年（享和三）に初編が刊行された『絵本三国妖婦伝』三編（中編は一八〇四年〔文化元〕、下編は一八〇五年の刊）で読本作家として立ち、馬琴のあとを受けて『新編水滸画伝』二—九編の翻訳を担当したほか、『孝子嫩《ふたば》物語』（文化五年刊）『星月夜顕晦録《けんかいろく》』（文化六—文政十年刊）『奇譚青葉笛』（文化十年刊）などがあり、一八三八年（天保九）に没している。

が、何といっても高井蘭山は『絵本三国妖婦伝』によって、江戸に三国悪狐のブームを作った人物として知られる。『絵本三国妖婦伝』は、殷の紂王《ちゆうおう》の寵妃、妲己《だつき》に化けた白面金毛九尾の狐が、殷の国を滅ぼし、太公望から照魔鏡によってその正体があばかれると、印度へ渡って班足《はんぞく》太子の妃、華陽夫人となり、再び中国に帰って周の幽王の妃、褒姒《ほうじ》となる。やがて遣唐使として入唐した吉備大臣が帰朝の折、謀って日本へ渡来し、玉藻の前として鳥羽院の寵愛を受ける。時の陰陽師、安倍泰親から正体をあばかれると、那須野ヶ原に逃れたが、上総介広常、三浦介義明の両人によって射殺される。玉藻の前の怨念は凝りかたまって殺生石となったが、玄翁和尚によって成仏させられるという震旦、天竺、日本にわたる三国伝来の狐変妖婦の物語である。

永井荷風の「狐」(明治四十二年一月「中学世界」)に描かれたように、ときには稲荷の御使いとして崇められ、ときには人に化けたり、人を化かしたり、あるいは人に憑いて死にいたらしめるいたずらものとして怖れられたりした狐も、文明開化の到来とともに単なる動物分類上の一生物でしかなくなる。かつてその身に帯していた神通力は地に墜ちて、家禽類をねらう害獣と見なされるようになり、狐変妖婦の物語などは荒唐無稽もはなはだしいものと、誰からも相手にされないものとなった。しかし、化けたり化かされたり、ものに憑いたり憑かれたりする私たちの心性そのものまでがなくなってしまったわけではない。

綺堂が高井蘭山の旧宅に生まれたということは、綺堂の意識に意外と重くのしかかりつづけたと思われる。綺堂は、いわば生まれ落ちたときから三国伝来の妖狐、金毛九尾の狐に強くつきまとわれていたわけで、後年、『玉藻の前』のような作品を書くひとつの必然性もその誕生にあったとさえいえるかも知れない。先の「小伝」にはつづけて次のようにある。

二歳の六月、ほろ蚊帳のうちに昼寝をしてゐた時、裏手の山より忍び来りし貂に襲はれ、あやふく喰ひ殺されんとして救はる。

三歳の五月、人にかどわかされて夕刻より翌日まで行方不明となる。五歳の三月、痳疹にかゝり、一旦死して復活す。その他、麹町区飯田町の借家は有名の化物屋敷にして、その家は明治八年の近火に類焼さるなど、幼時は甚だ多事。而も生長の後は極めて無事。殆ど何の伝ふべきこと無し。

さすがに狐に化かされたとか、狐に憑かれたとかいう体験はなかったようだが、それにしても幼児期の綺堂の怪異体験はすさまじい。これらの体験が綺堂の意識にどのようなトラウマとして残りつづけたか分からないが、少なくとももの心つき、もの書きとして成長してゆく過程で、両親から聞かされたそうした幼児体験が、自己のひとつの宿命のようにも意識されたのではないだろうか。劇作家として世に立ったあとも、怪異、幻想、異妖の小説に筆を染めざるを得なかった所以でもある。

『玉藻の前』は一九一七年（大正六）十一月から翌年九月まで「婦人公論」に連載された長篇だが、基本的には高井蘭山の『絵本三国妖婦伝』に拠りながらも、それにはとらわれず、中世以来の玉藻の前伝説を巧みに換骨奪胎し、見事な手さばきで、綺堂いうところの

「読物」に仕立てられた作品である。『現代大衆文学全集』にも収録されたが、その「はしがき」には次のようにある。

> 本書は『玉藻前』と『半七捕物帳』の長篇二種を主として、それに短篇数種を加へた。一般の読者はおそらく『捕物帳』を歓ぶであらうと想像するが、作者としては更に『玉藻前』の愛読を望むものである。
>
> 自分の作物に就て多く語ることを好まない私は、単にこれだけに留めて置く。他は読者の批判に任せたい。

いかにも江戸っ子らしく、サッパリとした「はしがき」である。それこそ「自分の作物に就て多く語ることを好まな」かった綺堂が、珍しく自己の作品について言及し、『半七捕物帳』以上にこの「玉藻の前」への愛着を語っているのだ。よほど自愛の作だったのだろう。

なお、題名の表記は初出誌では「玉藻の前」で、一九一八年（大正七）十二月に天佑社から刊行された単行本は『歴史小説玉藻の前』、著者生前最後の手入れ本で、本書の底本にした平凡社版『現代大衆文学全集』に収録されたものは「玉藻前」である。本書では今日において一般的な表記である「玉藻の前」で統一した。

この作品は、まず明日は十三夜という九月半ばの月夜に、児水干《ちごすいかん》を着た少年と小振袖を着た少女とが清水《きよみず》に連れだって夜参りする姿を描くところからはじまる。少年は烏帽子折りの叔父叔母に引き取られている、今年十五になるみなし児の千枝松《ちえまつ》、少女はかつて北面の武士であった坂部行綱の娘の藻《みくず》で、今年十四である。

坂部行綱は七年前、清涼殿にあらわれた狐を射止めよという関白の仰せにしくじって勅勘の身となり、いまでは山科に娘とわびしい浪人生活をおくっている。千枝松が誘いに行くのが遅くなったある晩、ただひとり家を出た藻の姿が見えなくなり、隣家の陶器師の翁と探索した結果、狐が巣くい、遠い昔に誰を埋めたとも知れない森のなかの大きな古塚の前に髑髏《されこうべ》を枕に横たわっているのが発見された。関白殿の歌会に「独り寝の別れ」という題が出て、誰ひとり満足に詠むことができないところ、藻は「夜や更けぬ閨のともしびいつか消えてわが影にさえ別れてしかも」と詠む。これには関白の藤原忠通もいたく感嘆し、父行綱も赦免され、藻はその屋形へご奉公に召されることになる。

高井蘭山の『絵本三国妖婦伝』において玉藻の前のエピソードは、勅勘をこうむった坂部行綱が山科に蟄居し、日毎に勅免のあらんことを願って清水の観音へ詣でていると、ある日、綾錦の衣につつまれた玉のごとき女児の捨て子を拾い、幸いに夫婦に子のないところから、「拾ひ得たる児なれば其種を知らず、水草の生ずるも其種を知らず、藻は萍《うきくさ》にして藻《もくず》と訓ずれば」、藻《みくず》と名づけて育てることにしたとはじまる。勅勘をこうむった北面の武士の坂部行綱の娘の藻という設定や、「独り寝の別れ」という詠題とそれに対する藻の歌など、綺堂はそのまま高井蘭山の作品を踏襲している。玉藻の前の前身を示すエピソードも、藻が古塚で髑髏を枕にして横たわっているのが見つかった夜、千枝松のみる夢というかたちで簡潔に語り出される。

が、綺堂は、荒唐無稽に陥りやすい捨て子のエピソードはとらず、藻を行綱の実子として描いている。また『絵本三国妖婦伝』には、冒頭近くに一陣の怪しき風が戸の隙間よりさっと吹き入り、金毛九尾の狐が冀《き》州侯蘇護《そご》の娘寿羊《じゆよう》（のちの妲己）の床に近づき、その精血を吸い尽くし、その軀殻《みがら》に入れ代わったというおどろおどろしい描写がある。しかし、綺堂は作品劈頭に玉藻の前の正体をあらわすことはせず、森のなかの古塚で髑髏を枕に横たわっている姿を示して、九尾の狐が藻の亡骸に取り入ったことを暗示するにとどめている。

綺堂が『絵本三国妖婦伝』から離れて大きく設定を変えたのは、第一に千枝松という『絵本三国妖婦伝』には登場しない、藻と将来を約束した幼友達を設定したこと。第二には、玉藻の前がその歌によって認められ、やがて寵愛を受けるようになるのを鳥羽院から関白忠通卿に変更したことである。まず前者についていえば、玉藻の前を魔性の女と疑いながらも、幼い日に抱いた藻への恋心を忘れられない千枝松という人物を登場させたところに、この作品は単なる荒唐無稽な妖狐譚から清新な、詩情あふれる恋物語へ蘇生されたといっていい。

綺堂の描く玉藻の前は、男を誘い破滅にまで追いやる世紀末の宿命の女のイメージをもつと同時に、千枝松との関わりにおいては筒井筒《つついづつ》の純愛を抱きつづける可憐な乙女という側面を有す。女のうちの何ものをも破壊し尽くす魔性と、いちど心を寄せた男へどこまでも思いを寄せる純真さ。こうしたまったく相反する二重性は、玉藻の前が人間であると同時に狐が化けた魔界の動物でもあるという二重性によっているが、このような魔性の女との恋物語という枠組みは、綺堂自身が翻訳した『世界大衆文学全集第三十五巻　世界怪談名作集』（改造社、一九二九年〔昭和四〕）に収められた一篇、テオフィル・ゴーチエの「クラリモンド」にヒントを得たものと思われる（「クラリモンド」はゴーチエの「死霊の恋」をラフカディオ・ハーンが英訳したときの題名）。

東雅夫は、岡本経一の指摘を踏まえながら、「『玉藻の前』における千枝松と藻、そして千枝松の恩師となる陰陽師・安倍泰親との関係が、本篇（「クラリモンド」）におけるロミユオーとクラリモンド、セラピオン師の関係と酷似していることは歴然だろう」（『伝奇ノ匣2　岡本綺堂　妖術伝奇集』「解説　和漢洋にわたる猟奇の魂」学研M文庫、二〇〇二年）といっている。たしかに身体から光を放っているように見え、語り手にとって「天使」でも「悪魔」でもある女吸血鬼クラリモンドとの恋を描いたゴーチエの作品とこの「玉藻の前」の構造はよく似ている。古来の伝説的世界と西洋の幻想小説がみごとに融合したところに綺堂独自の伝奇小説は構築されたのである。

それでは玉藻の前の寵愛が鳥羽院から関白藤原忠通に変えられたということはどうだろうか。それはこの物語が一段落した末尾の「それから十年と経たないうちに、都には二度の大きい禍が起つて、みやこは焚《や》かれた。大勢の人は草を薙《な》ぐやうに斬り殺された。保元と平治の乱である。しかも古来の歴史家は、この両度の大乱の暗いかげに魔女の呪詛《のろい》の付《つき》絆《まつ》はつてゐることを見逃してゐるらしい。玉藻をほろぼした頼長は保元の乱の張本人となつて、主の知れない流れ矢に射られた」という一節から明らかである。綺堂は貴族社会から武家社会へと転換する象徴的な二度にわたる政治的大乱の真っ只中に、玉藻の前という魔性の女と、その美しすぎる女への男たちの逆巻く欲望を見据えようとしたのだ（もちろん時代的に皇室内の出来事として描きにくかったということもあったろう）。

ところで曲亭馬琴は玉藻の前伝説によほど関心が深かったようで、『燕石雑記』『昔語質屋庫』『玄同放言』などで再三にわたってこれについて考証論評を加えている。『昔語質屋庫』巻之五第十二「九尾の狐の 裘《かはごろも》」では、「事のこゝろを推し量るに、七十四代の帝、鳥羽院の、美福門院を寵させ給ふの余り、内外の事、みな後宮の進退によらせ給ひしかば、世の譏《そし》りも多く、人の恨みも深くして、終《つひ》に保元《ほうげん》の播乱《みだれ》となりぬ。これらの事をいはんとて、近衛院の宮嬪《きゆうひん》、玉藻前といふ妖怪を作り設けしなり」といっている。つまり、鳥羽院が美福門院をあまりに深く寵愛し、ついに保元の乱にまでいたったことを、近衛院の宮女が美福門院にあてて玉藻の前という妖怪を作りだしたというのである。

保元の乱は一一五六年（保元元）に鳥羽院の死去後、皇位継承に不満を持つ崇徳上皇と兄の関白藤原忠通と対立を深めていた左大臣藤原頼長とが提携し、後白河天皇、藤原忠通らに対して挙兵した事件である。一一二三年（保安四）、鳥羽天皇は中宮藤原璋子の生んだ第一皇子顕仁親王（崇徳《すとく》天皇）へ譲位したが、璋子は入内以前から白河院と関係があり、崇徳天皇も院との密通によって生まれたと噂され、そんなことで譲位してからも鳥羽上皇は、女院はもとより白河院、崇徳天皇とも融和しなかった。

一一三九年（保延五）に上皇の寵妃美福門院（藤原得子）が体仁親王を生むと、鳥羽上皇は、これを立太子させて偏愛した。一一四一年（永治元）、鳥羽上皇は崇徳天皇を強制的に退位させて三歳にして体仁親王（近衛天皇）を立てた。退位した崇徳上皇は心中面白からぬ感情を抱いたが、一一五五年（久寿二）に近衛天皇が十七歳で崩御したので、崇徳上皇はその第一皇子重仁親王を立てようとした。が、近衛天皇の死が崇徳上皇・重仁親王らの呪詛によるものと信じた美福門院によってはばまれ、皇位は鳥羽院の第四子、後白河天皇の襲うところとなった。こうして崇徳上皇の王権に対する恨みは深く強まることになった。

一方、藤原氏においても関白忠通と宇治の左大臣頼長との確執にはただならぬものがあった。前関白の忠実はその長子の忠通をきらい、次子の頼長を愛した。近衛天皇の立后をめぐって、忠実は頼長の養女多子が忠通の養女呈子に先立つようにはからい、また氏長《うじのちょう》者《じゃ》相伝の重宝を奪取して頼長に譲った。頼長の権勢はこうして一時忠通をしのいだが、近衛天皇の死後、鳥羽院は忠通とはかって後白河天皇を即位させ、忠通は氏長者の地位を回復した。失意の状態におちいった頼長は、譲位以後同じく失意の境遇にあった崇徳上皇と通じ、鳥羽院の死を機に兵をおこすにいたる。後白河天皇・藤原忠通方には源義朝（為義の嫡男）・平清盛らの軍勢が集結し、崇徳上皇・藤原頼長方には源為義・為朝、平忠正（清盛の叔父）らが加わった。為朝の奮迅の活躍も空しく、崇徳上皇・頼長方は敗れ、崇徳上皇は讃岐の地に流され、頼長は流れ矢にあたって没した。

馬琴はこの玉藻の前伝説の根底に鳥羽院の美福門院への度を超えた寵愛を問題としていたが、綺堂は保元の乱の原因のひとつともなった関白忠通と左大臣頼長との兄弟不和の根源に玉藻の前の存在を想定し、この物語を紡ぎだしていった。この世界を魔界の暗黒に堕とそうとする玉藻の前は、まず仏法を亡ぼさんがために関白家建立の法性寺の碩学高徳の誉れ高い隆秀阿闍利《あじゃり》の魂に食い入って、その道念を掻き乱そうとする。そして巧みに讒言を弄して、関白忠通と左大臣頼長の対立が一層激化するように企んでゆくが、やがて玉藻の前は、千枝松がその弟子となった陰陽師安倍泰親と対峙することになる。

「クラリモンド」はその結末でセラピオン僧院長がクラリモンドの墓を探りあて、クラリモンドの死骸と棺のうえに聖水をふりかけ、さらに聖水の刷毛をもって十字を切ると、

「彼女は聖水の飛沫《しぶき》が振りかゝるや否や、美しい五体は土となつて、唯の灰と半分焼け残つた骨と、殆ど形も無いやうな塊」（岡本綺堂訳）になってしまう。それと同様、藻がたおれていた古塚の秘密を知った安倍泰親が、そこで悪魔調伏の祈禱をおこなうと、古塚は地震のように揺るぎだして真っ二つに裂け、関白の屋形では時を同じくして玉藻の前が苦しみだし、身うちから怪しい光をほとばしらせ、激しい稲妻をひらめかして消え失せる。

那須野ヶ原に神通自在の妖獣、白面金毛九尾の狐があらわれ、人々に害をなすとの注進があり、泰親に占わせると、まぎれもなく玉藻の前の正体であるという。三浦介義明と上総介広常が悪獣退治のために東国へ馳せくだり、金毛九尾の狐は両介の矢に射止められ、殺生石となる。千枝松は、世の禍を鎮めるためとはいいながら、藻という美しい女の姿が消え失せてしまったことを悲しみ、ふたりの間に結ばれた前世からの覊絆《きずな》を思わずにいられない。「魔女でもよい、悪獣でも好い。せめてその死場所を一度たづねて見たい」と那須野ヶ原へ赴くと、「ようぞ訪ねて来てくだされた」と、ひとりの艶やかな上﨟の立ち姿がまぼろしのように浮き出し、玉藻は美しく笑って千枝松を招く。

その身体から光を放つほどの美しい女に化けて男を蠱惑すると同時に、愛するものをどこまでもいたわり、庇護する狐のイメージにまつわる底知れない恐怖と甘美な魅力。こうした美しい、稀にみる才女でありながら、同時にこの世界を魔界の暗黒に堕とそうとする魔性の女は、華やかであるが、どこか頽廃した平安末期の摂関政治の雰囲気にぴったりである。風流の道に魂を打ち込み、心驕った忠通卿、抑えがたい覇気と野心とに充ちた左大臣頼長、博学宏才ではあるが、老獪な日和見たる少納言信西入道など、豪奢で華やかな平安末期の貴族社会の絵巻を繰り広げながら、綺堂はその内部から崩壊してゆく貴族社会のありさまを金毛九尾の狐の化身たる玉藻の前に象徴させて描きだしてゆく。また同時に、三浦介義明など貴族に仕えながら着実に地歩をかためる質実な東国武士の姿を描くことも忘れないが、敗残の御家人の子息であった綺堂の同情は常に消えゆくもの、敗れ去るもののうえにあったことはいうまでもない。

なお岡本経一によれば、この「玉藻の前」は「戦後にNHKラジオで連続放送して好評であった」(『岡本綺堂読物選集1　伝奇編』「あとがき」青蛙房、一九六九年〔昭和四十四〕)という。「昭和二十八年NHKがテレビ本放送開始のとき、専属となった糸あやつりの結城孫三郎は第一回にこの玉藻の前を採り上げ、三十六年にも特別放送している。更に四十一年その舞台生活五十五年の記念公演に上演している」とあるが、NHKのデータを調べてみると、一九五三年(昭和二十八)二月から十月まで、三十分もののNHK最初の連続人形劇「玉藻前」が十二回にわたって放送されている。また一九六一年(昭和三十六)八月十二日に六十分物の人形劇「玉藻前」が放送されている(十月七日、再放送)。声の出演は一九五三年版とは異なるものの、人形や操演者は同一だったという。

附録の「狐武者」は一九二四年（大正十三）九月の「講談倶楽部」に発表されたが、綺堂の生前には単行本未収録の作品である。『太平記』巻第十一の「筑紫合戦の事」から、一部分を抜きだして前後に二分して、その間隙に作者の空想を働かせて描いたもので、綺堂の創作の方法をうかがわせる興味深い作品である。

鎌倉幕府の打倒をめざす後醍醐天皇が、伯耆国《ほうきのくに》（鳥取）の船上山《せんじようさん》にいたとき、少弐入道妙慧、大伴入道具簡、菊池入道寂阿の三人は同盟して天皇に味方すると伝えた。天皇は倒幕の勅書をすぐに錦の御旗を添えてくれたが、その企ては九州探題の北條英時の耳に入ってしまい、菊池が博多に呼び出されることになった。菊池は、少弐、大伴に探題を討とうと使者を出したが、時の情勢がいまだ分からないとして大伴は動かず、少弐は菊池の使者の八幡彌四郎を討って、その首を探題の英時に差し出してしまった。

義を堅く守った菊池は、北條英時と少弐に討たれたが、その英時も少弐と大伴によって討たれる。『太平記』の作者は、このことを記して「行路の難、山にしも在らず、水にしも在らず、唯人情《にんせい》反覆の間《あいだ》に在り」という白居易の詩によって結ぶ。人生の行路の難しさは、水勢急で往々舟を転覆させるという巫峡《ふきよう》（揚子江の上流にある山峡の一）や山勢数千里にわたる太行の山でもなく、人情の反覆して定まらないところにこそあるという。こうした「人情」に比して、狐の情は何と堅固なことであろうか。

（ちば・しゅんじ　早稲田大学名誉教授）

本作品は、一九二九年（昭和四）七月に平凡社から刊行された『現代大衆文学全集第十一巻　岡本綺堂集』を底本としました。さらに、「附録」として収載した「狐武者」は初出誌を底本としました。（詳細は「解題」参照）

正字を新字にあらためた（一部固有名詞や異体字をのぞく）ほかは、当時の読本の雰囲気を伝えるべく歴史的かなづかいをいかし、踊り字などもそのままとしました。ただし、ふりがなは現代読者の読みやすさを優先して新かなづかいとし、明らかな誤植は訂正しました。

底本は総ルビですが、見た目が煩雑であるため略しました。ただし、現代の読者のために、簡単なことばであっても、独特の読み仮名である場合は、極力それをいかしました。

本書に収載された作品には、今日の人権意識からみて不適切と思われる表現が使用されておりますが、本作品が書かれた時代背景、文学的価値、および著者が故人であることを考慮し、発表時のままとしました。

（中公文庫編集部）

中公文庫

玉藻《たまも》の前《まえ》

2019年 5 月25日　初版発行
2019年 6 月30日　再版発行

著　者　岡《おか》本《もと》綺《き》堂《どう》

発行者　松 田 陽 三

発行所　中央公論新社
〒100-8152　東京都千代田区大手町1-7-1
電話　販売 03-5299-1730　編集 03-5299-1890
URL http://www.chuko.co.jp/

DTP　ハンズ・ミケ
印　刷　三晃印刷
製　本　小泉製本

Published by CHUOKORON-SHINSHA, INC.
Printed in Japan　ISBN978-4-12-206733-2 C1193

定価はカバーに表示してあります。落丁本・乱丁本はお手数ですが小社販売部宛お送り下さい。送料小社負担にてお取り替えいたします。

中公文庫既刊より